ullstein

Das Buch

»Wenn du nicht schon tot wärst, so würde ich dich jetzt umbringen!«, schnauft Liselotte Günther empört der blankpolierten schwarzen Urne nach, die die Asche ihres geliebten Ehemannes Franz Ferdinand enthält. 62 Jahre lang waren die beiden ein Herz und eine Seele. Liselotte war ausschließlich für die angenehmen Dinge des Lebens zuständig und Franz Ferdinand für die monetären und organisatorischen. Sein plötzlicher Tod stellt Liselotte vor ungeahnte Probleme: Wie funktioniert diese moderne italienische Kaffeemaschine, und wer bringt nun den Müll runter? Eine Haushälterin wäre zu teuer, aber Liselotte hat ja ein Zimmer frei … Beim praxisnahen Untermieter-Casting schlägt die Jurastudentin Barbara Nowak alle Konkurrenten aus dem Rennen: Die Altbauwohnung blitzt und blinkt, sogar die Zeitschriften im Regal sind nach Jahrgängen sortiert. Da macht es nichts, dass Barbara schwanger und Liselotte ein bisschen pleite ist – oder?

Der Autor

Florian Herb, 1971 in Berlin geboren, lebt mit seiner Frau und den beiden Söhnen im Allgäu. Neben seiner schriftstellerischen Tätigkeit begeistert er sich für Musik, Fotografie, Film, Theater, den VFB Stuttgart und die Tücken des menschlichen Zusammenlebens.

In unserem Hause ist von Florian Herb bereits erschienen:
Männerwirtschaft

FLORIAN HERB

Liselotte, Fräulein Nowak und der Grieche

ROMAN

Ullstein

Besuchen Sie uns im Internet:
www.ullstein-taschenbuch.de

MIX
Papier aus verantwortungsvollen Quellen
FSC® C014496

Originalausgabe im Ullstein Taschenbuch
1. Auflage März 2014

Umschlaggestaltung: semper smile Werbeagentur
Titelabbildung: © Shutterstock/ronfromyork (Omi);
Ivonne Wierink (Tischchen); Angel Simon (Olive);
Alan PoulsonPhotography (Beine); albund (Sofa)
Satz: LVD GmbH, Berlin
Gesetzt aus der Galliard
Papier: Pamo Super von Arctic Paper Mochenwangen GmbH
Druck und Bindearbeiten: GGP Media GmbH, Pößneck
Printed in Germany
ISBN 978-3-548-28532-0

Für meine Großmutter

»Wenn du die Einsamkeit fürchtest,
so heirate nicht.«

Anton Pawlowitsch Tschechow

1.

»Wenn du nicht schon tot wärst, so würde ich dich jetzt umbringen!«, schnaufte Liselotte Günther empört der blankpolierten schwarzen Urne nach, die die Asche ihres geliebten Ehemannes Franz Ferdinand enthielt, als diese schon fast in dem kleinen, dunklen Erdloch ihres Ehegrabs auf dem Friedhof Wilmersdorf verschwunden war.

Mit Tränen in ihren blaugrauen Augen schaute sie auf und suchte flehend den strahlenden Berliner Morgenhimmel ab. Das Räuspern des beleibten Pfarrers, der dabei weniger dezent auf seine klobige Armbanduhr schaute, riss sie aus ihren Gedanken. Liselotte bedachte ihn kurz mit einem strafenden Blick, der den Pfarrer beinahe auf direktem Wege zu seinem Herrn und Gebieter geführt hätte. Dann entnahm sie dem Messingeimer neben dem Grab barsch eine Schaufel Sand und verteilte die Ladung so unsanft über das Gelände, dass die Hälfte auf der Sutane des Geistlichen landete.

»Das ist einfach ungeheuerlich! Und dabei hattest du mir zu meinem zwanzigsten Geburtstag versprochen, mich nie wieder alleine zu lassen. Und nun das!«, verabschiedete sich Liselotte mit zittriger Stimme von ihrem Mann. Sie stampfte vor Wut auf und brach sich dabei den linken Absatz ihres bordeauxroten Pumps ab. Als ob nichts geschehen wäre, drehte sie sich auf dem intakten Schuh gelenk um, schlug den Kragen ihres beigen Jobis-Mantels hoch und hinkte, die Hand mit der Schaufel drohend erhoben, den Kiesweg entlang.

Noch am Westausgang hörte der sichtlich verstörte Pfarrer Frau Günther vor sich hinschimpfen: »Ich komme wieder, mein lieber Franz Ferdinand! Oh ja! Ich komme wieder!«

Nachdem Liselotte das Portal des Friedhofs durchschritten hatte, schnaufte sie tief durch, steckte das Schäufelchen wie ein vertrautes Accessoire in ihre braune Kelly-Bag, schaute sich kurz um und humpelte stoisch an der verwitterten Friedhofsmauer entlang zum Haupteingang zurück.

Dort positionierte sie sich direkt vor dem klassizistischen Kuppelbau des stillgelegten Krematoriums und richtete ihren Blick starr auf die gegenüber stehende Platane.

»Na, auf Ihren Gatten können Sie ja kaum warten!«, witzelte der Bestattungsunternehmer Adam Andowski jr. im Vorbeigehen hinter Liselotte Günthers Rücken, zündete sich mit seinen Wurstfingern unbeholfen eine Roth-Händle ohne Filter an und stellte sich, süffisant grinsend, neben sie in die Sonne.

Der Erfolg, den die Bestatterfamilie Andowski bereits in der vierten Generation feierte, gründete sich allein auf der Tatsache, dass sie im Branchenbuch an erster Stelle stand. Wie so vielen hatte auch Liselotte nach dem unerwarteten Ableben ihres Mannes die Kraft gefehlt, die Branche genauer unter die Lupe zu nehmen.

Es lag nicht an der geschmacklosen Bemerkung, dass Liselotte für einen Moment ins Wanken geriet, sondern daran, dass sie dieser adipöse Mensch ungewollt auf ihren törichten Irrtum aufmerksam gemacht hatte.

Franz Ferdinand würde nie wieder mit dem weißen Scirocco um irgendeine Ecke biegen und aussteigen, um den Wagen herumlaufen, ihr galant und mit einem liebevollen Lächeln die Tür aufhalten, den Gurt reichen, sanft die Tür schließen, selbst hinter dem Steuer Platz nehmen und sachte anfahren. Nicht hier in Berlin und auch nicht mehr auf Sylt.

Liselotte unterdrückte das Verlangen, die kleine Schaufel aus ihrer Handtasche zu befreien und ihren Ärger über ihre eigene Dummheit auf Herrn Andowskis kahlem Kopf auszulassen. Stattdessen schob sie sich elegant durch seinen Zigarettennebel, hob fast unmerklich ihre rechte Hand und wartete darauf, dass sich der blankgewienerte Wagen vom Taxistand löste und vor ihr zum Stehen kam.

Der Fahrer des Taxis war der erste Mensch des Tages, der es vermochte, Liselotte positiv zu überraschen. Er zeigte Manieren, stieg aus seinem Wagen, öffnete ihr höflich die hintere rechte Tür, schloss sie wieder, setzte sich zurück an seinen Arbeitsplatz und schaute geduldig vor sich hin, bis sich sein Fahrgast dazu entschließen würde, ihm die Zieladresse zu benennen.

Liselotte ließ sich Zeit. Zuerst schnallte sie sich gewissenhaft an, entnahm danach ihrer Handtasche einen lackschwarzen Taschenspiegel, öffnete ihn, überprüfte den Sitz ihrer Bobfrisur, frischte ihren perlmuttfarbenen Lippenstift auf, verstaute alles wieder sorgfältig und beugte sich dann vor.

»Damaschkestraße sechsunddreißig«, instruierte sie den Chauffeur in ihrem klaren Hochdeutsch, machte ein Hohlkreuz, schlug ihre Beine übereinander und legte ihre von Altersflecken übersäten Hände in den Schoß ihres weißen

Seidenrocks. Liselottes Blick blieb an ihrem weißgoldenen Ehering hängen und erinnerte sie schonungslos daran, was sie seit genau vier Tagen war: eine 82-jährige verwitwete Frau.

Der Taxifahrer gab sanft Gas und fädelte den Wagen routiniert in den Verkehr ein. Mit jedem Meter, den sie auf dem flimmernden Asphalt zurücklegten, sank Liselotte weiter in den ledernen Rücksitz ein.

Als das Taxi auf Höhe ihres Wohnhauses stoppte, nahm sie sich zusammen, tupfte sich mit einem blassblauen Stofftaschentuch die Tränen aus den Augenwinkeln und schnäuzte sich dezent.

Also nein, dass sie sich so gehen ließ, das hätte ihr Franz Ferdinand sicherlich nicht gewollt! Sie richtete sich kerzengerade auf, öffnete die Hintertür, setzte ihren intakten Stöckelschuh auf die Straße und zögerte einen Augenblick.

Wehmütig glitt ihr Blick hoch zu den leblos wirkenden Doppelfenstern im vierten Stock des Gründerzeithauses. Ein Stich durchdrang ihr Herz. Sie fühlte sich plötzlich unfähig, das Taxi zu verlassen, über den Bordstein zu schreiten, die hölzerne Flügeltür aufzuschließen, die im Schachbrettmuster ausgelegten Steinfliesen des Entrees zu überwinden, die morsche Treppe mit dem abgeblätterten Handlauf hinaufzusteigen, um letztendlich vor ihrer Wohnungstür anzukommen, hinter der einzig eine eisige Leere auf sie wartete.

»Fahren Sie mich zum Kurfürstendamm achtzehn!«, bat sie, nahm ihren Fuß wieder von der Straße und schloss die Tür.

Keine zehn Minuten später hielt das Taxi direkt vor dem Café Kranzler, vor dessen Eingang sich eine undurchdringlich wirkende Gruppe schwarzgekleideter Asiaten befand, die mit ihren Digitalkameras emsig Bilder von den rot-weißen Markisen aufnahmen.

Das hatte es hier ja noch nie gegeben! Erstaunt musterte Liselotte den Auflauf und überlegte, ob sie ihn umgehen sollte.

Nein, beschloss sie, schließlich verkehrte sie hier schon seit 1934. Selbstbewusst verließ sie den Wagen und ging auf die Ansammlung zu.

Unerwartet, wie das Rote Meer zu Zeiten Moses, öffnete sie sich vor ihr, um sich gleich wieder hinter ihr zu schließen. Da gab es auch kein Durchkommen mehr für den Taxifahrer, der entgeistert vor der schwarzen Wand stand und vergeblich versuchte, seiner säumigen Kundin hinterherzueilen.

Dass Liselotte einfach ohne zu zahlen das Taxi verließ, musste man ihr nachsehen, denn bis vor vier Tagen hatte ihr Mann Franz Ferdinand solche monetären Vorgänge für sie erledigt.

»Es ist kein Wunder, dass das Land langsam, aber sicher vor die Hunde geht, wenn sich noch nicht einmal mehr die Senioren an die rudimentärsten Grundregeln des menschlichen Zusammenlebens halten!«, schimpfte der Taxifahrer. Die Touristen lächelten ihn höflich an und lichteten ihn ab.

Schnaufend kehrte er in seinen Wagen zurück, schnappte sich desillusioniert den Leitartikel der ZEIT vom Beifahrersitz und wartete lesend auf seine nächste Tour.

Winfried Tamm, dienstältester Oberkellner des Café Kranzler, der für sein Alter erschreckend gut aussah, hatte in seinen vierzig Dienstjahren nur zwei Kategorien von Kunden kennengelernt: diejenigen, die es verdienten, von ihm bedient zu werden, und diejenigen, die es nicht verdienten. Der Anteil der zweiten Kategorie hatte seit der Wende inflationär zugenommen. Aber er war es sich selbst schuldig, jeden Gast in seinem Verantwortungsbereich an einem gleichermaßen perfekten Service teilhaben zu lassen. Mit der Zeit hatte er subtilere Formen gefunden, seinem Unmut Ausdruck zu verleihen.

Er war gerade dabei, einer schlechtgekleideten Saarländerin und ihrer penetrant auftretenden Begleitung anstatt des bestellten entkoffeinierten Kaffees einen doppelten Espresso zu servieren, als er im Augenwinkel Liselotte Günther wahrnahm. Wie ein verlorengegangenes Kind stand sie, ohne die Begleitung ihres Mannes, inmitten der Rotunde. Das war bisher noch nie vorgekommen. Normalerweise betrat das Ehepaar Günther immer gemeinsam den Eingangsbereich und wartete geduldig darauf, an seinem angestammten Tisch platziert zu werden. Was noch nie länger als eine halbe Minute gedauert hatte.

Alarmiert ließ er die überschwappenden Tassen auf den Tisch der Damen gleiten und eilte seiner Lieblingsstammkundin zu Hilfe. Schon aus einiger Entfernung erkannte Winfried Tamm in den geschwollenen Augen von Frau Günther, dass ein Teil in ihr gestorben sein musste. Aufmerksam und ohne sich etwas anmerken zu lassen, empfing er sie. Er nahm ihr den Mantel ab, setzte ein Paar aus Italien aus der ersten in die zweite Reihe, ließ abräumen und den Tisch neu eindecken und schob Frau Günther galant den Stuhl unter.

»Wie immer, Frau Günther?«

»Wie immer, Herr Tamm!«

Dankbar, gerettet worden zu sein, ohne weitere Fragen beantworten zu müssen, lehnte sich Liselotte zurück und starrte gedankenversunken auf den Kurfürstendamm. Unten auf der Straße machte sie das Taxi aus, das sie vor wenigen Minuten verlassen hatte. Erschrocken riss sie ihre Augen auf und hielt sich die Hand vor den Mund.

Du liebe Güte, ich habe ihn ja gar nicht bezahlt!, durchfuhr es sie. Hektisch öffnete sie ihre Handtasche und suchte nach ihrem Portemonnaie – vergeblich.

Auch als Herr Tamm die Schwarzwälder Kirschtorte, den Schümli-Kaffee und einen Amontillado servierte, fehlte noch immer jede Spur von ihrer Geldbörse. Das Einzige, was sie aus der Tasche heraus anglänzte, war die kleine Schaufel, die sie am Friedhof eingesteckt hatte. Peinlich berührt schloss sie ihre Handtasche wieder und starrte geradeaus. Wenigstens stand das Taxi jetzt nicht mehr an seinem Platz. Liselotte schaute verzweifelt auf ihr Gedeck und schließlich in das Gesicht von Herrn Tamm.

Um zwanzig Uhr trug Herr Tamm die unberührte Schwarzwälder Kirschtorte, den erkalteten Schümli-Kaffee und den erwärmten Amontillado ab.

Irgendwann musste man sich den unangenehmen Dingen des Lebens stellen. Also raffte Liselotte sich auf und verlangte nach der Rechnung, die sie nicht begleichen konnte.

»Welche Rechnung? Sie haben doch nichts verzehrt!« Zum zweiten Mal an diesem Tag half ihr Herr Tamm aus der Bredouille.

Er holte ihren Mantel von der Garderobe, begleitete sie

zur Tür, verabschiedete sich mit einem Handkuss, schloss hinter ihr das Café zu und schaute ihr noch lange nach, wie sie auf ihren kaputten Pumps über den Kurfürstendamm in Richtung Uhlandstraße humpelte.

2.

Auch am siebten Morgen nach dem Tod ihres Mannes wachte Liselotte auf in der Hoffnung, dass es sich einfach nur um einen unerträglichen Alptraum gehandelt hatte, den man mit ein oder zwei Handbewegungen aus den Augen wischen konnte. Hoffnungsvoll lauschte sie in die Stille der Wohnung hinein.

War da nicht ein Geräusch aus dem Arbeitszimmer gekommen? Das würde doch nicht etwa ihr Franz Ferdinand sein?! Da, schon wieder! Nun hatte sie es ganz deutlich vernommen. Tellergeklapper aus der Küche!

»Gott sei Dank!«, seufzte Liselotte erleichtert, richtete sich in ihrem Bett auf, streifte die malvenfarbene Seidenbettwäsche glatt, ordnete grob ihr silbernes Haar und wartete geduldig auf das mit einer weißen Lilie dekorierte Frühstückstablett, das ihr gleich, wie jeden Morgen, ein gutgelaunter Franz Ferdinand ans Bett servieren würde. Am meisten freute sie sich auf den Kaffee. Voller Vorfreude rieb sie ihre noch steifen Hände aneinander.

Doch auch nach fünf Minuten wollte sich die mit Milchglas besetzte Flügeltür, die vom Wohnzimmer zu ihrem Schlafzimmer führte, nicht öffnen.

»Franz Ferdinand?«

»Franz Ferdinand!!!!«

Zögernd setzte Liselotte ihre nackten Füße auf das Fischgrätenparkett, stand zitternd auf und streifte sich ihren elfenbeinweißen, seidenen Morgenmantel über.

»Franz Ferdinand?«

Mit einem unguten Gefühl im Magen verließ sie das abgedunkelte Schlafzimmer und tastete sich, von der Morgensonne geblendet, durch das Wohnzimmer in den Flur.

»Franz Ferdinand, bist du das? So antworte doch bitte!«, rief sie flehend den breiten Flur hinunter. Sie erhielt keine Antwort.

Vor der Küche verharrte sie einen endlosen Augenblick. Schließlich nahm Liselotte all ihren Mut zusammen, drückte die Klinke und stieß die Tür auf. Statt des ersehnten Franz Ferdinand blinkte ihr einzig der neue Kaffeevollautomat entgegen, den ihr Mann eine Woche vor seinem Ableben als neuste technische Errungenschaft in den Haushalt eingeführt hatte. Und diesem Blinken, da war sich Liselotte hundertprozentig sicher, verdankte sie, dass sie nun doch nach ihrem Mann sterben musste.

»Liselotte, mein Liebling, sei so lieb und gedulde dich bitte noch eine Minute, ich bekomme das gleich hin. Und dann kredenze ich dir einen Schümli-Kaffee, wie man ihn ansonsten nur im Kranzler serviert!«, hatte Franz Ferdinand genau zur selben Zeit vor acht Tagen zu seiner Frau gesagt. Mit der Betriebsanleitung in der einen Hand und der Lesebrille in der anderen hatte er bereits seit einer halben Stunde vergeblich versucht, die »Störungsmeldung 8« zu beheben.

»Mein lieber Franz Ferdinand, nichts lieber als das! Aber in zehn Minuten habe ich einen Termin beim Friseur, zu dem du mich doch hoffentlich begleiten wirst. Und wir sollten noch vor zwölf die Wäsche aus der Reinigung abholen.

Oder willst du mich heute Mittag etwa nackt zum Essen ausführen?« Sie zwinkerte ihm kokett zu, drehte sich hüftschwingend um und holte schon einmal ihre Handtasche von der Art-déco-Kommode und den roten Trenchcoat von der Garderobe. Das war das letzte Mal, dass Liselotte Günther ihren Franz Ferdinand lebend gesehen hatte.

Es war schwer zu sagen, ob die Aufregung über den mangelnden technischen Sachverstand oder der Gedanke, mit seiner nackten Frau in einem Restaurant zu sitzen, seinen Herzinfarkt ausgelöst hatte.

Als Liselotte ihn kurz darauf auf den terrakottafarbenen Fliesen liegen sah, schrie sie ihren Mann zum ersten Mal in ihrem Leben an. Er hatte keinerlei Reaktion gezeigt. In ihrer Unbeholfenheit hatte sie ihm nacheinander zwei Gläser kaltes Wasser in das nach Aftershave duftende Gesicht geschüttet. Und als das auch nichts geholfen hatte, hatte sie sich überwunden und ihrem Franz Ferdinand eine eher sanfte Ohrfeige gegeben.

»Du Mörder!«, fauchte Liselotte nun die Maschine an, zog den Netzstecker und beobachtete befriedigt, wie das Display erlosch. Aber das Bedürfnis nach Kaffee hatte sie noch immer.

»Dann bereite ich ihn mir eben selbst zu. Das wäre doch gelacht!«, murmelte sie trotzig, wischte sich die Zornestränen von den faltigen Wangen und krempelte die Ärmel ihres Morgenmantels hoch.

Allerdings wusste sie nicht, wohin Franz Ferdinand die alte Kaffeemaschine verräumt hatte. Nach zehn Minuten fand sie in den Eingeweiden der Poggenpohl-Küche zumindest einen Löslichen.

Besser als gar nichts, dachte sie und stellte summend einen Topf Wasser auf das erst vorgestern gelieferte Induktionskochfeld. Die letzte Anschaffung, die Franz Ferdinand in seinem 89-jährigen Leben noch getätigt hatte. Denn eines war ihm immer wichtig gewesen: »Liselotte, für uns nur das Modernste und Beste!«

Und auch Liselotte hatte diese Meinung geteilt, wobei das Bedienen der elektronischen Gerätschaften Franz Ferdinands Aufgabe geblieben war.

Das Summen verebbte, als Liselotte vergeblich versuchte, den neuen Herd einzuschalten.

So eine bodenlose Schlamperei, die hatten es doch tatsächlich versäumt, die Knöpfe zu installieren! Empört eilte sie in die Diele, nahm das schnurlose Telefon aus der Basis und drückte die Kurzwahltaste ›1‹.

»Herzlich willkommen im Ka…«

»Junges Fräulein, ich weiß, dass ich im KaDeWe anrufe! Verbinden Sie mich umgehend mit der Küchen- und Elektroabteilung.«

Nachdem sie achtzehn Mal hintereinander auf Deutsch, Englisch, Französisch, Italienisch und Russisch um Geduld gebeten worden war, nahm am anderen Ende der Leitung endlich jemand das Gespräch an.

»Ja, Boltschläger hier, was kann ich für Sie tun?« Eine leicht genervte, sich überschlagende Männerstimme drang an ihr Ohr.

»Das wurde auch Zeit! Günther am Apparat, geben Sie mir sofort ihren Vorgesetzten, Herrn Mayer!«

»Ist seit Montag in Rente!«

Schon wieder ein Mann, der mich verlassen hat, dachte Liselotte enttäuscht, schilderte knapp die unfassbare Verfehlung des Montagemitarbeiters und verlangte eine umfassende Stellungnahme.

»Das ist jetzt ganz schlecht. Ich feiere gerade meinen Einstand als neuer Teilabteilungsleiter der Weißen Ware. In einer Stunde wird Sie jemand zurückrufen.«

»Das werden Sie nicht wagen!«

Herr Boltschläger rang sich zu einem verbindlicheren Tonfall durch, doch nach zehn Minuten reichte es Liselotte.

»Nein, Sie werden es unterlassen, mich mit irgendeinem Außendienstdisponenten zu verbinden! Schicken Sie mir auf der Stelle Herrn Jablonski vorbei, der diesen Fauxpas wieder ausbügeln wird. Und ich verbitte mir weitere Belehrungsversuche bezüglich ›sensorischer Bedienfelder‹ auf der Herdoberfläche! Ach, und bevor ich es vergesse, wenn Herr Jablonski schon einmal vor Ort ist, kann er auch gleich dieses Monster von Kaffeevollautomaten wieder mitnehmen. Es hat meinen Mann getötet!« Schroff beendete sie das Gespräch und wünschte sich sehnlichst ihr altes Telefon zurück. Bei dem hätte sie als Zeichen ihres Unmuts zumindest den Hörer auf die Gabel knallen können.

Eine halbe Stunde später stand ein schnaufender Herr Jablonski in seinem blauen Arbeitskittel vor Liselotte Günthers Wohnungstür.

»Gut, dass Sie es sich so schnell einrichten konnten!«, begrüßte Liselotte erfreut den Servicetechniker, den sie schon seit seiner Lehrzeit kannte, und trat einen Schritt zur Seite.

Herr Jablonski hob seinen dunkelbraunen Cordhut von der verschwitzten Glatze, nahm seinen Werkzeugkoffer auf, putzte sich gründlich die Arbeitsschuhe am Türvorleger ab und wuchtete seinen massigen Körper in den Flur.

»Wat hamse denn für'n Problem, Frau Günther?«, fragte er bedächtig seine älteste Stammkundin.

»Es ist ungeheuerlich! Aber sehen Sie selbst! Wenn Sie so freundlich sind, mir in die Küche zu folgen?«

Nachdem Herr Jablonski einen Blick auf den neuen Herd geworfen hatte, machte er Liselotte verständnisvoll mit der neuen Technik vertraut.

»So, gnädige Frau, da sein Se mal unbesorgt! Dett hätte mir jenauso passieren können. Ick sags Ihnen, da waren ma de ollen Knöppe ooch lieber. Hätte ick nich jede Woche ne Produktschulung, würde ick mir ooch nich mehr auskennen. Da soll eener mal durchblicken. Und stelln Se sich mal vor, Russisch muss ick jetzt ooch noch lernen!«

Ein wenig verlegen nahm er die zehn Euro Trinkgeld an und empfahl sich.

»Endlich!«, murmelte Liselotte, schielte auf Herrn Jablonskis handschriftlich erstellte Gebrauchsanweisung und drückte kräftig auf das Bedienfeld des Herds. Fünf Minuten später war das Wasser im Topf nach wie vor kalt.

Liselotte zückte das Telefon, drückte die Kurzwahltaste ›1‹ und ließ sich umgehend mit Herrn Boltschläger verbinden.

»Und warum hat Ihr Haus es versäumt, meinen Mann darüber in Kenntnis zu setzen, dass unsere herkömmlichen Töpfe und Pfannen für einen Induktionsherd absolut ungeeignet sind?!« Mit ruhiger Stimme stellte Liselotte ihren immer ungeduldiger werdenden Gesprächspartner zur Rede.

Letztendlich versprach Herr Boltschläger genervt, ihr Herrn Jablonski mit dem geeigneten Material vorbeizuschicken.

»So, nun bleibe ick aber bei Ihnen, bis Se den Kaffee in

der Hand halten, gnädige Frau«, grinste dieser verschmitzt Liselotte an und zupfte sich etwas verlegen an seinem buschigen Backenbart. Gemeinsam warteten sie die halbe Minute ab, die das Wasser zum Aufkochen benötigte.

Nachdem Liselotte Herrn Jablonski zur Tür geleitet hatte, nahm sie die weiße Porzellantasse zwischen ihre Hände und spürte die Wärme des Kaffees. Trotzdem fröstelte es sie. Sie setzte sich kraftlos an den ovalen Küchentisch und starrte stumm in die schwarze Flüssigkeit. All die Anstrengungen, die sie an diesem Vormittag in diese einzelne Tasse Kaffee gesteckt hatte, hatten ihr die Energie für den restlichen Tag geraubt. Kurz wünschte sie sich, dass sie Herrn Jablonski auch eine Tasse angeboten hätte.

Liselotte nahm einen Schluck, verzog das Gesicht, stand auf und betrachtete wehmütig ihr Hochzeitsfoto, das in einem wuchtigen silbernen Rahmen auf der Anrichte neben den Digestif-Flaschen stand. Die verblasste Fotografie zeigte sie mit ihrem Mann auf seinem ersten NSU-Motorrad, vor den Ruinen des Roten Rathauses. Mühsam zog sie den Korken aus einer der Weinbrandflaschen heraus und goss sich einen kleinen Schluck in den Kaffee.

»Ahoi, Kamerad, ich wünsche dir eine gute Reise!« Unter Tränen prostete Liselotte ihrem Mann zu. Sie nahm einen kleinen Schluck, stellte die Tasse vor dem Bild ab und fing an, ruhelos durch ihre Wohnung zu laufen.

Nach einer Stunde sank sie erschöpft auf das weiße Ledersofa im Wohnzimmer und griff nach der Fernbedienung.

An sich verachtete Liselotte Menschen, die bereits am helllichten Tag fernsahen und nichts Besseres mit sich anzufangen wussten, aber nun war auch sie es, die einfach nichts mit sich anzufangen wusste. Doch obwohl der Flachbildschirm mit Strom versorgt wurde, blieb er schwarz.

Liselotte blaffte den Fernseher an, ging gemächlich in die Küche, nahm das Telefon in die rechte Hand, bediente die Kurzwahltaste ›1‹ und stemmte ihre Linke in die Hüfte.

»Na, wahrscheinlich haben Sie vergessen, den Stecker in die Dose zu stecken, finden den An-Schalter nicht, haben es verpennt, sich einen digitalen Receiver zu besorgen oder leiden an Alzheimer!« Herr Boltschläger konnte nicht länger gegen seine Natur ankämpfen – obwohl neben ihm der Leiter des Qualitätsmanagements stand.

Zutiefst befriedigt beobachtete Liselotte Günther eine Stunde später, hinter den weißen Samtgardinen des Wohnzimmers versteckt, wie ein Lieferwagen des KaDeWe mit quietschenden Reifen vor ihrem Haus hielt. Abrupt wie in einem Gangsterfilm öffnete sich die Schiebetür, und aus dem Inneren des Wagens stürmten hintereinander der leitende Servicetechniker mit einem digitalen Receiver, der stellvertretende Geschäftsführer mit einem Strauß Lilien, der Abteilungsleiter der Feinkostabteilung und zwei seiner Lehrlinge mit einem üppig bestückten Fresskorb.

Gleich würde ihr Fernseher repariert werden, und um das Mittag- und Abendessen bräuchte sie sich nun auch nicht mehr zu kümmern. Liselotte freute sich und wartete geduldig, bis es an der Haustür schellte. Erst dann löste sie sich vom Fenster, ging gemächlich in die Diele und überprüfte im Flurspiegel ihr äußeres Erscheinungsbild. Kritisch betrachtete sie ihr geschminktes Gesicht, trug noch ein wenig schwarze Mascara auf und kontrollierte den Sitz ihres dunkelgrünen Kostüms. Einzig mit ihren Haaren war sie nicht ganz zufrieden. Also musste sie noch einmal zurück in das Bad.

Vor ihrer Wohnungstür war derweilen zwischen den Herren eine Diskussion darüber entbrannt, ob es die Etikette zuließ, die Klingel erneut zu betätigen, oder nicht. Bevor sie sich darüber einigen konnten, öffnete ihnen Liselotte mit konsternierter Miene die Tür und bat die Gesellschaft mit einer knapp gehaltenen Geste in die Wohnung.

Die Herren verstanden ihr Fach. Während der Servicetechniker sich umgehend um den Fernseher kümmerte und der Leiter der Feinkostabteilung die Lehrlinge in die Küche dirigierte, überreichte der stellvertretende Geschäftsführer des KaDeWe Liselotte mit einer Verbeugung den Blumenstrauß. Er wählte seine Worte der Entschuldigung mit Bedacht, drückte sein tiefes Bedauern aus und wagte darauf zu hoffen, sie auch zukünftig als Kundin begrüßen zu dürfen.

»Und bitte seien Sie so freundlich und richten Sie Ihrem Mann meine besten Empfehlungen aus, Frau Günther!«, verabschiedete er sich, nachdem er die Arbeit seiner Angestellten gewissenhaft überprüft hatte, und zog hinter sich die Tür zu.

Deprimiert betrat Liselotte die Küche, betrachtete die Köstlichkeiten, die sorgsam auf dem Esstisch arrangiert worden waren, und ließ ihre schmalen Finger über die zwei Gedecke gleiten. Ohne einen Happen zu sich genommen zu haben, ging sie in ihr Bad, schminkte sich ab, zog sich um, schaltete den Fernseher im Wohnzimmer aus, hängte das Kostüm in den Kleiderschrank zurück, kroch unter die Bettdecke und beweinte zum ersten Mal den Tod ihres Mannes.

3.

Dass Liselotte ihren Mann allein und ohne weiteren Beistand zu Grabe hatte tragen müssen, lag am Krieg. Oder zumindest an dessen Folgen. Was sie zu erleiden hatte, war nur ein Bruchteil von dem, was anderen geschehen war, aber es reichte aus, um die Weichen ihres Lebens so zu stellen, dass sie nach dem Tod ihres Mannes die Quittung dafür bekam: Sie fühlte sich nicht nur allein, sondern sie war es. Und dabei hatte alles so verheißungsvoll angefangen.

An einem sonnigen Märzmorgen im Jahr 1930 hatte Liselotte in der Gründerzeitvilla ihrer Eltern das Licht der Welt erblickt. Ihre Geburt war die Krönung der bedingungslosen Liebe, die zwischen ihren Eltern herrschte. Ihr Vater Anselm Kern, ein renommierter Bankier und Immobilienhändler, der im Nachtleben als »Rudolph Valentino von Berlin« bekannt war, und ihre Mutter Valeska »Die Unnahbare« Kern, eine geheimnisvoll anmutende Tänzerin, sahen sich in Liselotte endlich vereint. Noch am Abend ihrer Geburt ordnete Liselottes Vater an, dass sein komplettes Büro mitsamt Sekretariat im Ostflügel der Villa einzurichten sei. Schon der Gedanke daran, Frau und Tochter verlassen zu müssen, hatte ihm den Atem genommen.

Auch Liselottes Mutter verspürte keinerlei Verlangen,

das heimische Nest zu verlassen, um sich wieder auf der Bühne zu zeigen. Aber ganz ohne Teilnahme am gesellschaftlichen Leben kam das Ehepaar Kern auch nicht aus. So verlagerte man die Salons, Restaurants, Varietés, Theater und Konzerthäuser der Stadt kurzerhand in die Villa Kern. Und es gab niemanden, der nicht gerne gekommen wäre, und viele, die länger blieben als ursprünglich geplant.

Die ungekrönte Königin in diesem ständigen Kommen und Gehen war die kleine Liselotte, und mit zwölf Jahren war sie sich der Wirkung, die sie auf ihr Umfeld hatte, vollkommen bewusst. Nun wollte sie als Dame behandelt werden, aber niemand tat ihr den Gefallen, sosehr sie sich auch bemühte.

Das änderte sich jedoch schlagartig, als ihr Vater einen neuen Sekretär einstellen musste, da der Alte sich hirnrissigerweise freiwillig dem aussichtlosen Russlandfeldzug angeschlossen hatte.

Und so kam es, dass Franz Ferdinand Günther, Sohn eines kaisertreuen Ehepaars aus Nikolassee und gerade eben achtzehn geworden, in Liselottes Leben trat und sich ihr als erster Mann überhaupt mit Handkuss vorstellte.

Von diesem Tag an wartete Liselotte jeden Morgen ungeduldig auf das dumpfe Dröhnen von Franz Ferdinands Motorrad. Jedes Mal, wenn sie es vernahm, stieg sie aus ihrem Bett, eilte zum Zimmerfenster, schob schüchtern die Gardinen beiseite und beobachtete ihn aus dem ersten Stock dabei, wie er sein Motorrad auf der Kiesauffahrt abstellte, sich durch sein dunkelbraunes, pomadisiertes Haar strich, abstieg und ihr einen Luftkuss zuwarf. Widerwillig, aber im Wissen, dass qualifiziertes Personal in diesen Zeiten Mangelware war, verfolgte Anselm Kern dieses allmorgendliche

Ritual aus dem darunterliegenden Speisesaal und drehte sich dann seufzend zu seiner Frau um.

Mit den Luftangriffen am Ende des Jahres 1942 zog der Krieg nun auch in Berlin ein. Man hatte jedoch alles dafür getan, dass er nicht über die Schwelle der Villa Kern trat. Aus Trotz wurden die Soireen nun fast allabendlich abgehalten und die Feste immer pompöser.

Und so war es Liselotte ein Leichtes, die zarten Bande zwischen ihr und ihrem Franz Ferdinand beinahe unbeobachtet zu festigen. Es folgte die erste gemeinsame Ausfahrt auf dem Motorrad, die erste Einladung in das Café Kranzler, ein Mittagessen im Borchardt und ein abendlicher Spaziergang um die Krumme Lanke, bei dem Franz Ferdinand all seinen Mut zusammennahm und Liselottes Hand ergriff.

Was sie nach diesem Abend sehnsüchtig erwartete, war der erste Kuss. Doch sie musste sich noch acht quälende Jahre lang gedulden.

Anfang März 1945 wurde Franz Ferdinand die Ehre zuteil, Liselottes fünfzehnten Geburtstag auszurichten. Eigens dazu hatte er sich eine maritime Feierlichkeit erdacht, bei der er, als Pirat verkleidet, Liselotte entführen und im Garten hatte küssen wollen. Allerdings wurde er am Vorabend im Zuge der letzten Mobilmachung eingezogen und in die Uckermark entsandt, wo sich seine Spur verlor.

Viel zu turbulent und aufregend war Liselottes Ehrentag verlaufen, als dass sie Franz Ferdinands Abwesenheit bemerkt hätte. Erst am späten Abend, als sie erschöpft ihr Matrosenhütchen auf die Kommode geschmissen hatte und zu Bett gehen wollte, musste sie stutzen. Auf ihrem Kopfkissen fand Liselotte kein rot umwickeltes Schokoladenherz wie sonst immer – eine allabendliche Aufmerksamkeit von Franz Ferdinand, die ihr die Nacht versüßen sollte. Auch ihr Vater konnte ihr sein Fernbleiben nicht begründen, versprach jedoch, sich gleich am nächsten Morgen darum zu kümmern.

Am frühen Vormittag des darauffolgenden Tages nahm Valeska Kern neben ihrem Mann auf dem Beifahrersitz des Mercedes Platz. Zuversichtlich winkten sie ihrer Tochter zu und fuhren die Kiesauffahrt hinunter, um der Ursache für das Fehlen ihres zukünftigen Schwiegersohnes auf den Grund gehen. Ihre Suche hatte jedoch schlagartig ein Ende, als ihr Wagen von einem irregeleiteten Flakprojektil getroffen wurde.

Mit diesem tragischen Ereignis hatte Liselottes unbeschwerte Kindheit ihr Ende. Die bedingungslose Kapitulation folgte, die amerikanischen Besatzer beschlagnahmten das Familienvermögen und -anwesen und setzten zu guter Letzt eine orientierungslose Liselotte mit nichts als einem Handkoffer vor die Tür.

Norbert Lüdtke, der ehemalige Chefbuchhalter ihre Vaters, las sie schließlich weinend am U-Bahnhof Krumme Lanke auf und nahm sich ihrer an. Jede andere hätte dies zu jener Zeit als grenzenloses Glück empfunden, nicht jedoch Liselotte. Denn ab sofort musste sie sich ein Doppelbett mit den vier pubertierenden Söhnen des Ehepaars teilen und das Klo mit den anderen Bewohnern des halb zerschossenen Arbeitermietshauses in Berlin-Wedding. Sie musste essen, was gerade verfügbar war, fror entsetzlich in ihren groben Baumwollkleidern und hasste die Monotonie des Alltags.

Nach vier Jahren hatte sie die Hoffnung aufgegeben, dass ihr Franz Ferdinand plötzlich vor der Tür stehen würde, um sie in ihre alte Welt zurückzuführen. Zaghaft begab sie sich auf die Suche nach einem Menschen, der diese Sehnsucht hätte stillen können. An Anwärtern mangelte es nicht, aber keiner war in der Lage, sie so zu berühren, wie es ihr Franz Ferdinand vermocht hatte.

Auch ihren zwanzigsten Geburtstag weigerte sich Liselotte zu begehen. Zu sehr verband sie mit ihrem Ehrentag das Verschwinden ihres Franz Ferdinand und den Tod ihrer Eltern. Selbst die verlockende Einladung der Familie Lüdtke ins Café Kranzler lehnte sie ab.

Als sie ohne sie aufgebrochen waren, verkroch sich Liselotte in das noch warme Gemeinschaftsbett und zog sich die Pferdehaardecke über den Kopf.

Eine Stunde später wurde sie von einem zaghaften Klopfen an der Wohnungstür aus ihrem traumlosen Schlaf geweckt. Widerwillig stand sie auf.

Im Halbdunkel des Treppenhauses sah Liselotte einen ausgemergelten Mann, dessen Alter sie nicht zu schätzen vermochte. Um seine knochigen Schultern hing ein abgewetzter Wehrmachtsmantel, sein anämischer Oberkörper steckte in einem verdreckten Hemd, und die Füße waren mit Lumpen umwickelt. Der einzige Farbfleck, den Liselotte an der Person ausmachen konnte, waren zwei rote Rosen, die er in seinen zerschundenen Händen hielt.

»Rosen zu dieser Jahreszeit!«, rief Liselotte verwundert aus. Sie wagte es, dem weinenden Mann in die Augen zu schauen. Erst jetzt erkannte sie ihren Franz Ferdinand. Behutsam umarmte sie das zerbrechliche Bündel Mensch, zog es in die Wohnung und setzte eine Suppe auf.

Am Nachmittag des gleichen Tages führte Franz Ferdinand Liselotte an die Stelle am Ufer der Krummen Lanke, an der er sie zum ersten Mal berührt hatte. Mit brüchiger Stimme fragte er, ob sie seine Frau werden wolle. Liselotte wischte sich die Tränen aus den Augen, nahm Haltung an, schluckte mehrmals, räusperte sich und nickte schließlich als Zeichen ihrer Zustimmung. Schüchtern schloss sie ihre Lider, spitzte die Lippen und wartete darauf, nun endlich geküsst zu werden. Aber sie wurde nicht geküsst. Irritiert öffnete sie ihre Augen. Anstatt ihren Franz Ferdinand vor sich zu haben, blickte sie auf drei Birken und den See. Erschrocken hielt sie sich die Hand vor den Mund und schaute sich panisch um.

»Franz Ferdinand?! Du bist doch nicht schon wieder verschwunden!?«

Nein, das war er nicht. Erleichtert sah sie ihn neben einer knorrigen Kiefer knien. Er buddelte konzentriert im sandigen Boden herum. Dann förderte er eine rostige Schatulle zutage. Vorsichtig befreite er sie vom Sand. Ahnend, dass das Tausendjährige Reich noch zu seinen Lebzeiten sein Ende finden würde, hatte Franz Ferdinand vorsorglich jeden Teil seines Verdienstes, den er erübrigen konnte, in Gold eingetauscht. Und als die Zeichen gänzlich auf Sturm standen, hatte er seinen Schatz vergraben.

Neugierig schaute Liselotte ihrem Verlobten über die Schulter. Franz Ferdinand öffnete zittrig den Deckel und atmete erleichtert auf, als er erkannte, dass der Inhalt noch an Ort und Stelle war.

»Unser Startkapital!« Er lachte Liselotte an, schloss die Schatulle und versteckte sie unter seinem Mantel. Dann richtete er sich auf, und endlich küsste er Liselotte. Eng umschlungen beschloss das junge Paar seine Runde um die Krumme Lanke und steuerte ein nahegelegenes Hotel an. In der vorgezogenen Hochzeitsnacht schwor Franz Ferdinand seiner zukünftigen Frau ewige Treue, sie wieder in ihr altes Leben zurückzuführen, ihr jeden Wunsch von den Augen abzulesen, sie auf Händen zu tragen, ihr jede Unannehmlichkeit abzunehmen, immer für sie da zu sein, eine lohnende Anstellung zu finden und nicht vor ihr zu sterben. Und er sollte all seine Versprechen halten – bis auf das letzte.

Als Franz Ferdinand eingeschlafen war, lag Liselotte noch lange wach und streichelte seine hohlen Wangen. In die Dunkelheit der Nacht hinein schwor sie sich, ihren Franz Ferdinand ganz für sich alleine behalten zu wollen. Nichts sollte sie mehr trennen, geschweige denn zwischen ihr Glück gelangen. Damit schloss Liselotte auch Kinder und engere Freundschaften für ihr gemeinsames Lebenskonzept aus.

Am nächsten Morgen erstand Franz Ferdinand für sich ein gebrauchtes NSU-Motorrad, Schuhe, Anzüge, Hemden und einen Mantel, für seine Liselotte eine komplette Sommergarderobe und für die gemeinsame Zukunft die renovierungsbedürftige Eigentumswohnung in der Damaschkestraße 36. Dann bestach er den Standesbeamten im Roten Rathaus, holte seine Braut mit dem Motorrad vom Friseur ab und heiratete sie. So wurde aus Liselotte Kern Frau Günther.

Ihren Mann hatte die 62 Jahre andauernde Zweisamkeit nicht im Geringsten gestört. Er war glücklich gewesen, wenn er seine Frau glücklich wähnte. Einzig die Kinderlosigkeit hatte von Zeit zu Zeit an ihm genagt. Aber mit zunehmendem Alter verebbte diese Sorge, um einer anderen Platz zu machen: Wer würde sich um seine Liselotte kümmern, falls er doch vor ihr sterben sollte?

4.

Oh Gott, schon wieder ein neuer Morgen! Liselotte seufzte. Sie zweifelte daran, ob es sich überhaupt lohnen würde, an diesem Tag aufzustehen. Eine halbe Stunde lang warf sie sich von einer Seite ihres Bettes auf die andere und entschloss sich schweren Herzens dann doch, am Leben teilzunehmen. Mit steifen Gliedern humpelte sie zu den Vorhängen und zog sie beiseite. Ein kurzer Blick aus dem Fenster genügte ihr, um sich noch elender zu fühlen.

Die Sonne schien schon wieder, die Vögel sangen, das Blassgrün der Blätter hatte über Nacht eine erstaunliche Metamorphose hingelegt und strotzte nun vor chlorophyller Energie, und selbst die Einwohner der Stadt schienen gutgelaunt zu sein. Ein Gedicht von Eduard Mörike drängte sich in Liselottes Kopf.

»Das ist ja ekelhaft«, beschimpfte sie die Szenerie und zerrte schnell die Vorhänge wieder zu. Normalerweise wäre es nun Zeit für ihre allmorgendliche Pilatesstunde gewesen. Seit 1964 hatte Liselotte sie keinen einzigen Tag ausgelassen. Aber mit dem Tod ihres Mannes hatte sich allem Anschein nach auch ihre Lebensenergie verflüchtigt.

Lustlos öffnete sie ihren Kleiderschrank und stellte erstaunt fest, dass sich im untersten Fach nur noch ein Satz Unterwäsche befand. Irritiert zog sie sämtliche Schubladen heraus, öffnete weitere Türen, forschte in jedem Winkel des

Schrankes nach und stieg sogar auf einen Stuhl, um auf dem verstaubten Schrankboden vielleicht doch noch etwas zu entdecken. Die magere Ausbeute an sauberen Kleidungsstücken breitete sie auf ihrem Bett aus. Dann trat sie einen Schritt zurück und wäre dabei beinahe über ihre getragene Kleidung gestolpert, die aus dem Wäschepuff auf den Boden ihres Schlafzimmers quoll.

Herrjeh, was war das denn für eine Schweinerei! Beschämt wandte sie den Blick ab. So schnell wie möglich floh sie aus ihrem Schlafzimmer, zog im Gehen den Morgenmantel über und schnürte den Gürtel so barsch zu, dass es ihr den Atem nahm. Oder war es doch der Anblick des Wohnzimmers, der sie schwindeln ließ?

Das Sofa war bedeckt mit internationalen Frauenmagazinen, der Fernseher lief noch, auf dem Couchtisch stapelten sich benutzte Teller, Tassen und Gläser, die Verpackungen des Feinkostlieferservice lagen auf dem weißen Flokatiteppich, das Fischgrätenparkett war mit Krümeln übersät, in den Ecken häuften sich die Staubflusen, und von der Decke hingen Spinnenfäden herunter. Liselotte wusste gar nicht mehr, wo sie hinschauen sollte.

Entsetzt schlug sie den Kragen ihres Morgenmantels hoch, kniff die Lider zusammen, eilte durch den Raum und über den dunklen Flur in die Küche, schloss atemlos die Tür hinter sich und öffnete ängstlich die Augen. Beim Anblick der Spüle stieß sie einen Schrei aus, der selbst den vor sich hinpfeifende Straßenkehrer auf dem Gehweg vor ihrem Haus aufhorchen ließ.

Sie eilte zur Anrichte und drehte das Hochzeitsfoto zur Wand. »Ich werde dich erst wieder umdrehen, wenn ich all das in Ordnung gebracht habe!«, beteuerte Liselotte ihrem

Mann, nachdem sie die Sprache wiedergefunden hatte. »Aber warum musstest du mich über die Jahre hinweg auch so verwöhnen?!«

Sie war zwar ein wenig außer Übung, aber zumindest hatte sie Franz Ferdinand häufig genug bei der Hausarbeit zugesehen. »Das wäre doch gelacht!«, sagte sie trotzig, ging in das Badezimmer, duschte, cremte sich ein, schminkte sich, umwickelte ihren Körper mit dem letzten sauberen Frotteehandtuch und kehrte in ihr Schlafzimmer zurück.

Vor dem Wäschepuff blieb sie eine Weile ratlos stehen. Was sollte sie zum Putzen bloß anziehen? Liselotte durchwühlte den Kleiderberg und entschied sich für ein leicht abgetragenes Kostüm von Strenesse.

Dann konnte es ja endlich losgehen. Zuversichtlich rieb sie sich die Hände und verließ voller Tatendrang das Schlafzimmer.

Am späten Vormittag hatte Liselotte zumindest die Müllbeutel, den Glasreiniger, das Bodenpflegemittel, einen Putzlappen, zwei Mikrofasertücher sowie Eimer und Mopp gefunden. Erschöpft lehnte sie am Kühlschrank. Sie hätte jetzt furchtbar gerne einen Kaffee und ein Croissant zu sich genommen.

Erst die Arbeit, dann das Vergnügen!, ermahnte sie sich, wischte sich mit einem der Mikrofasertücher den Schweiß von der Stirn, öffnete mit Mühe einen der zusammenklebenden Müllbeutel und fing an, ihre Wohnung vom Unrat zu befreien.

Um ein Uhr stellte Liselotte drei prallvolle 120-Liter-Plastiksäcke vor ihre Wohnungstür und trug schnaufend den ersten in den Innenhof hinunter. Überfordert stand sie vor den drei Müllcontainern, die zwar alle die gleiche Form, aber unterschiedliche Farben besaßen. Nach kurzem Überlegen entschied sie sich für Blau und öffnete umständlich die Schiebeklappe, die immer wieder zurückschnellte.

»Den darfst du aber nicht da reinschmeißen!«, belehrte sie ein etwa zehnjähriger Junge, der nasebohrend in einem Spiderman-Kostüm auf einem viel zu kleinen Dreirad saß.

»Müsstest du nicht noch in der Schule sein?«, überging Liselotte verschnupft die Zurechtweisung und schaffte es endlich, den Container zu öffnen.

»Nee, heute ist Samstag. Und da kommt nur Papier rein!«

Den Jungen ignorierend, wuchtete sie mühsam den Müllbeutel in den Container.

So, der erste war geschafft! Jetzt hatte sie nur noch zwei. Zufrieden steuerte Liselotte das Treppenhaus an.

»Maaaaaamaaaaaaaaaa, da schmeißt eine alte Frau unsortierten Müll in den Altpapiercontainer!«, brüllte hinter ihr der Junge in einer ohrenbetäubenden Lautstärke, als ob er gerade einen Exhibitionisten gestellt hätte.

Auch als Liselotte mit dem dritten Sack den Innenhof betrat, war von dem popelnden Jungen Gott sei Dank nichts mehr zu sehen. Beruhigt stopfte sie den Müllbeutel zu den anderen. Am liebsten hätte sie jetzt Feierabend gemacht, aber sie hatte bisher nur einen Punkt von ihrer endlos scheinenden Erledigungsliste streichen können.

Wie mein Franz Ferdinand das nur alles geschafft hat!, dachte Lieselotte bewundernd, ächzte zum dritten Mal an diesem Tag die Stufen in den vierten Stock hinauf, schloss auf und entschied sich spontan, als Nächstes die Wäsche in die Reinigung zu bringen. Ein wenig frische Luft würde ihr guttun.

Dazu benötigte sie ihre Reisekoffer. Diese brauchte sie zumindest nicht erst zu suchen; wo sie zu finden waren, wusste sie genau. Einen nach dem anderen zerrte sie aus dem Kabuff heraus und verfrachtete sie in ihr Schlafzimmer. Alle vier reichten gerade aus, um die Wäsche zu fassen.

Nachdem Liselotte das Gepäck in Reih und Glied an die Wohnungstür gestellt hatte, frischte sie ihr Make-up auf, griff zu ihrer Handtasche und schob dabei versehentlich den Autoschlüssel von der Kommode. Sie bückte sich und hob ihn auf. Nachdenklich betrachtete sie ihn zwischen ihren Fingern.

Warum auch nicht? Zwar hatte sie seit dreißig Jahren nicht mehr selbst hinter dem Steuer gesessen, aber schließlich hatte Franz Ferdinand sie immer gelobt, dass sie eine so gute Beifahrerin sei. Und Dinge, die man einmal gelernt hatte, verlernte man nicht so schnell. Außerdem handelte es sich ja um einen Wagen mit Automatikgetriebe. Entschlossen öffnete sie die Wohnungstür und legte ihre Hand um den Ledergriff des ersten Koffers.

Es dauerte seine Zeit, bis Liselotte all ihr Gepäck im Hausflur deponiert hatte. Nun musste sie nur noch den Scirocco finden. Unsicher wendete sie sich nach links.

Nach einer halben Stunde machte sie den Wagen endlich unter einem Lindenbaum aus. Sie war sicherlich schon dreimal an ihm vorbeigegangen, doch hatte sie nicht erwartet, ihn derart dreckig und verunstaltet vorzufinden. Sie war schockiert. Die Fenster waren mit kleinen bunten Kärtchen bespickt, der vormals weiße Lack und die Windschutzscheibe waren mit einer klebrigen, gelben Blütenstaubschicht bedeckt, und aus dem rechten Vorderreifen war die Luft entwichen.

Trotzdem war sie ein wenig erleichtert. Sie verstaute den Wagenschlüssel in ihrer Handtasche, hielt ein Taxi an, stieg ein und dirigierte den Fahrer zu ihrem Wohnhaus.

»Wo darf es denn hingehen, gnädige Frau?«, fragte der Fahrer gutgelaunt, nachdem er die vier Gepäckstücke im Kofferraum verstaut hatte. Wer mit so viel Gepäck verreiste, musste wohl zum Flughafen, zum Hauptbahnhof oder vielleicht sogar nach Hamburg auf ein Kreuzfahrtschiff.

»Zur Textilreinigung Nolte in die Westfälische Straße, bitte.«

»Aber das sind Luftlinie nur vierhundert Meter«, protestierte der Fahrer kleinlaut.

»Ja, dachten Sie etwa, ich möchte nach Hamburg? So, und nun fahren Sie endlich, ich habe heute noch eine Menge zu erledigen!«

Lächelnd beobachtete der Fahrer nach zweiminütiger Fahrt Liselotte im Rückspiegel, wie sie geschlagene fünf Minuten dazu benötigte, um ihre Koffer aus seinem Taxi zu wuchten.

Abgekämpft und völlig außer Atem nahm sie den auf Hochglanz polierten Messingknauf der Textilreinigung Nolte in die Hand und versuchte vergeblich, die Ladentür zu öffnen. Als ihr das auch beim zweiten Mal nicht gelang, begann sie verzweifelt, daran zu reißen.

»Die machen samstags schon um einse zu! Da kannste daran rütteln, bis es Montag is!«, grinste sie eine Dreizehnjährige hämisch an, die nicht wesentlich mehr auf der Haut trug, als Ursula Andress in »James Bond jagt Dr. No«.

Verschwitzt trat Liselotte an die Bordsteinkante und winkte erneut ein Taxi zu sich heran. Doch diesmal war sie klüger. Mit gespielt zittrigen Beinen näherte sie sich in Zeitlupe dem Wagen und öffnete umständlich die Beifahrertür. Umgehend verließ der Taxifahrer seinen Arbeitsplatz, lief um das Auto und war seiner gebrechlichen Kundin behilflich, Platz zu nehmen. Im Rückspiegel beobachtete Liselotte befriedigt, wie sich der Fahrer mit ihrem Gepäck abmühte. Als er wieder hinter dem Steuer saß, benannte sie mit hustender, dünner Stimme den Flughafen Tegel als ihr Fahrziel. Besorgt um das Wohlergehen seines Fahrgastes beschleunigte der Mann langsam, fädelte sich behutsam in den Verkehr ein und fragte, ob er die Klimaanlage höher oder niedriger stellen sollte. Kurz vor Fahrtende täuschte Liselotte einen leichten Schwächeanfall vor, bat ihn, sie in die Damaschkestraße zu fahren, und schlief dann zufrieden in ihrem Ledersitz ein.

»So, gnädige Frau, jetzt ruhen Sie sich noch etwas aus, und ich trage Ihnen in der Zwischenzeit schon einmal das Gepäck hoch«, weckte sie der Chauffeur sanft, nachdem er den Wagen geparkt und den Motor ausgestellt hatte.

Liselotte dankte ihm mit einem erschöpft wirkenden Lächeln, das sogleich erstarb, als er fortfuhr: »Und dann begleite ich Sie noch in Ihre Wohnung, lege Sie auf das Sofa und bringe Ihnen ein Glas Wasser.«

Oh Gott, warum musste er sie gerade jetzt an ihre Wohnung erinnern? Sie stöhnte innerlich auf und ließ sich zurück in den Sitz fallen.

»Und Sie sind sich wirklich sicher, dass ich Sie nicht begleiten soll?«, fragte der Fahrer besorgt nach, nachdem er den letzten Koffer hochgetragen und sein Angebot zum dritten Mal wiederholt hatte.

Energisch schüttelte Liselotte den Kopf. Noch nicht einmal ihrem Franz Ferdinand hätte sie den Zutritt zu einem solchen Schlachtfeld gewährt. Sie ließ sich aus dem Wagen helfen, vertrieb den Chauffeur mit einem hohen Trinkgeld und trottete zur Eingangstür.

»Na, det is ja schön, dann muss ick nich mehr in den vierten Stock«, wurde sie am Eingang erleichtert von ihrem Postboten begrüßt. Und ehe Liselotte Günther sich's versah, bekam sie ihren Stapel Frauenmagazine in die Hand gedrückt. Sie wogen zusammen mindestens zwei Kilo.

Mühsam, mit gesenktem Kopf, erklomm sie die zahllosen Stufen bis zu ihrer Wohnungstür. Als sie sie erreichte, blieb sie entgeistert stehen, und die Magazine entglitten ihr. Neben den vier Koffern standen ihre drei Müllbeutel, auf denen mit schwarzem Edding in einer krakeligen Kinderschrift »du mühlsünderin!!!!« geschrieben stand.

Ich schaffe das nicht!, dachte sie verzweifelt. Sie brauchte dringend eine Haushaltshilfe, und am besten noch heute! Mit letzter Kraft klaubte Liselotte die Illustrierten vom Boden und schloss auf. Die Koffer und Säcke blieben vor der Tür stehen.

Im Flur ließ sie achtlos den Mantel auf den Boden gleiten, die Pumps pfefferte sie in die Ecke, Handtasche und Schlüssel landeten in einem hohen Bogen auf der Kommode, bevor sie der Schwerkraft folgten und hinunterfielen. Nur ihre Magazine behandelte sie schonender, indem sie sie mit beiden Armen an ihre Brust drückte, sich mit ihnen in das Wohnzimmer begab und auf das Sofa fallen ließ. Liselotte atmete dreimal tief durch und schloss ihre Augen.

Wie viel so eine Haushaltshilfe wohl monatlich kosten mochte? Beinhaltete deren Aufgabengebiet auch das Einkaufen und sonstige Dienstbotengänge? Oder reichte eine einfache Putzfrau?

Am liebsten wäre ihr eine Engländerin gewesen, das Berufsbild hatte dort schließlich eine lange Tradition. Aber die waren sicherlich unerschwinglich. Dann vielleicht doch eine Polin? Oder sollte sie bei der Lette-Schule anrufen? Vielleicht suchte ja jemand aus dem Hauswirtschaftzweig eine Praktikumsstelle.

Liselotte wurde es schon etwas wärmer ums Herz. Am besten machte sie sich gleich heute Abend bei einem guten Glas Rotwein eine Liste. Sie durchforstete ihre Illustrierten, entschied sich für die französische Ausgabe der ELLE und begann zu lesen.

Als sie auf Seite achtundvierzig angelangt war, hob sie plötzlich interessiert ihre nachgezogenen Augenbrauen, richtete sich auf dem Sofa auf und strich sich das zerzauste Haar aus der Stirn. Konzentriert las sie den Artikel nochmals von vorne. Allem Anschein nach handelte es sich bei dem Text um einen Bericht über verwitwete Damen in Paris, die in einer ähnlichen Bredouille steckten wie sie. Sie behalfen sich, indem sie gegen entsprechende Dienstleistungen und einen kleinen Mietzins eines ihrer Zimmer an Studenten vermieteten. Der Untertitel des Artikels imponierte Liselotte dabei am meisten: »Die zeitgemäße Form der früheren Gesellschafterinnen«.

Was die in Paris konnten, konnte sie hier in Berlin schon lange!

Voller Tatendrang eilte sie zur Kommode, um sich Stift und Papier zu besorgen.

Es dauerte noch nicht einmal zehn Minuten, und sie hatte eine entsprechende Annonce formuliert. Nun folgte der weitaus kniffligere Part: An welcher der unzähligen Berliner Fakultäten sollte sie nur ihren Aushang platzieren? Geistes- und Naturwissenschaftler schloss sie von vornherein aus. Die waren ihr erwiesenermaßen zu lebensfremd, als dass von ihnen eine pragmatische Hilfe im Haushalt zu erwarten gewesen wäre. Von den Studenten der Kunsthochschulen konnte man auch nicht mehr verlangen. Entweder versuchten die sich gerade vergeblich von ihren Eltern zu emanzipieren, oder sie haderten damit, dass keiner ihre Genialität zu erkennen vermochte.

Beim Gedanken an die von sich selbst überzeugten und ihrer Meinung nach zu Höherem berufenen Medizin- und Betriebswirtschaftstudenten musste sie herzhaft auflachen. Da kann ich ja gleich in der juristischen Fakultät auf die Suche gehen, dachte sie vergnügt und verstummte plötzlich. Beim genaueren Nachdenken kam ihr der Gedanke gar nicht mehr so abwegig vor.

»Das ist es, Liselotte!«, rief sie aus, steckte die Annonce ein, zog sich den Mantel über, schlüpfte in ihre Pumps, hob Schlüssel und Handtasche auf, verließ ihre Wohnung und winkte ein Taxi heran.

»Jura ist ein äußerst lebensnaher Studiengang, der keinen Raum für Interpretationen lässt«, erläuterte sie dem libanesischen Fahrer, da sie in diesem Moment jemanden brauchte, der ihr zuhörte. »Und wer sich erfolgreich im deutschen Rechtssystem etablieren will, muss strebsam, fokussiert und vor allem strukturiert vorgehen. Da darf man sich keine Fehler leisten. Und laut Presse wären da noch das erste und zweite Staatsexamen, an dem statistisch gesehen über dreißig Prozent der Prüfungsteilnehmer scheitern. Da ist sicherlich der eine oder andere dabei, der dankbar ist, bei mir die Möglichkeit zu erhalten, sich ein alternatives berufliches Standbein aufzubauen.«

Der Taxifahrer nickte verständnislos und hielt vor der Humboldt-Universität.

»Bitte warten Sie, es dauert nicht lange!« Eilig verließ Liselotte den Wagen. An der Information ließ sie sich den Weg zum schwarzen Brett erklären.

Dort angelangt, befreite Liselotte die obere Hälfte von den Aushängen und ließ diese achtlos auf den Boden segeln. In der Mitte der freien Fläche pinnte sie ihren roten Zettel mit vier Reißzwecken fest, trat zwei Schritte zurück, nickte zufrieden, ging summend zum Taxi und ließ sich zum Kurfürstendamm fahren. Sie hatte einen unglaublichen Appetit und benötigte dringend saubere Kleidung.

5.

Wie fast jeden Abend saß Barbara Nowak aufrecht auf ihrem Bürostuhl am Schreibtisch und bereitete sich gewissenhaft auf die kommende Uni-Woche vor. Routiniert öffnete sie mit ihren schlanken Fingern den Textmarker und unterstrich eine Passage in dem Buch über internationales Steuerrecht, das sie erst am Morgen in Dr. Schmolkes Fachbuchhandlung und Antiquariat erstanden hatte. Aufmerksam las sie sich den Absatz nochmals durch, als es schon wieder vor ihrer Zimmertür zu kichern anfing. Vorsichtig wurde die Klinke heruntergedrückt, und die Tür öffnete sich.

Barbara pustete sich eine dunkelbraune Strähne aus der Stirn, steckte den Deckel auf den Textmarker und legte ihn neben ihre Bleistifte und den Spitzer. Sie schloss ihre Lider, massierte sich mit Ring- und Mittelfinger die Schläfen und drehte sich um. Sie wusste auch ohne ihre Augen zu öffnen, wer sich da im Türrahmen befand. Barbara Nowak öffnete sie trotzdem.

Wie erwartet, standen dort ihre Kommilitoninnen Anna-, Ara- und Isabell, ein verwöhntes Geschwistertrio aus Düsseldorf, in deren Wohnung sie das kleinste Zimmer angemietet hatte. Isabell knuffte ihre jüngere Schwester Arabell leicht in die Rippen und stieß sie ein wenig vor.

»Nun mach schon, los!«, flüsterte sie ihr auffordernd zu.

Barbara war sich sicher, was nun kommen würde:

a) Entweder würden sie sich über ihre Strebsamkeit, ihr Desinteresse an modischen Dingen und ihre proletarische Herkunft lustig machen.
b) Oder sie würden einen freundlicheren Ton anschlagen, da sie dringend Hilfe bei ihren Hausarbeiten benötigten, die sie bereits am Montag abzugeben hätten.

Arabell räusperte sich.

»Du, Bärbel, wir machen heute Abend Party und wollten fragen, ob du nicht Lust hast, uns mal zu begleiten«, flötete sie ihr freundlich zu.

Barbara runzelte argwöhnisch die Stirn. Eine gemeinsame Aktivität?! »Eigentlich wollte ich noch den Text durcharbeiten und dann schlafen gehen.« Sie deutete auf ihr Buch.

Arabell trat auf sie zu und legte ihr den Arm um die Schulter.

»Komm schon, Bärbel!«, sagte sie unbeeindruckt. »Seit zwei Jahren warst du noch kein einziges Mal so richtig aus. Das Leben besteht doch nicht aus Studieren, Studieren und nochmals Studieren! Bei so viel Fleiß kannst du dir ruhig mal einen Abend freinehmen. Oder?!« Sie zwinkerte ihrer älteren Schwester zu.

Als ob das das vereinbarte Zeichen gewesen wäre, nahm Isabell den Lolli aus dem Mund, betrat den kleinen Raum und setzte sich vorsichtig auf das akkurat gemachte Bett.

»Schau, Bärbel, es ist doch nur dieser eine Abend«, begann sie. »Du vergibst dir doch nichts. Du bist Semesterbeste, beherrschst den Stoff der kommenden Monate aus dem Effeff und könntest locker ein Tutorium für das erste

Staatsexamen leiten. Also, was spricht gegen ein wenig Zerstreuung?«

»Aber ich mag keine Bars und Diskotheken!«

»Ja, warst du denn in Berlin schon mal in einer Bar oder Diskothek?«, hakte Annabell sofort nach.

Barbara schüttelte den Kopf.

»Siehst du! Dann kannst du doch gar nicht wissen, ob du das magst oder nicht. Vielleicht ist das hier ja ganz anders als in Bottrop.« Sie kicherte und stellte sich vor den Kleiderschrank. Nun war Barbara gänzlich umzingelt. Hilfesuchend schaute sie auf das Eichenparkett. Dann fiel ihr etwas ein, das auch noch der Wahrheit entsprach.

»Ich habe kein Geld dafür!«, rief sie fröhlich aus.

»Ha!« Isabell lachte auf, sprang vom Bett und ließ die Hüfte kreisen. »Bärbel, wir sind die Thomsen Sisters. Wenn du mit uns auf die Piste gehst, musst du an keiner Schlange der Stadt anstehen und weder Eintritt bezahlen noch etwas für deine Drinks berappen!«, triumphierte sie und reckte wie John Travolta in »Saturday Night Fever« den rechten Arm in die Höhe.

Skeptisch betrachtete Barbara ihre Mitbewohnerin und ging gleichzeitig die zwei zur Wahl stehenden Alternativen und deren Konsequenzen durch. Wenn sie dem Drängen nicht nachgab, würde sie den ganzen Abend nicht in Ruhe gelassen, und sie würden auch kommendes Wochenende vor ihrer Tür herumstreifen. Wenn sie ihnen den Gefallen tat, hatte sie zumindest für den kommenden Monat ihre Ruhe. Und es war vor allem ihre Ruhe, die ihr wichtig war!

»Gut. In Ordnung. Ich werde euch begleiten. Aber nur, wenn ich jetzt endlich meinen Text fertiglesen kann.«

»Versprochen!« Isabell salutierte streng, und ihre Schwestern machten es ihr nach.

»Party! Party! Party!«, ließen sie dann ihren Schlachtruf durch das Zimmer erklingen, schlugen sich begeistert ab und zogen sich geordnet in das Bad zurück.

Wie hatten die drei es nur auf die Humboldt-Universität geschafft? Kopfschüttelnd drehte Barbara sich auf ihrem Stuhl um, nahm den Textmarker vom Tisch, öffnete ihn und begann erneut zu lesen.

Als sie ihre Arbeit beendet hatte, schaute sie auf ihre Digitaluhr und stellte erstaunt fest, dass es schon nach elf war.

Da habe ich ja noch einmal Glück gehabt! Die haben mich vergessen!, freute sie sich. Vergnügt stand sie auf und verließ das Zimmer, um auf die Toilette zu gehen. Enttäuschenderweise war das Bad nach wie vor belegt. Unentschlossen blieb Barbara vor der Tür stehen und legte dann, neugierig, was Menschen dort so lange treiben konnten, ihr Ohr an das helle Furnierholz.

Plötzlich öffnete die Tür sich ruckartig, und Annabelle stand vor Barbara und musterte sie erstaunt von oben bis unten.

»Mensch, Barbara, du hast dich ja noch gar nicht zurechtgemacht, und in einer Stunde wollen wir doch schon los! Das wird aber knapp.«

»Nein, stopp, Annabell, das ist ungerecht«, mischte sich Isabell ein und steckte den Kopf, der mit einem rosafarbenen Frotteehandtuch umwickelt war, in den Gang. »Wir belagern hier schon seit mindestens zwei Stunden das Bad, und Barbara hat noch nicht einmal die Chance gehabt, sich zu duschen. Also Mädels, looooos, keine Widerrede, wir räumen das Feld und treffen uns alle in einer halben Stunde im Wohnzimmer zum Vorglühen.«

Gackernd schwirrten die Schwestern aus dem dampfenden Raum und verschwanden in ihren Zimmern.

Zweifelnd, ob sie die richtige Entscheidung getroffen hatte, blickte Barbara ihnen nach. Sollte sie kurzerhand doch noch absagen? Aber was sie einmal versprochen hatte, das hielt sie auch.

Folglich betrat sie das feuchtheiße Bad, stieg in die Dusche, wusch ihren hellen Körper, trocknete ihn ab, putzte die Zähne, föhnte und kämmte ihr dunkles Haar, band ihren Pferdeschwanz neu, cremte ihr slawisch aussehendes Gesicht mit Nivea ein und trug ungeschickt etwas schwarzes Kajal unter ihre leuchtenden grünen Augen auf, das sie sich zuvor aus dem Schminkkoffer von Arabell stibitzt hatte.

Dann öffnete sie ihren Kleiderschrank, schlüpfte in Unterhose und BH, streifte sich einen wahllos herausgenommenen grünen Rollkragenpulli über, zog eine blickdichte schwarze Strumpfhose an, darüber einen Faltenrock im Pepitamuster, und saß bereits nach fünfzehn Minuten mit ihrem grauen Wollmantel über dem Arm und einer lilafarbenen Handtasche allein auf dem schwarzen Ledersofa im Wohnzimmer und wartete.

Aufgedreht wie die Debütantinnen des Wiener Opernballs liefen die drei Schwestern eine Viertelstunde später in das Wohnzimmer ein, bewaffnet mit je einer Flasche Prosecco. Staunend betrachtete Barbara das Ergebnis der Bemühungen, sich für den Abend herzurichten. Es wurde ihr ein wenig unwohl inmitten all dieser Schönheit. Die ungekrönte Königin war Isabell, deren schlanke Beine in der schwarzen Leggins und der kurzen Nadelstreifenanzughose darüber erst richtig zur Geltung kamen. Ihr blondes Haar war messerscharf gescheitelt und umspielte symmetrisch das puppenhafte Gesicht. Der Ausschnitt ihres hüftlangen, enganliegenden elfenbeinweißen Tops bedeckte gerade noch ihre Brüste.

Der unverhofft einsetzende Bass riss Barbara aus ihrer Trance. Lachend legte Arabell die Fernbedienung der Stereoanlage beiseite, ließ sich neben Barbara auf das Sofa fallen, öffnete gekonnt ihre Flasche und füllte die bereitgestellten Sektflöten.

»Hier, Barbara!«, schrie Isabell sie über die Musik an und reichte ihr ein bis zum Rand gefülltes Glas.

»Und jetzt ex!«, forderte Arabell die Truppe auf. Mit zugekniffenen Augen stürzten die Schwestern ihren Prosecco hinunter. Barbara nutzte den Moment und schüttete den Inhalt ihres Glases in die Yuccapalme, die neben ihr am Boden stand.

»Ja super, Barbara! Das hätte ich dir ja gar nicht zugetraut!«, lobte Annabell sie schulterklopfend und schenkte ihr sogleich nach.

»Hey, habt ihr überhaupt schon bemerkt, wie schön sich Barbara für uns gemacht hat?«, rief Isabell begeistert dazwischen.

»Aufstehen und drehen! Aufstehen und drehen! Aufstehen und drehen!«, wurde sie unter rhythmischem Klatschen aufgefordert.

Unsicher erhob sich Barbara, drehte sich einmal um ihre eigene Achse und setzte sich sofort wieder hin. Wie gerne wäre sie endlich losgegangen.

Selbst als sie eine halbe Stunde später in den Fond des rosafarbenen Mini Cooper bugsiert wurde, lobten die Schwestern sie noch ob ihrer modischen Stilsicherheit. Isabell startete den Wagen, legte den ersten Gang ein und schoss mit quietschenden Reifen auf die Torstraße.

»Wohin geht denn die Reise heute?«, fragte die hörbar angeheiterte Arabell Isabell vom Rücksitz aus und beugte sich zu ihren Schwestern vor.

Isabell ließ sich Zeit mit ihrer Antwort. Sie fixierte Barbara im Rückspiegel, zündete sich mit einem goldenen Feuerzeug eine Zigarette an und blies den Rauch aus ihrer Lunge.

»Ins Berghain!«

Krachend legte sie den nächsten Gang ein, beschleunigte und überfuhr eine rote Ampel.

Vor dem Berghain stand in der frühsommerlichen Kälte der Nacht eine beängstigend lange Schlange. Die drei Schwestern nahmen Barbara in die Mitte, zogen selbstbewusst an dem internationalen Potpourri von Menschen vorbei und stellten sich provokativ direkt vor den Eingang des Clubs. Auf einmal spürte Barbara Isabells Hand am Rücken, die sie ein Stück vorschob. Erst da nahm sie erschrocken den stark tätowierten, bärtigen Türsteher wahr, der nur einen Schritt von ihr entfernt stand und sie aufmerksam betrachtete.

»Genau so etwas wollen wir hier sehen!«, fällte er in der nächsten Sekunde sein Urteil, öffnete die Tür und winkte Barbara hindurch.

»Hey! Hey! Hallo! Wir gehören auch zu ihr!«

»Das kann doch nicht wahr sein!!«

»Bärbel, warte auf uns!!!«, schrien die zurückgelassenen Schwestern.

»Stimmt das?«, fragte der Türsteher ein wenig enttäuscht.

Barbara nickte verhalten und schaute dabei beschämt auf ihre abgewetzten Ballerinas.

»Ok, dich lade ich ein, aber deine Entourage muss zahlen!«, entschied er nach kurzem Nachdenken.

Hektisch, als ob er es sich noch einmal anders überlegen könnte, schoben sich die drei Schwestern an ihm vorbei, folgten ihrer Mitbewohnerin und durchstöberten dabei panisch ihre Taschen nach Bargeld.

Als Barbara die kathedralenartige Halle des ehemaligen Heizkraftwerks betrat, lief es ihr heiß und kalt den Rücken hinunter. Im Stakkato der Stroboskopblitze sahen die tanzenden Menschen wie Schaufensterpuppen aus, die mit jedem Takt in einer anderen Verrenkung verharrten. Untermalt wurde diese unwirkliche Szenerie von einem treibenden Bass, der ihr durch den Körper ging und den Brustkorb vibrieren ließ. Mit den einsetzenden Höhen riss der wabernde Menschenknäuel auf einmal die Hände hoch, und aus Hunderten Mündern schrie es ekstatisch heraus. Noch nie in ihrem zwanzigjährigen Leben hatte sie so etwas Faszinierendes zu Gesicht bekommen.

»Los, Bärbel, wir gehen zur Bar!« Unsanft wurde sie von Isabell aus ihrem Staunen gerissen und abgeführt.

»Mensch, wo bleibt ihr denn? Wir haben einen totalen Proseccodurst!«, wurden sie von Anna- und Arabell empfangen, die bereits ungeduldig am Tresen lehnten.

»Habt ihr schon die Lage sondiert?«, fragte Isabell gereizt und ließ ihren Blick fachkundig über die Leute auf den Barhockern und in der näheren Umgebung gleiten.

»Siehst du ja selber, nichts zu machen, Isa«, erwiderte Arabell.

»Ist eh zu früh. Die Boys sind noch nicht auf Betriebstemperatur und somit nicht in Spendierlaune.« Annabell nagte nervös an ihren manikürten Fingernägeln.

Barbara setzte sich derweil auf einen frei gewordenen Barhocker und beobachtete amüsiert, wie die drei Schwestern immer unsicherer ihre Posen wechselten und dabei vergeblich versuchten, mit ihrem Gehabe Männer anzulocken.

Nach einer glücklosen Viertelstunde hielt es Arabell nicht mehr aus.

»Hey, hast du zufällig doch ein bisschen Geld dabei?«, fragte sie Barbara flehentlich.

»Nein, wieso? Ich dachte, das bräuchte ich nicht, wenn ich mit den Thomsen Sisters auf Piste bin!«, antwortete diese unschuldig.

»Ach, Mann! Komm, lass uns lieber ins Q-Dorf fahren«, drängelte Annabell.

»Nichts da! Wir gehen jetzt jemanden antanzen. Das wäre doch gelacht!«, widersprach Isabell. Etwas widerstrebend folgten ihr ihre jüngeren Schwestern auf die Tanzfläche.

»Weißt du eigentlich, was für schöne Augen du hast?«, wurde Barbara plötzlich von der Seite angesprochen. Und da sie es nicht gewohnt war, angesprochen zu werden, reagierte sie zuerst nicht.

»Hey du, ich versuche mit dir zu kommunizieren.«

Schüchtern drehte sie sich zur Seite. Neben ihr stand ein junger Mann, der allem Anschein nach aus einem Surfermagazin entsprungen war. Sein dunkelbraunes, halblanges Haar war mit von Sonne und Salzwasser gebleichten Strähnen durchzogen. Wasserblaue Augen strahlten sie aus einem markanten Gesicht an. Der muskulöse Oberkörper steckte in einem olivfarbenen T-Shirt, auf dem eine rote Handgranate aufgedruckt war, über der »amoklines« stand.

Er reichte ihr charmant grinsend die Hand. Barbara nahm sie nach kurzem Zögern und versuchte dabei noch nicht einmal, seinen hypnotisierenden Blicken auszuweichen.

»Hallo, ich bin Marc«, stellte er sich vor und zeigte seine werbetauglichen Zähne.

»Hallo, ich bin Barbara«, hörte Barbara sich wie aus weiter Ferne antworten.

»Möchtest du etwas trinken?«

Barbara konnte nur nicken.

»Und was hättest du gerne?«

»Ein Wasser ohne Kohlensäure, bitte«, stotterte sie.

»Bist du dir da sicher? Willst du dich denn heute nicht amüsieren?«

»Das war eigentlich der ursprüngliche Plan«, antwortete sie eher an sich selbst gewandt.

»Na also«, zwinkerte Marc ihr zu und bestellte lässig über den Tresen hinweg eine Flasche Tequila und Ginger Ale.

»Kennst du ›Tequila Bums‹?«

»Nein.«

»Dann wirst du das jetzt kennenlernen. Ich zeige es dir.«

Marc schüttete zwei Fingerbreit Tequila in ein Longdrinkglas, fügte ein wenig Ginger Ale zu, deckte das Ganze mit einem Bierdeckel ab, schlug das Glas auf den Tresen auf und trank das aufschäumende Mixgetränk in einem Zug aus. Konzentriert beobachtete Barbara das Geschehen.

»So, und jetzt du!« Marc wischte seinen Mund am Handrücken ab.

Wie immer nahm Barbara Nowak die ihr gestellte Aufgabe so ernst, dass selbst Marc sichtlich staunte, wie geschickt sie sich den Drink mixte und auf die gleiche fachmännische Art und Weise leerte wie er.

Nach der dritten Runde erblickte Barbara am anderen Ende der Bar ihre Mitbewohnerinnen, die sie entgeistert und mit offenen Mündern anstarrten. Trotzig ergriff sie Marcs Hand, führte ihn auf die Tanzfläche und verschwand mit ihm in einer Wolke des illuminierten Nebels.

6.

Am nächsten Morgen wurde Barbara von einem tumultartigen Radau geweckt, der aus dem Gang zu kommen schien. Es dauerte einen Augenblick, bis sie fähig war, ihre Augen zu öffnen. Der plötzlich einsetzende Schmerz in ihrem Kopf zwang sie jedoch, sie wieder zu schließen.

»Ja, ihr spinnt doch total!«, hörte sie eine belegte Männerstimme protestieren.

»Raus mit dir! Das ist Hausfriedensbruch, soll ich die Polizei rufen?!«, schrie Isabell hysterisch durch den Flur und knallte die Wohnungstür zu. Dann klaubte sie irgendetwas vor Barbaras Zimmer auf, betrat stampfenden Schrittes ihr eigenes, das neben Barbaras lag, und öffnete geräuschvoll das Fenster.

Irgendetwas Schlimmes musste geschehen sein, vielleicht sogar ein Einbrecher, rumorte es dumpf in Barbaras Kopf. Vergeblich versuchte sie sich den pochenden Schmerz aus den Schläfen zu massieren.

»Und hier hast du deine Kleider, du Lüstling!«, brüllte es kurze Zeit später aus dem Nachbarzimmer auf die Straße hinunter.

Barbara schlug stöhnend die Decke beiseite, verließ mit unsicheren Schritten das völlig zerwühlte Bett, torkelte benommen ans Fenster und schaute forschend aus ihren verquollenen Augen auf den Bürgersteig, auf dem diverse Kleidungsstücke verteilt lagen. Plötzlich tauchte dort ein nackter, muskulöser Mensch auf, den sie vage zu kennen glaubte.

Das war ja Marc! Auf einmal war ihr der Name des Mannes eingefallen. Was machte der denn hier? Und warum hatte er nichts an? Irritiert lehnte sie ihre Stirn an die Fensterscheibe, damit sie besser sehen konnte, was da unten vor sich ging.

Drei Stockwerke tiefer bückte sich Marc nach seiner Unterhose, hob sie auf, stieg mit einem Bein hinein, versuchte das zweite nachzuziehen und verfing sich damit im Eingriff. Er schaffte noch zwei unkoordinierte Hüpfer über das Kopfsteinpflaster und fiel dann der Länge nach auf die Nase. Eine Horde Heranwachsender, die das Geschehen von der gegenüberliegenden Straßenseite auf ihren Smartphones für die Nachwelt festhielten, gab spontan Szenenapplaus.

»Oh Gott, der Arme!«, rief Barbara entsetzt aus. Sie hielt mitfühlend ihre Hand vor den Mund und löste sich vom Fenster.

Jetzt wollte sie aber endlich wissen, was da los war! Entschlossen öffnete sie die Zimmertür und schaute direkt in die funkelnden Augen von Isabell.

»Zu dir wollte ich gerade, mein Früchtchen! Aber zieh dir erst einmal etwas an, oder soll ich dich auch nackt vor die Tür setzen?!«, zischte sie Barbara giftig an.

»Nackt?!«, entgegnete Barbara entgeistert, sah an sich herunter, schrie entsetzt auf und versuchte, mit den Händen ihre Blöße zu verdecken. Schockiert zog sie mit ihrem rechten Fuß die Tür zu und flüchtete unter die noch warme Bettdecke.

Jetzt atme erst einmal ganz tief durch, Barbara, versuchte sie sich zu beruhigen und begann zu hyperventilieren.

Zwanzig Minuten später fühlte sie sich bereit für eine persönliche Situationsanalyse:

1. Ich liege im Bett und bin nackt!
2. Marc, der offensichtlich von Isabell aus der Wohnung geschmissen wurde, war auch nackt.
3. Hätte er nackt in Isabells Bett gelegen oder in dem einer ihrer Schwestern, so hätte man ihn angezogen zum Brötchenholen geschickt und je nach Verlauf der Nacht wieder hereingelassen oder eben nicht.
4. Also muss er nackt in meinem Bett gelegen haben.
5. Wie kommt er da nackt rein?
6. Wie komme ich da nackt rein?
7. Was haben wir da nackt zusammen gemacht?

Barbara wagte es nicht, weiter darüber nachzudenken, ahnte aber bereits, was sich zugetragen haben musste. Nervös zog sie die Bettdecke herunter und untersuchte erst sich und dann das zerknautschte Laken nach den Spuren der Nacht. Sie benötigte nicht lange, um die eindeutigen Beweise der nächtlichen Vereinigung zu entdecken.

Schockiert lehnte sie sich mit dem Rücken an die Wand, vergrub das Gesicht zwischen den Händen und versuchte krampfhaft, sich zu erinnern.

Aber so sehr sie sich auch ihr Hirn zermarterte, ihre Erinnerung endete stets an demselben Punkt: als sie in diesem Club an der Bar gestanden und konzentriert zwei Flüssigkeiten in einem Glas zusammengemischt hatte. Danach war Schluss. Und auf einmal wurde ihr die ganze Tragweite der Indizienkette klar.

Oh nein! Da war sie entjungfert worden und hatte es

noch nicht einmal mitbekommen! Wäre sie doch bloß zu Hause geblieben! Schluchzend zog sie sich die Decke wieder über den Kopf. Doch irgendwann gewann das Bedürfnis, sich zu duschen, die Oberhand und vertrieb Barbara aus ihrer dunklen Höhle.

Lautlos öffnete sie die Zimmertür und schaute vorsichtig, ob die Luft rein war. Dann presste sie sich schützend ihre frischen Anziehsachen an den Oberkörper, umlief im Zickzack ihre Kleidungsstücke vom Vortag, die kreuz und quer über den Flur verteilt lagen, und flüchtete in das Badezimmer. Barbara schloss ab, schob den Regler der Mischbatterie an der Dusche auf Rot und stellte sich unter den dampfenden Wasserstrahl.

Nachdem sie jeden Quadratzentimeter ihres 1 Meter 76 großen Körpers penibel eingeseift und ebenso gewissenhaft abgeschrubbt hatte, ließ sie fünf Minuten lang kaltes Wasser über sich laufen, stieg aus der Dusche, suchte das rauste Handtuch heraus, das sie finden konnte, und trocknete sich ab, bis ihre Haut ganz rot war. Grob kämmte sie ihr nasses Haar durch, band den Pferdeschwanz so streng, dass es schmerzte, und starrte ärgerlich in den beschlagenen Badezimmerspiegel, der nur ihre Silhouette reflektierte.

»Es ist, wie es ist, Barbara!«, sagte sie wütend zu ihrem Spiegelbild. »Aber so etwas passiert dir nie wieder! Hörst du!?«

»Mit wem sprichst du da? Hast du ihn etwa wieder reingelassen?« Annabell trommelte vehement gegen die Badezimmertür.

Barbara sperrte auf, öffnete und trat beiseite. Annabell warf einen flüchtigen Blick in das leere Bad und wandte sich dann hochmütig an ihre Mitbewohnerin: »Los, Bärbel, beeil dich. Wir müssen mit dir reden!«

Nur mit ihrem Marienkäferbademantel bekleidet, betrat Barbara kurze Zeit später die Wohnküche.

»Ah, da ist unsere Novizin ja endlich!«, wurde sie zynisch von Isabell in Empfang genommen, die anscheinend das Tribunal leiten würde.

»Dass du uns vor dem Türsteher und der wartenden Menge lächerlich gemacht hast, ist dir gerade noch zu verzeihen«, begann sie in zuckersüßem Tonfall, stand auf und ging um Barbara herum. »Dass du uns den Typen vor der Nase weggeschnappt hast, allerdings eher nicht! Und dass du noch die Frechheit besessen hast, ihn mit in meine Wohnung zu nehmen, geht definitiv zu weit!«

Von hinten ließ sie ihre Hände auf Barbaras Schultern knallen und krallte sich mit ihren Nägeln an ihr fest. Barbara wusste auch nicht genau, woher der Mut kam, der sie da jäh überfiel. Gelenk befreite sie sich mit einer Drehung aus der Umklammerung, trat einen Schritt zur Seite und machte so der aus dem Gleichgewicht geratenen Isabell Platz.

»Du hast genau drei Tage Zeit, dir eine neue Bleibe zu suchen! Am Mittwoch bist du hier draußen!«, hörte Barbara Isabell, die bäuchlings auf dem Boden lag, noch toben.

Kurz darauf verließ Barbara fluchtartig die Wohnung, fuhr mit der U-Bahn zur Französischen Straße und lief mit schnellen Schritten über den Bebelplatz zur juristischen Zweigbibliothek der Humboldt-Universität. Als sie das nüchterne Foyer der »Kommode« betrat, verlangsamte sie ihren Gang, atmete tief durch, durchschritt den Eingangsbereich, stieg die Treppe hoch und steuerte den offenen Lesesaal an. Im Vorbeigehen ließ sie ihre Finger liebevoll über die Buchrücken gleiten, suchte sich einen abgelegenen Platz, setzte sich, schloss die Augen und versuchte vergeblich die Erinnerungen an den Vormittag zu verdrängen.

Ich werde noch verrückt!, dachte sie. An das, an was ich mich erinnern will, kann ich mich nicht mehr erinnern. Und das, was ich vergessen möchte, kann ich nicht vergessen!

»Verflucht noch mal!«, schimpfte sie lauthals vor sich hin.

»Ruhe dahinten! Wenn Sie mit sich selbst sprechen wollen, dann machen Sie das gefälligst zu Hause!«, wurde sie von einem hageren Mann mit Hornbrille zurechtgewiesen, der vier Tische vor ihr schwitzend über ein Buch gebeugt saß und an einem Bleistift kaute.

Und genau da war sie schon beim nächsten Problem: Ein Zuhause würde sie bald nicht mehr haben. Und bei dem Mietspiegel ließ sich auf die Schnelle bestimmt nichts Günstiges finden. »So ein Pech aber auch!«, flüsterte Barbara deprimiert. Zweifelnd betrachtete sie die Glasmalerei des deckenhohen Fensters, auf dem die Götter des Kommunismus, Marx, Engels und Lenin, abgebildet waren, die stoisch in eine ungewisse Zukunft wiesen.

»Psst!«, wurde sie sogleich erneut ermahnt.

Ihr Magen knurrte.

»Pssssssstt!«

Erst jetzt bemerkte sie, wie durstig und hungrig sie war. Auf dem Boden ihrer abgewetzten Umhängetasche fand sie ein paar Münzen.

»Zumindest reicht es für einen Kaffee!«, murmelte Barbara.

»Jetzt ist es aber genug!«, schrie der Mann und knallte empört sein Buch zu.

Am Kaffeeautomaten warf Barbara das Geld in den Schlitz, drückte die Cappuccino-Taste und entnahm der röchelnden Maschine kurz darauf den heißen Plastikbecher. Ermattet lehnte sie sich gegen den Automaten, trank einen Schluck, verbrannte sich dabei die Zunge und ließ vor Schreck den Becher fallen. Schnaubend bückte sie sich, wischte den Kaffee-See mit ein paar Taschentüchern auf, stopfte diese in den Plastikbecher und warf ihn in den Mülleimer, der unter dem schwarzen Brett stand. Da fiel ihr ein handbeschriebenes, bordeauxrotes DIN-A5-Blatt auf, das einsam den oberen Teil des Steckbretts zierte.

Das hatte Barbara so an der Uni noch nie gesehen. Weder handgeschriebene Zettel noch ein halbleeres schwarzes Brett. Neugierig trat sie näher. Dann löste sie die Reißzwecken und nahm den Aushang ab. Zuerst hatte Barbara Mühe, die ausladend geschwungene Schrift zu entziffern, aber als sie sich nach den ersten Wörtern daran gewöhnt hatte, ging es schneller. Aufgeregt las sie den Text der Annonce:

Biete:
Elegantes, großzügiges, lichtdurchflutetes möbliertes Zimmer (Altbau, Gründerzeit) in Berlin-Charlottenburg gegen geringen Mietzins und gelegentliche Hilfen im Haushalt für gepflegte Person.
Interessenten/-innen melden sich bitte nachmittags ab 16 Uhr unter folgender Nummer:
Berlin 874 990 21

Zum ersten Mal an diesem Tag huschte so etwas wie ein Lächeln über Barbaras Gesicht. Sie schaute sich kurz um, ließ dann den Zettel in ihre Jackentasche gleiten, schritt schleunigst die Treppe hinunter, verließ die Bibliothek und suchte den Bebelplatz nach einem funktionierenden Münztelefon ab. Die Aussicht, bald nicht mehr mit den teildebilen Töchtern eines Düsseldorfer Werbeagenturbesitzers zusammenwohnen zu müssen, beflügelte sie derart, dass sie sich dreimal hintereinander verwählte.

Nun konzentrier dich, Barbara!, rief sie sich zur Räson, denn es befanden sich nur noch zwei Einheiten auf ihrer Telefonkarte. Mit pochendem Herzen wählte sie Ziffer für Ziffer der angegebenen Nummer. Nach dem zweiten Klingeln meldete sich eine ältere Dame.

»Günther!«, schallte es forsch aus dem Hörer.

»Barbara Nowak hier. Ich rufe wegen ihrer An…«

»Ja, habt ihr jungen Leute alle kein Zuhause mehr? Seit Samstagabend steht mein Telefon nicht mehr still«, wurde sie barsch unterbrochen.

»Ist das Zimmer denn noch zu haben?«, tastete sich Barbara behutsam vor.

»Kommen Sie morgen um zehn Uhr in die Damaschkestraße sechsunddreißig, vierter Stock. Und seien Sie pünktlich! Und bevor ich es vergesse, bitte seien Sie so freundlich und entfernen Sie die Annonce umgehend vom schwarzen Brett, falls Sie es nicht ohnehin bereits getan haben.« Dann legte Frau Günther auf.

7.

Obwohl Liselotte die halbe Nacht vor Aufregung kein Auge zumachen konnte, verließ sie am frühen Montagmorgen gutgelaunt ihr Bett. Übermütig zog sie die Vorhänge beiseite, öffnete das Flügelfenster, atmete einmal tief durch und ließ die Sonne herein. Dann begann sie mit ihren Pilatesübungen, die sie bereits nach fünf Minuten wieder abbrach. Es hatte keinen Sinn. Sie war viel zu neugierig darauf, wer heute vorstellig würde und wie sie sich anstellen würden.

Summend machte sie sich im Bad zurecht, kehrte zurück und öffnete voller Verve den Kleiderschrank, in dem sich, akkurat nebeneinander aufgereiht, die Einkäufe vom vergangenen Samstag befanden. Sie entschied sich für die weiße Seidenunterwäsche, das leichte Baumwollkostüm und die malvenfarbene Bluse.

Bevor Liselotte das Haus verließ, stellte sie sechs Stühle in den Flur, holte aus der obersten Schublade der Kommode einen Stapel DIN-A4-Blätter sowie den Füllfederhalter ihres Mannes und verstaute die Gegenstände sorgsam in ihrer Handtasche. An der Wohnungstür zögerte sie einen Moment, kehrte noch einmal in den Flur zurück und nahm das silberne Opernglas von der Garderobe.

Voller Vorfreude betrat sie um halb zehn das gegenübergelegene Café Plönzke, suchte sich aus taktischen Gründen einen Fensterplatz, von dem aus sie ihre Haustür einsehen konnte, und bestellte beim nachlässig rasierten Kellner ein kleines Frühstück.

»Dann wollen wir mal sehen, ob ich auch an alles gedacht habe.«

Geschäftig legte sie die Blätter auf den abgewetzten Tisch und schraubte den Füllfederhalter auf.

»Kategorie I. Außendienst«, schrieb sie. Darunter notierte sie die Stichworte »Auto«, »Wäscherei« und »sonstige Besorgungen«. Den Unterkategorien fügte sie die entsprechenden Arbeitsanweisungen zu.

So, das war geschafft. Sie schüttelte die Hand aus, nahm ein weiteres Blatt vom Stapel und fuhr fort.

»Kategorie II. Innendienst.« Da waren die Punkte »Küche«, »Bad« und »Flur« sowie »Wohn- und Schlafzimmer«.

An dieser Stelle verzichtete Liselotte auf nähere Erläuterungen, da sie diese Stichworte, gerade für angehende Akademiker, als völlig selbsterklärend und nachvollziehbar empfand.

Doch im nächsten Augenblick kam sie ins Grübeln. Wem sollte sie welche Aufgabe zuteilen? In dem Moment näherte sich schlurfend der Kellner mit einem Tablett und schob ihr lustlos ein labberiges Croissant und einen lauwarmen Kaffee auf den Tisch. Da wusste sie es: Diejenigen, die gleich auf den ersten Blick unsympathisch wirkten, würde sie in den Außendienst stecken, und die anderen würde sie im Innendienst genauer unter die Lupe nehmen.

Naserümpfend schob sie die Teller beiseite, schaute auf ihre Uhr, legte das Opernglas bereit und richtete dann den Blick gespannt auf die eigene Haustür.

Kurze Zeit darauf machte ein junger Mann vor dem

Haus halt und studierte das Klingelbrett. Nervös verlagerte er sein Körpergewicht vom einen Bein auf das andere.

Dann wollen wir einmal sehen!, dachte Liselotte und führte das kleine Fernglas an die Augen.

Das durfte doch nicht wahr sein: Er trug eine Fliege! Der Anzug war ihm viel zu klein, die Schuhe waren nicht geputzt, und warum schaute er schon wieder auf die Uhr?! Außendienst!, urteilte Liselotte rasch.

Ohne das Glas von den Augen zu nehmen, sondierte sie weiter das Terrain. Von der linken Seite schoss plötzlich ein schlanker Mann in ihr Blickfeld, dessen frisch geföhntes, halblanges blondes Haar bei jedem seiner Stechschritte aus der Fasson zu geraten schien. Vor der Haustür stoppte er, holte einen kleinen Zettel aus der Innentasche seines Jankers, kontrollierte die Hausnummer und stemmte siegesgewiss die Hände in den Jeansbund. Liselotte drehte sich bei diesem Anblick der Magen um: Außendienst.

Sie nahm das Opernglas herunter und rieb sich die schmerzenden Augen. Sie schüttelte den Kopf, legte den genau abgezählten Betrag auf die Untertasse, zog ihren Mantel über, klaubte ihre Utensilien vom Tisch und verließ das Kaffeehaus. Als sie die Straße überquert hatte, kollidierte sie auf dem Bürgersteig mit einer jungen Frau, die stark nach einem süßlichen Parfüm roch und Zuchtperlenohrringe trug.

»Tschuldschung, könne Se mer saache, wo isch die Damaschkestroß sechunddreisisch finne kann?«, wurde Liselotte auf tiefstem Hessisch angesprochen.

»Sie stehen direkt davor!«, antwortete sie kühl, schob sich an ihr und den beiden wartenden Herren vorbei, öffnete die Haustür, die sie sogleich wieder hinter sich zuzog, und betrat mit pochendem Herzen um zehn vor zehn den Hausflur.

Es blieb ihr gerade noch genügend Zeit, den Mantel aufzuhängen und sich etwas frisch zu machen, als es um Punkt zehn Uhr klingelte. Liselotte überprüfte vor dem Spiegel ihr Äußeres, atmete einmal tief durch, betätigte den Türöffner und schaute gespannt durch den Türspion. Jemand hatte das Licht angeschaltet. Dann hörte sie die knarzenden Schritte der Bewerber, die sich das altersschwache Treppenhaus hocharbeiteten. Als der Tross um die letzte Biegung kam, erlosch das Licht. Liselotte nahm in der Dunkelheit des Ganges nur verzerrte Schatten wahr, die sich zögerlich ihrer Tür näherten. Plötzlich ging das Licht wieder an, und vor ihrer Weitwinkellinse stand eine dezent geschminkte, hübsche junge Dame, die offensichtlich wusste, wie man sich zu kleiden hatte.

Endlich eine positive Überraschung!, freute sich Liselotte, nahm ihr Auge von der Tür und öffnete.

»Günther mein Name!«, stellte sie sich freundlich ihrem Lichtblick vor und reichte ihr die Hand.

»Angenehm, Linder, aber nennen Sie mich doch einfach Marion. Wie ich mich freue, Sie kennenzulernen!«, erwiderte ihr adrett gekleidetes Gegenüber mit einem dezenten Lächeln und schaute dabei ein wenig zu neugierig in den Wohnungsflur hinein. Liselotte bat Marion, schon einmal auf einem der Stühle im Flur Platz zu nehmen, und wandte sich notgedrungen dem nächsten Kandidaten zu.

»Meine Verehrung, Frau Günther. René Meier!«, begrüßte sie strahlend der Herr im Janker und zauberte hinter seinem Rücken eine Rose hervor, die Liselotte achtlos auf die Kommode legte. Dann nahm sie die kraftlose Hand des Fliegenträgers, der sich schüchtern als Stephan Dubinski vorstellte, und begrüßte, durch den Mund atmend, die Hessin, deren Namen sie sofort wieder vergaß.

So, dann fehlen mir noch zwei, dachte Liselotte und ging im Geiste ihre Liste durch. Dabei wurde sie von Herrn Dubinski gestört, der schüchtern fragte, auf welchen der verbleibenden freien Stühle er sich setzen dürfte.

»Hallo, ich bin der Robert, schön hast du es hier! Ach prima, wir machen einen Stuhlkreis!« Sanft wurde sie an den Schultern beiseitegeschoben, als sie Herrn Dubinski gerade einen Stuhl zuwies. Irritiert beobachtete sie den Neuzugang, der sich, als ob er hier bereits wohnen würde, seine Schuhe auszog, sich im Schneidersitz auf Stephan Dubinskis Stuhl setzte, seine »Atomkraft, nein danke«-Jutetasche auf das Parkett stellte und Liselotte durch seine rahmenlose Brille durchdringend betrachtete.

»Können wir jetzt beginnen? Ich habe nachher noch einen Friseurtermin!«, fragte Marion ungeduldig und deutete dabei auf ihre mit Strass besetzte Uhr.

»Ich ebenfalls!«, stimmte Liselotte ihr verständnisvoll zu, befreite sich aus Roberts hypnotisierendem Blick, ging auf die Wohnungstür zu und wollte sie gerade schließen, als sie in ein grünes Augenpaar schaute.

»Entschuldigen Sie meine Verspätung! Barbara Nowak ist mein Name. Jemand muss Ihr Namensschild vom Klingelbrett entfernt haben.«

Nervös rutschte Marion Linder auf ihrem Stuhl hin und her und beobachtete Barbara feindselig.

»Das ist ja allerhand. Nun aber bitte Beeilung. Kommen Sie rein und setzen Sie sich.«

Liselotte bugsierte Barbara zu dem letzten freien Stuhl, nahm Haltung an, setzte ein gewinnendes Lächeln auf und schaute in jedes der erwartungsvoll dreinblickenden Gesichter. Auf einmal bekam sie weiche Knie.

Herrje, Franz Ferdinand!, dachte sie. Auf was hatte sie sich da bloß eingelassen. Er war es doch, mit dem sie die letzten Jahre ihres Lebens verbringen wollte, und nicht eine dieser Personen da! Und dabei hatte im Artikel der ELLE ein so positiver Grundton mitgeschwungen. Das nervenaufreibende Auswahlverfahren hatten sie gewiss bewusst unterschlagen! Aber zumindest würde sie sich die Wohnung auf Vordermann bringen und die Einkäufe erledigen lassen. Und wenn niemand Geeignetes dabei sein sollte, so würde sie es in der kommenden Woche an der Akademie der Künste probieren. Aber was wäre, wenn sich dort auch niemand finden würde!? Der Gedanke ließ sie schwindelig werden. Haltsuchend stützte sie sich auf die Kommode.

»Ist Ihnen nicht gut, Frau Günther? Kann ich Ihnen ein Glas Wasser bringen?«, wurde sie besorgt von Barbara Nowak gefragt, die bereits aufstehen wollte.

»Nein, danke!«, wehrte Liselotte ab. Sie beschloss, die Sache durchzuziehen.

»Liebe Kandidaten, bevor ich Ihnen die Räumlichkeiten zeige und detaillierter auf die Konditionen eines möglichen Mietverhältnisses eingehe, werde ich zuerst jedem von Ihnen eine kleine Fleißarbeit zuteilen, um Ihre Fähigkeiten in Bezug auf die in der Annonce erwähnten gelegentlichen Hilfestellungen beurteilen zu können«, begann sie und wandte sich sogleich an den Rosenkavalier. »Herr Meier, Sie kennen sich bestimmt mit Automobilen aus. Liege ich da richtig?«

René zog lächelnd den Zündschlüssel seines MG Roadster aus der rechten Hosentasche und ließ ihn leicht debil grinsend vor seinem solariumgebräunten Gesicht hin und her baumeln.

»Sehr gut! Dann kümmern Sie sich bitte um meinen Wagen. Es handelt sich um einen weißen Scirocco, er steht in der Hektorstraße unter einer Sommerlinde. Wenn Sie dort ankommen, erklärt sich alles Weitere von selbst.« Sie händigte ihm den Autoschlüssel aus, und René Maier machte sich auf den Weg.

»Nun kommen wir zu Ihnen, Herr Dubinski!«, fuhr sie fort und schaute in die schreckhaft geweiteten Pupillen des Fliegenträgers. »Keine Angst, es ist nichts allzu Kompliziertes. Sehen Sie die Koffer, die neben der Garderobe aufgestapelt sind?«

Dem Nicken des verunsicherten Mannes entnahm sie, dass er ihr bisher folgen konnte.

»Gut! Hier ist die Adresse der Textilreinigung Nolte. Bitte bringen Sie die Koffer dorthin, und kehren Sie mit den Abholscheinen zurück. Und sagen Sie, dass Sie von Frau Günther kommen und ich wie immer bei Abholung bezahlen werde.«

Stephan Dubinski erhob sich unsicher, nahm den Zettel mit der Adresse in Empfang, wuchtete umständlich das Gepäck ins Treppenhaus und schloss kaum hörbar die Tür hinter sich. Eine Sekunde später vernahm die Versammlung das Poltern eines Lederkoffers, der die Stufen in den dritten Stock hinunterfiel.

Er wird schon zurechtkommen, versuchte sich Liselotte zu beruhigen und schaute auf ihre Liste.

»Ah ja, da wären noch die Einkäufe.« Belustigt blickte sie zuerst auf Roberts Jutebeutel und dann in das weiche Gesicht seines Besitzers.

»Ihre Tragetasche wird zwar nicht ganz reichen, aber für den Anfang tut sie es bestimmt. Hier haben Sie die Auflistung! Und bitte befolgen Sie unbedingt die Anweisungen.

Vor allem in Bezug auf die Ladengeschäfte, die Sie zu frequentieren haben«, sagte sie bestimmt und händigte Robert das entsprechende DIN-A4-Blatt aus.

Völlig überrumpelt überflog dieser das engbeschriebene Papier und nahm dann verdattert seine Brille ab.

»Aber ich kenne all diese Läden gar nicht!«

»Lass mal sehen«, mischte sich Marion Linder ein, stand auf und nahm Robert die Liste aus der Hand.

»Aber ich«, rief sie gleich darauf triumphierend und wollte sich schon den Trenchcoat überziehen.

»Halt, meine Liebe.« Liselotte entzog Marion den Zettel. »Sie benötige ich im Bad, und Herr Robert wird schon emanzipiert genug sein, um diese Aufgabe gewissenhaft zu übernehmen. Oder nicht?«

Robert nickte perplex, stand auf und verließ, in die Liste vertieft, die Wohnung.

»Jetzt habe ich vergessen, ihm Geld mitzugeben!«, stellte Liselotte fest, als die Tür hinter ihm ins Schloss fiel. Sie zuckte die Schultern und wandte sich sogleich an die weiblichen Kandidaten.

»Nun sind wir endlich unter uns«, sagte sie und stellte sich neben die unsicher wirkende Barbara Nowak. »Fräulein Linder, wenn Sie, wie bereits erwähnt, das Bad übernehmen möchten?«

Widerwillig stand Marion auf, strich ihr Kostüm glatt, stiefelte Liselotte hinterher und betrachtete sorgenvoll ihre frisch manikürten Fingernägel.

Das lief ja besser als gedacht. Zufrieden schloss Liselotte eine Minute später die Badezimmertür und betrat den Flur, um ihre letzten beiden Aufgaben zu verteilen.

Erstaunt schaute sie auf den Stuhl, auf dem gerade noch

die Dame mit der blauen Bluse und den Zuchtperlen gesessen hatte. Nur der penetrante Parfümgeruch, der nach wie vor die Luft schwängerte, zeugte von ihrer kurzen Anwesenheit.

»Das tut mir jetzt furchtbar leid, Fräulein Nowak«, sagte Liselotte entschuldigend. Sie setzte sich neben ihre letzte Aspirantin und legte ihr aufmunternd die Hand aufs Knie, aus Sorge, dass auch sie noch flüchten könnte. »Macht es Ihnen etwas aus, zwei Fleißarbeiten zu übernehmen?«

»Natürlich nicht!«, antwortete Barbara ohne zu zögern. »Ich nehme mal an, es geht darum, die restlichen Räume der Wohnung zu reinigen, richtig?« Ohne ein weiteres Wort zu verlieren stand Barbara auf, lief in die Küche und begann mit geübten Handgriffen ihre Tätigkeit.

Liselotte war entzückt über die schnelle Auffassungsgabe und den offensichtlichen Pragmatismus der jungen Dame. Vergnügt ging sie zur Garderobe, zog den Mantel über und nahm ihre Handtasche von der Kommode.

»Meine Damen, ich gehe zum Friseur, damit ich Sie in Ihrer Arbeit nicht zu sehr behindere. Ich wünsche Ihnen viel Erfolg!«, verabschiedete sie sich und schritt zufrieden die Treppe hinunter.

Huch, wir haben es ja bereits nach drei, stellte Liselotte überrascht fest, während sie auf die Uhr im Armaturenbrett des Taxis starrte. Sie nahm den Kuchen, den sie im Café Kranzler erstanden hatte, vom Schoß, bezahlte rasch und sammelte ihre Boutiquentaschen auf. Vor der Haustür traf sie auf einen völlig aufgelösten Herrn Dubinski.

»Ich wusste nicht, wo ich klingeln sollte. Ihr Name steht ja nicht mehr auf dem Brett«, schniefte er und übergab ihr zermürbt die Abholscheine der Reinigung. »Meine Mutter hatte recht, wie immer. Ich bin noch nicht bereit dafür, ein eigenständiges Leben zu führen«, gab er zerknirscht zu und trottete mit hängendem Kopf die Straße hinunter.

»Aber das haben Sie doch gut gemacht!«, rief Liselotte ihm nach und schloss, verwundert über den emotionalen Ausbruch des jungen Mannes, die Haustür auf.

In ihrer Wohnung angekommen, lehnte sie die Einkäufe an die Kommode, hängte ihren Mantel auf und deponierte den Kuchen auf einem der Stühle.

»Hallo, die Damen, ich bin wieder zu Hause und habe Ihnen ein Stück Torte mitgebracht!«, flötete sie in die Stille der Wohnung hinein, erhielt aber keine Antwort.

»Ist denn niemand mehr da?«, fragte sie unsicher und schaltete das Flurlicht an. Oh Gott, hoffentlich hatten sie sie nicht beklaut! Wie naiv sie doch sein konnte! In ihr stieg Panik auf.

Abrupt öffnete sich die Badezimmertür, und Barbara Nowak sprang ihr mit einer zum Abschuss bereitgehaltenen Glasreinigersprühflasche entgegen.

»Ach, Sie sind es!«, riefen beide gleichzeitig erleichtert aus und mussten lachen.

»Aber eigentlich sollte doch Fräulein Linder das Bad übernehmen!« Verwundert folgte Liselotte Barbara ins Badezimmer.

»Eigentlich schon, aber kurz nachdem Sie gegangen sind, ist ihr von den Putzmitteln schlecht geworden. Da hat sie ihre Sachen gepackt und ist verschwunden«, berichtete Barbara, nahm den Lederlappen auf und polierte die Badewannenarmatur.

»Gibt es denn so etwas, dass einem schlecht von Putzmitteln wird?« Liselotte schnupperte zweifelnd an der Scheuermilch.

»Kann schon sein, meine drei Mitbewohnerinnen behaupten das zumindest auch immer«, antwortete Barbara, wischte sich mit ihrem Ärmel den Schweiß von der Stirn und ging zum Badezimmerspiegel über.

»Ach, diese jungen Dinger von heute.« Seufzend verließ Liselotte das Bad, holte ihre Einkaufstaschen, durchquerte gedankenversunken das Wohnzimmer und betrat ihr Schlafzimmer.

Es war der Geruch des frisch bezogenen Bettes, der sie von ihrer Überlegung, ob sie nicht gleich zwei von den dunkelgrünen Seidenschals hätte kaufen sollen, ablenkte. Sie hob ihren Blick und erkannte ihr Zimmer nicht wieder. Die Scheiben waren geputzt, es war Staub gewischt und gesaugt worden, der Boden gefeudelt, und auf ihrem Kopfkissen saß, liebevoll drapiert, der kleine Steiffteddy, den ihr Franz Ferdinand von einer Dienstreise nach Süddeutschland mitgebracht hatte. Tränen stiegen ihr in die Augen. Das war ja herrlich!

Selig betrat sie das Wohnzimmer, das sich in dem gleichen akkuraten Zustand befand. Es gab keine einzige Spur mehr vom Mief und Schmutz der vergangenen Tage. Freie Sicht auf das Sofa, den Beistelltisch und das Fischgrätenparkett. Begeistert ließ Liselotte ihre Hand über die gefalzten Rücken ihrer Illustrierten gleiten. Fräulein Nowak hatte sie sogar nach Jahrgängen sortiert! Wie konnte man das in der Kürze der Zeit nur schaffen? Staunend ob dieser unglaublichen Leistung kehrte sie in das Badezimmer zurück und fragte Barbara danach.

»Meine Mutter ist an einer Staublunge gestorben, als ich

fünfzehn Jahre alt war, und schließlich musste sich ja jemand um meine drei Brüder und meinen Vater kümmern«, erklärte Barbara beiläufig, während sie den Wischmopp auswrang.

»Auf jeden Fall ging das schneller, als die Polizei erlaubt!«, versuchte Liselotte den ihr peinlichen Moment zu überspielen.

»Gut, dass Sie die Polizei erwähnen. Fast hätte ich es vergessen. Sie hat vorhin angerufen und gefragt, ob Sie Ihren Wagen vermissen. Ein gewisser René Meier wurde mit ihm auf dem Kurfürstendamm angehalten, als er mit erhöhter Geschwindigkeit über eine rote Ampel fuhr. Er konnte sich weder ausweisen, noch hatte er die erforderlichen Wagenpapiere bei sich. Sie möchten sich bitte mit der Dienststelle in Verbindung setzen. Sie halten den Herrn so lange fest.«

»Das geht jetzt aber nicht. Wir wollten doch die Torte essen, die ich mitgebracht habe«, wandte Liselotte ein.

»Dann erledigen Sie das eben später, Frau Günther«, erwiderte Barbara unbekümmert und schüttete das Wischwasser in die Toilette.

»Das ist eine gute Idee! Sind Sie so freundlich und tragen Sie den Kuchen in die Küche, wenn Sie hier fertig sind? Er liegt auf dem Stuhl neben der Wohnungstür.« Beschwingt verließ Liselotte das Badezimmer.

Als Barbara gerade dabei war, Liselotte ein Tortenstück aufzulegen, schellte es an der Tür.

»Wer kann denn das sein? Ach, wir lassen uns einfach nicht stören«, entschied Liselotte, steckte die Gabel in die Schwarzwälder Kirschtorte und führte sie sich genüsslich zum Mund.

»Vielleicht ist es Robert mit den Einkäufen«, gab Barbara zu bedenken.

»Den habe ich ja ganz vergessen! Kommen Sie ruhig mit, Fräulein Nowak.«

Es dauerte seine Zeit, bis Robert ächzend auf dem Treppenabsatz des vierten Stockes erschien. Seine Hände umklammerten krampfhaft die unzähligen Tüten. Genervt befreite er sich von dem Ballast und rieb sich erleichtert seine blutleeren Finger.

»Oh Mann! Das war ja eine ganz schöne Konsumjagd. Nimm es mir nicht übel, dass ich nicht bei dir einziehen werde, aber so was macht mich echt krank!«, sagte er und überreichte Liselotte vorwurfsvoll die unzähligen Kassenbelege. »Musst du nicht nachrechnen, ich hab's schon im Fairtrade-Café zusammengezählt. Das macht 224,74 Euro.«

Liselotte ging zur Kommode, holte ihr Portemonnaie aus der Handtasche, öffnete es und leerte es bis auf den letzten Cent. Da war nichts zu machen. Auch nachdem sie ihre Barschaft dreimal durchgezählt hatte, fehlten ihr nach wie vor fünfzig Euro, um die Rechnung begleichen zu können.

Peinlich berührt winkte sie Barbara zu sich. »Könnten Sie mir notgedrungenerweise mit fünfzig Euro aushelfen?«, bat sie flüsternd.

Barbara Nowak nahm ihren ganzen Mut zusammen und näherte sich dem Ohr von Frau Günther. »Nur, wenn Sie es mit der Miete verrechnen werden!«

»Aber Sie haben das Zimmer doch noch gar nicht gesehen.«

»Doch, schließlich habe ich es heute geputzt.«

»Das Schlafzimmer von Franz Ferdinand?!«, entfuhr es Liselotte empört.

»Ja, ich dachte, Sie wollen es vermieten? Aber seien Sie unbesorgt, sein Arbeitszimmer habe ich nicht betreten. Sind zweihundert Euro für Sie in Ordnung? Mehr kann ich mir nicht leisten.«

»Wann wollen Sie einziehen?«

Barbaras Augen weiteten sich vor Glück. »Passt es Ihnen morgen?«

»Ja!«

Sie nahm ihr letztes Geld aus der Rocktasche, steckte Frau Günther diskret den Fünfzig-Euro-Schein zu und holte ihren Wollmantel von der Garderobe.

»Dann ist es also abgemacht?«, vergewisserte sie sich noch einmal.

»Abgemacht!«, bestätigte ihr Liselotte und wandte sich entschuldigend Robert zu, überreichte ihm die ausgelegte Summe, die er mehrmals nachzählte, bevor er sie in der Tasche seiner Hanfhose verstaute.

Um halb eins in der Nacht fuhr Liselotte erschrocken aus dem Schlaf.

»Oh Gott, den habe ich ja ganz vergessen!«, rief sie in das dunkle Schlafzimmer. Sie knipste die Nachttischlampe an, schlug die Bettdecke zurück und zog sich ihre Hausschuhe an. Müde tastete sie sich zum Telefon vor und wählte die 110.

8.

»Habe ich das richtig verstanden, Barbara? Du ziehst zu einer reichen Witwe nach Charlottenburg?! Dann ist dein Klassenverrat ja perfekt! Wahrscheinlich darfst du der feinen Dame auch noch den Haushalt führen! Für was haben die Nowaks denn überhaupt generationenlang gekämpft?«, echauffierte sich ihr Vater am Telefon.

»Papa, es geht nicht anders. Die haben mich rausgeschmissen. Und weißt du überhaupt, was das Leben hier in Berlin kostet und wie in der letzten Zeit die Mieten explodiert sind?«, versuchte sie ihn zu besänftigen.

»Es hat dich niemand dazu gezwungen, aus Bottrop wegzuziehen«, antwortete er beleidigt.

»Und was hätte ich dort deiner Meinung nach machen sollen?«

»Du wärst zumindest bei mir und deinen Brüdern geblieben, anstatt diese Rechtsverdreherei bei den Verrückten zu studieren. Wir hätten da schon was für dich gefunden, glaub mir. Und was meinst du, was ich mir jeden Freitag in der Bierinsel von den Kumpels anhören muss. Es laufen sogar schon Wetten, wann du schwanger wieder vor unserer Tür stehst.«

»Und die Jungs?«

»Du kennst ja deine Brüder. Die sind nur zum Schlafen zu Hause. Ansonsten ist bei denen Maloche, Auto, Disko und Mädchen angesagt! Und der ganze andere Kram bleibt wie immer an mir hängen!«

»Ich vermiss dich auch, Papa, und liebe dich von ganzem Herzen!«, versuchte seine Tochter ihn zu trösten.

»Ja, und das Herz schlägt links! Vergiss das nicht, mein Kind!« Dann legte Bela Nowak auf.

Wie nach jedem Telefonat mit ihrem Vater überkamen Barbara Zweifel, ob sie richtig gehandelt hatte, ihn mit ihren drei Brüdern alleine zu Hause zurückzulassen. Aber sie hatte ihrer Mutter am Sterbebett versprechen müssen, etwas aus ihrem Leben zu machen. Und dieses Versprechen konnte sie unmöglich in Bottrop einlösen.

Seufzend legte Barbara das Telefon auf den Schreibtisch zurück und begann damit, ihre Habseligkeiten in Bananenkartons zu verstauen. Als sie gerade ihre Bücher in Seidenpapier einwickelte, klopfte es zaghaft an ihrer Zimmertür, die sich einen Spaltbreit öffnete.

»Dürfen wir kurz reinkommen?«, fragte Arabell zögerlich.

Überrascht drehte sich Barbara um und schaute in die betretenen Gesichter der beiden jüngsten Schwestern.

»Wir wollten uns bei dir entschuldigen, Barbara …«

»Wofür denn?«, fragte Barbara freundlich. »Dafür, dass ich euch seit zwei Jahren das Bad saubermache, die Küche aufräume, abspüle, eure verdorbenen Lebensmittel aus dem Kühlschrank entferne und eure Hausarbeiten korrigiere? Oder dafür, dass ihr den ersten Liebhaber meines Lebens nackt aus dem Haus gejagt habt?«

»Ich weiß. Du hast ja recht. Isabell hat da ein wenig überreagiert. Aber du kennst sie ja.«

»Oh ja, ich kenne sie besser, als mir lieb ist! Wo ist sie

denn eigentlich? Traut sie sich nicht und hat euch vorgeschoben?«

»Sie ist bei Professor Reichenbach. Er hat sie für heute Morgen einbestellt. Es geht da, glaube ich, um fehlende Scheine und Abgabefristen«, gab Arabell kleinlaut zu.

»Und jetzt wollt ihr, dass ich hier wohnen bleibe und euch weiter durch das Studium trage? Nein, das werde ich nicht!« Barbara knallte ihr neues Internationales-Steuerrecht-Buch auf den Schreibtisch.

»Und was sollen wir unserem Vater sagen?«, wandte Arabell verzweifelt ein.

»Wie wäre es ausnahmsweise mal mit der Wahrheit?« Barbara hob auffordernd die Augenbrauen und schlug weiter ihre Bücher ein.

»Du weißt doch, welch große Stücke er auf dich hält. Und er hat recht, du hast wirklich einen guten Einfluss auf uns«, bettelte Annabell.

»Dann muss er sich für euch eine neue sozial benachteiligte Studentin suchen, mit der er bei seinen Rotary-Club-Abenden punkten kann!«

»Oh nein! Papa wird uns bestimmt den Geldhahn zudrehen!«, stöhnte Arabell und setzte sich auf das abgezogene Bett.

Das wäre zumindest der erste Schritt in die richtige Richtung, dachte Barbara. Sie nahm das Portraitfoto ihrer Mutter vom Nachtkästchen, steckte es behutsam zwischen die Pullover in die letzte Kiste, schloss sie und trug sie in den Flur.

Vergeblich versuchte Barbara sich ihren verschwitzten Pony aus der Stirn zu pusten, als sie sich vor ihren Bananenkistenturm auf dem Bürgersteig der Torstraße stellte. Er reichte ihr zwar nur bis zur Nase, aber wie sollte sie ihn bloß in die Damaschkestraße transportieren? Ein kurzer Blick in ihr Portemonnaie erinnerte sie daran, dass sie gestern Frau Günther ihre letzten fünfzig Euro als Anzahlung für die Miete gegeben hatte und sie somit ein Lastentaxi vergessen konnte. Neben ein wenig Münzgeld glitzerte ihr nur noch die Schutzhülle mit der Monatskarte der BVG entgegen.

Stöhnend wuchtete sie den Turm zurück in den Hausflur, nahm die ersten beiden Kisten herunter und machte sich auf zur Bushaltestelle. Plötzlich hielt hupend und mit quietschenden Reifen Isabells rosafarbener Mini vor ihr, mitten auf dem Bürgersteig.

»Barbara! Barbara!«, schrie es ihr aufgeregt aus dem heruntergelassenen Seitenfenster entgegen.

Barbara ging um den Wagen herum und setzte unbeirrt ihren Weg fort. Hektisch schnallte sich Isabell ab, stieg aus, rannte ihr hinterher und stellte sich flehend in den Weg.

»Bitte! Das kannst du nicht machen! Professor Reichenbach hat mir noch eine letzte Chance gegeben. Aber ich muss bis kommenden Montag ein Essay über die europäische Steuerrechtsgeschichte verfassen. Wie soll ich das nur ohne dich schaffen? Und dabei hat mich doch Marcel für das Wochenende zu einem Kurzurlaub nach Heiligendamm eingeladen.«

»Unter einer Bedingung helfe ich dir«, log Barbara sie nach kurzer Bedenkzeit an und drückte ihr die Kisten in die Hand.

In Isabells Gesicht keimte Hoffnung auf. »Und die wäre?«

»Du fährst mich und meine Sachen in meine neue Wohnung.«

»Und du meldest dich dann auch sicher bei mir, wenn du dich eingerichtet hast, ja?!«, wollte Isabell zum vierten Mal wissen, nachdem sie Barbaras letzte Kiste wankend vor die Haustür der Damaschkestraße 36 geschleppt hatte.

Barbara nickte abwesend und betrachtete die Fassade ihres neuen Zuhauses.

»Schön hast du es hier.« Nervös trat Isabell vom einen Bein auf das andere.

Als Barbara nicht reagierte, sagte sie: »Ja, dann will ich mal. Du hast ja meine Nummer, oder?« Sie ging einen Schritt auf ihre Ex-Mitbewohnerin zu und wollte sie umarmen.

Reflexartig ergriff Barbara ihre Hand, schüttelte sie kurz, ließ sie wieder los und wartete geduldig, bis Isabell endlich in ihren Wagen stieg. Barbara erwiderte kurz das skeptische Winken, drehte sich erleichtert um, noch bevor Isabell den Motor gestartet hatte, und ging zum Klingelbrett.

»Ja, Günther!«, kam ihr nach einer Ewigkeit Liselottes verschlafene Stimme durch die Sprechanlage entgegen.

»Hier ist Barbara Nowak, ich wollte doch heute bei Ihnen einziehen.«

»Das ist ja wundervoll, dass Sie schon hier sind! Dann können wir miteinander frühstücken. Würde es Ihnen etwas ausmachen, noch schnell ein paar Croissants zu besorgen?«, antwortete es ihr auf einmal hellwach über den summenden Türöffner hinweg.

Erleichtert stieß Barbara die Tür auf, verstaute ihre Kisten im Eingangsbereich und machte sich auf, einen Bäcker zu finden.

»Die von der Brotmanufaktur Radtke in der Sybelstraße sind wesentlich krosser und nicht so buttrig, aber ich erkläre

Ihnen gerne später, wo Sie deren Ladenlokal finden, Fräulein Nowak«, nahm Liselotte Barbara in Empfang. »Wenn Sie nun noch einen Kaffee aufsetzen möchten. Sie wissen ja sicherlich noch, wo sich alles befindet? Ich bin dann gleich bei Ihnen«, entschuldigte sie sich vergnügt und verschwand im Badezimmer.

Barbara zog die Schuhe aus, schob sie neben die von Herrn Günther, die sie am Vortag entstaubt hatte, betrachtete mit einem wohligen Gefühl im Bauch die hohe Stuckdecke des Flurs und betrat auf ihren Wollsocken die lichtdurchflutete Wohnküche ihrer neuen Bleibe.

Zuerst setzte sie Kaffee auf, verräumte dann die Einkäufe, die Robert gestern besorgt hatte, deckte den Frühstückstisch und presste sechs Orangen aus. Als sie die Schalen in den Müll werfen wollte, entdeckte sie dort die Rose von Herrn Meier, deren Blüte abgeknickt war.

Barbara schnitt sie vorsichtig ab, entnahm dem linken Hängeschrank eine Sektschale, füllte sie zur Hälfte mit Wasser und ließ die Blüte hineingleiten.

»Ach, wie liebevoll Sie alles zubereitet haben. Und diese Rose. Nein! Wie damals mein Franz Ferdinand, als er aus der russischen Kriegsgefangenschaft zu mir heimgekehrt ist! Wenn das nicht ein Zeichen ist!« Gerührt löste sich Liselotte vom Türrahmen. Sie schenkte Barbara ein joviales Lächeln, ging zur Anrichte, drehte das Hochzeitsfoto wieder um und nahm am Tisch Platz. »Kommen Sie, setzen Sie sich zu mir, Fräulein Nowak, und leisten Sie mir Gesellschaft!«

Erst jetzt bemerkte Barbara, wie hungrig sie schon wieder war, obwohl sie erst vor zwei Stunden eine große Schale Müsli gegessen hatte. Sie trocknete sich die Hände ab, setzte sich zu Liselotte, nahm ein Croissant aus dem Brotkorb, schmierte fingerdick Leberwurst darauf und biss genüsslich hinein.

»Was für ein interessanter Belag für eine französische Spezialität!«, kommentierte Liselotte erstaunt das Geschehen und bestrich die Spitze ihres Hörnchens mit etwas Aprikosenmarmelade. »Aber nun erzählen Sie doch. Im Grunde genommen kenne ich Sie gar nicht. Und wenn ich später meinen Mann auf dem Friedhof besuchen gehe, möchte ich ihm zu gerne mehr von meiner neuen Gesellschafterin berichten können.« Liselotte beugte sich neugierig vor.

Barbara verschluckte sich an dem Blätterteiggebäck und spülte ihren Hustenreiz schnell mit etwas Orangensaft hinunter. Hatte die alte Dame da gerade »Gesellschafterin« gesagt?! Wenn das ihr Papa mitbekam! Erschrocken stellte sie das Glas ab. »Was interessiert Sie denn genau, Frau Günther?«

»Ach, fangen Sie doch einfach bei Ihrer Familie an«, schlug diese vor, schaute Barbara aufmunternd an, nahm einen Schluck Kaffee und kreuzte die Beine übereinander.

»Meine Familie ist ursprünglich aus Polen und lebt seit vier Generationen in Bottrop«, begann Barbara.

»Bottrop? Was macht man denn seit vier Generationen in Bottrop?!«

»Die Männer fahren ein, und die Frauen kümmern sich um die Kinder und den Haushalt. Das war zumindest bisher so.«

»Einfahren? Aber Sie sprechen jetzt nicht von einem Gefängnis, oder doch?«

»Nein, keine Angst, Frau Günther! Unsere Nowak-Männer sind unter Tage eingefahren. Sie waren und sind ehrliche und rechtschaffene Kohlebergarbeiter.«

»Das ist ja praktisch, da mussten Sie im Winter sicherlich nie frieren.« Erleichtert lehnte sich Liselotte zurück und musste gleich darauf beklommen an die bitterkalten Wintermonate nach dem Krieg denken. Rasch schob sie den unangenehmen Gedanken beiseite und beugte sich wieder vor.

»Und was haben Sie sich zur Zerstreuung gesucht, in diesem Bottrop?«, versuchte sie das Gespräch auf ein Thema zu lenken, bei dem sie sich deutlich wohler fühlte und besser auskannte.

»Zerstreuung? Das gab es bei uns nicht. Das Haus und das Auto mussten abbezahlt, der Schrebergarten bewirtschaftet und die Brieftauben unterhalten werden. Dazu kam noch die Schichtarbeit meines Vaters und später die meiner Brüder. Und als meine Mutter starb, wurde alles noch enger. Sie sehen, wir hatten weder Zeit noch Geld, um uns Zerstreuung zu suchen, geschweige denn in den Urlaub zu fahren.«

»Sie waren noch nie im Urlaub?«, erwiderte Liselotte verblüfft.

»Doch, na ja, zumindest fast.« Barbara lachte auf. »Meine Mutter wollte einmal in ihrem Leben nach Sylt, bevor sie sterben würde. Wir kamen aber nur bis Endel in der Holzhauser Heide. Dort ist uns auf der A 1 die Hinterachse gebrochen.«

»Ach, Sylt! Das kann ich gut verstehen. Mein Franz Ferdinand hat mich immer zu meinem Geburtstag dorthin entführt«, erinnerte sich Liselotte wehmütig.

»Eine Woche später ist sie dann leider verstorben«, schloss Barbara ihren Urlaubsbericht, stand auf und begann den Frühstückstisch abzuräumen.

Liselotte musste schlucken. So hatte sie sich ihre erste

Konversation mit ihrer Gesellschafterin eigentlich nicht vorgestellt. Unerwartet tauchte vor ihrem inneren Auge das Bild auf, wie sie kurz nach dem Tod der eigenen Eltern mit ihrem roten Lackkoffer, von den amerikanischen Besatzern aus der Familienvilla verbannt, am U-Bahnhof Krumme Lanke gestanden hatte und weder ein noch aus wusste.

»Und wie ist es Ihnen nach dem Tod Ihrer Mutter ergangen?«, fragte Liselotte verwirrt nach, obwohl sie die Frage eigentlich gar nicht stellen wollte.

Überrascht stellte Barbara die Butter in den Kühlschrank, drehte sich langsam zu Liselotte um und betrachtete sie interessiert. Das war sie bisher noch nie gefragt worden.

»Meine Mama war mehr als nur meine Mutter. Sie war meine beste Freundin und hat mich immer unterstützt. Sie schickte mich gegen den Willen meines Vaters auf das Gymnasium, nahm mich vor den ständigen Hänseleien meiner Brüder in Schutz, schmiss den Haushalt und hielt mir für die Schule den Rücken frei. Und als sie starb, starb ein Stück meines Zuhauses mit ihr. Aber viel Zeit zum Trauern blieb mir nicht. Ich musste neben der Schule nun auch den Haushalt erledigen, mich um meine Brüder und vor allem um meinen Vater kümmern.«

Schlagartig fühlte sich Liselotte in die Mietswohnung der Familie Lüdtke zurückversetzt, in der sie nach dem Krieg fünf endlos scheinende Jahre lang hatte mitarbeiten müssen.

»Und das hat Ihnen nie etwas ausgemacht, Fräulein Nowak?«

»Nein, wieso auch? Es blieb mir keine andere Wahl. An meiner Stelle hätten Sie sicherlich ebenso mit angepackt.« Barbara lächelte sie an.

»Gewiss! Aber jetzt muss ich wirklich zu meinem Mann!«, beendete Liselotte verlegen das Gespräch, eilte zur Garderobe, öffnete die Tür und verließ fluchtartig die Wohnung.

Auf dem Bürgersteig verlangsamte sie nach und nach ihre Schritte und blieb dann gedankenversunken einige Minuten lang stehen.

Ach, Franz Ferdinand! Was hatte ich für ein Glück, dass du totgeglaubt wieder zu mir zurückgekehrt bist und mich erlöst hast!, dachte sie. Und ich habe mich noch nie ausdrücklich dafür bei dir bedankt. Aber dafür ist es nie zu spät.

Sie löste sich aus ihrer Starre und steuerte mit festen Schritt den nächstgelegenen Taxistand an.

Nachdem die Wohnungstür ins Schloss gefallen war, deckte Barbara weiter den Esstisch ab, spülte, trocknete und verräumte das Geschirr, band sich entschlossen ihren Pferdeschwanz neu und machte sich daran, ihr Hab und Gut in den vierten Stock hinaufzubringen. Sie brannte förmlich darauf, dass nun endlich wieder der Alltag in ihr Leben einkehrte.

Zehn Minuten später stand sie schnaufend in ihrem zwanzig Quadratmeter großen, von Herrn Günther bewusst spartanisch eingerichteten Zimmer, setzte die letzte Bananenkiste ab und öffnete den Kleiderschrank. Überrascht betrachtete sie die fein säuberlich aufgehängten und gestapelten Anzüge, Krawatten und sonstigen Kleidungsstücke.

Oh je, der ist ja noch randvoll!, stöhnte sie, schob die Kisten hinter die Tür und holte aus der obersten ihre Studienunterlagen.

Glücklich, sich nun endlich wieder auf ihr Studium konzentrieren zu können, setzte sich Barbara an den Küchentisch, entnahm ihrem Federmäppchen die benötigten Utensilien und schlug ihren Gesetzestext auf. Weiter kam sie nicht. Ihr Magen knurrte schon wieder.

Nach dem siebten Rumoren gab sie ihrem inneren Drängen nach. Sie ging zum Kühlschrank, holte ein Glas in Sherry eingelegte Heringe heraus, lehnte sich an die Arbeitsplatte, drehte den Deckel auf und verschlang das erste Filet, obwohl ihr dabei ein wenig unwohl war.

9.

Wie sie das wohl alles neben ihrem Studium hinbekommt?, fragte sich Liselotte entzückt, als sie sich um neun Uhr morgens an den Frühstückstisch setzte, Kaffee einschenkte und die Süddeutsche Zeitung vom Tisch nahm. Selbst nach acht Wochen konnte sie ihr Glück immer noch kaum fassen. Liebevoll betrachtete sie das Hochzeitsfoto auf der Anrichte und zwinkerte ihrem Mann vergnügt zu.

»Das war wirklich eine gute Entscheidung, Franz Ferdinand! Ach, was würde ich nur ohne sie tun?!« sie seufzte freudestrahlend, nahm einen Schluck frisch gepressten Orangengensaft, schlug die Zeitung auf und blätterte zur Rubrik »Panorama«.

Nur vier Meter Luftlinie von ihr entfernt, saß Barbara im Bad auf der Toilette und konnte ihr Glück auch kaum fassen. Sie hatte nach sechs bangen Wochen des Wartens endlich ihre Periode bekommen. Erleichtert wie noch nie in ihrem Leben spülte sie die Umhüllung des Tampons hinunter, wusch sich die Hände, spritzte sich kaltes Wasser über ihr bleiches Gesicht und warf den ungeöffneten Schwangerschaftstest, den sie bereits seit drei Wochen mit sich herumtrug, in den Abfalleimer.

Danach lehnte sie ihren Kopf an den Badezimmerspiegel, schloss die Augen und spürte, wie eine Sorge nach der anderen von ihr abglitt. Endlich konnte sie ihre lückenhaften Erinnerungen an ihre Premierennacht verdrängen. Einzig das wärmende Gefühl, das sie jedes Mal überkam, wenn sie an Marc dachte, behielt sie für sich zurück.

Summend cremte sie ihr Gesicht ein und stibitzte einen dunkelgrünen Kajalstift und ein wenig von Frau Günthers bevorzugtem Parfüm. Plötzlich musste sie schon wieder mit ihrer allmorgendlichen Übelkeit kämpfen.

Vielleicht sollte ich doch lieber zu einem Internisten gehen, anstatt zum Frauenarzt, überlegte sie. Hoffentlich war es nichts Ernstes. Aber wenn der Termin schon einmal stand … Barbara drückte die Spülung, putzte sich nochmals die Zähne und verließ benommen das Bad.

»Soll ich Ihnen noch was aus der Stadt mitbringen?«, riss Barbaras belegte Stimme Liselotte aus ihrer Lektüre.

Erschrocken hob sie ihren Blick und schaute in das müde Gesicht ihrer Untermieterin.

»Ach, wenn Sie so freundlich wären, mir das abgenähte Kleid aus dem KaDeWe abzuholen, wäre ich Ihnen sehr dankbar. Aber wollten Sie nicht schon längst an der Universität sein?«

»Eigentlich schon«, druckste Barbara rum.

»Aber uneigentlich?«

»Ich habe um zehn Uhr noch einen Termin beim Arzt.«

»Nicht, dass Sie mir krank werden, Fräulein Nowak. Ich brauche Sie noch! Hier, nehmen Sie meinen Orangensaft. Vitamine helfen immer!« Sie lächelte Barbara aufmunternd zu und reichte ihr das Glas.

»Danke. Aber jetzt muss ich los.« Babara streifte sich den

Riemen ihrer vollgepackten Umhängetasche über die Schulter und machte sich auf den Weg.

Sie nimmt das mit ihrem Studium wirklich zu ernst, dachte Liselotte, schaute ihr besorgt nach und schlug die Zeitung wieder auf.

»Meinen herzlichen Glückwunsch, Frau Nowak!« Der kahlköpfige Frauenarzt Dr. Brand strahlte den Bildschirm seines Sonographiegeräts an, drückte zwei Tasten und wartete geduldig, bis das Ultraschallbild aus dem Schlitz kam. Er riss es ab und überreichte es seiner schockierten Patientin.

»Sie sind mit Ihren zwanzig Jahren die jüngste Schwangere seit drei Monaten! Eine Seltenheit«, fuhr er beglückt fort, wischte das Kontaktmittel von Barbaras Bauch und erläuterte ihr die Grauschattierungen auf dem Bild.

»Ein Wunder, nicht wahr? Da wird sich der Vater heute Abend aber freuen.« Er rollte mit seinem Stuhl von ihr weg und betrachtete sie zufrieden.

»Und sind Sie sich da auch ganz sicher? Ich habe doch heute erst meine Periode bekommen«, sagte Barbara ungläubig und ließ zitternd das Foto von ihrer befruchteten Eizelle sinken.

»Schmierblutungen, Frau Nowak. Das kommt häufiger vor. Und wenn ich mir nicht absolut sicher über Ihren Zustand wäre, so hätte ich diese Diagnose nie gestellt! Sie sind in der achten Woche, und daran ist nicht zu rütteln«, gab Dr. Brand etwas verschnupft zurück und notierte sich irgendetwas auf Barbaras Aktenblatt. »Aber zumindest haben Sie nun Klarheit und wissen den Grund für Ihren gesteigerten Appetit, Ihr Unwohlsein, Ihre Müdigkeit und das erhöhte Schlafbedürfnis. Seien Sie froh, es ist also nichts Ernstes!«

Er nahm drei Broschüren vom Schreibtisch, stand auf, streifte seinen Kittel glatt und übergab Barbara die Faltblätter. Dann reichte er ihr zum Abschied seine feuchte Hand, öffnete die Tür und bat sie, mit der Sprechstundenhilfe einen neuen Termin zu vereinbaren.

»Nichts Ernstes, sagen Sie?! Aber das ist doch erst bei Punkt fünf meiner Lebensplanung vorgesehen!« Entsetzt starrte sie Dr. Brand an.

»Was meinen Sie mit Punkt fünf?!«

»Kinder zu bekommen!«

»So so, und in welcher Phase ihrer Lebensplanung befinden Sie sich jetzt gerade?«

»Bei Punkt eins!«

»Nun, man kann nicht alles im Leben planen, Frau Nowak. So ist das nun einmal. Dann müssen Sie ab jetzt ein wenig umdisponieren!« Sacht schob Dr. Brand sie aus dem Raum.

Dann müssen Sie ab jetzt ein wenig umdisponieren!, äffte Barbara in der U-Bahn den Doktor nach und streichelte sich dabei über ihren Unterbauch. Nichts Ernstes, dass ich nicht lache. Der hat gut reden, als Mann!, dachte sie, schniefte, kramte ein Taschentuch aus ihrer Umhängetasche und schnäuzte sich. Wäre sie doch nur nicht mit in diese Diskothek gegangen. Das hatte sie ja fein hinbekommen! Und das Schlimmste bei der Sache war, dass die Kumpels ihres Vaters ihre Wette gewinnen würden.

Verzweifelt lehnte sie ihren Hinterkopf an die verkratzte Fensterscheibe und starrte an die gelbliche Wagendecke.

An der Französischen Straße stand sie auf, hängte sich ihre Tasche um, verließ den Wagen und lief mit hängendem Kopf zur Humboldt-Universität.

»Frau Nowak? Frau Nowak!«

Schlaftrunken rieb Barbara sich die Augen, hob ihren Kopf vom Klapptisch und blickte verwundert in das Gesicht von Professor Reichenbach. Das Audimax war verwaist.

»Ist die Vorlesung schon vorbei?«

»Haben Sie noch fünf Minuten, Frau Nowak?« Professor Reichenbach betrachtete sie mit besorgter Miene, knöpfte sein braunes Cord-Jackett zu und schlug den Weg zu seinem Büro ein.

Nachdem er Barbara einen Stuhl angeboten hatte, setzte er sich hinter seinen Schreibtisch. Er räusperte sich, nahm seine Brille ab und putzte sie umständlich. Dann schenkte er seiner Studentin einen väterlichen Blick, zündete sich langwierig seine Pfeife an und schaute den aufsteigenden Rauchschwaden nach.

»Ist es wegen meiner Leistungen? Fallen die etwa ab?« Barbara hielt es nicht mehr aus.

»Ja, marginal, aber durchaus messbar, Frau Nowak! Und Sie schlafen sogar schon bei meinen Vorlesungen ein!«, antwortete Reichenbach und nahm die Pfeife aus dem Mund.

Barbara rollten zwei Tränen die Wange hinunter.

»Frau Nowak, Sie sind eine meiner besten Studentinnen, das wissen Sie. Aber in unserem Beruf ist das Erbringen einer hohen, konstanten sowie fehlerfreien Leistung das A und O des Erfolges. Dieses Niveau ist nur zu erreichen, wenn man sich voll und ganz auf seine Arbeit konzentriert! Und da ich bereits einigen meiner Kontakte in der Wirtschaft von Ihrem Talent berichtet habe, würde es auf mich zurückfallen, wenn Sie unsere gemeinsamen Erwartungen an Ihre Person enttäuschen würden. Und nun hören Sie bitte endlich mit der Heulerei auf, auch ich hatte einmal einen Hänger in meiner Studienzeit.«

Professor Reichenbach reichte Barbara sein Stofftaschentuch und fuhr in seinem Monolog fort: »Sie haben mir doch bei unserem ersten Gespräch von Ihrem Fünf-Punkte-Plan berichtet. Wenn ich mich recht entsinne, wollten Sie Abschlussbeste mit der Spezialisierung auf internationales Steuerrecht werden, dann fünf Jahre in einer renommierten Kanzlei arbeiten, dort Partnerin werden, einen emanzipierten Mann kennenlernen, mit ihm zwei Kinder haben und weiterhin beruflich tätig sein. Stimmt das so?«

Barbara nickte schluchzend.

»Also, wenn Sie sich strikt an Ihren Plan halten, dann sollte Ihrer Karriere nichts im Wege stehen«, bemühte sich Professor Reichenbach vergeblich, seine nun hemmungslos weinende Studentin zu trösten.

Nervös rutschte er auf seinem Lederstuhl hin und her. Mit so viel Emotionalität war er zuletzt durch seine Frau in den Mediationssitzungen kurz vor der Scheidung konfrontiert worden. Überfordert klopfte er seine Pfeife im Aschenbecher aus, reinigte länger als nötig das Mundstück und schielte dann eine Weile auf seinen Telefonapparat. Da der nicht klingeln wollte, erhob er sich ruckartig, half seiner tränenüberströmten Studentin aus dem Sessel, reichte ihr ihre Tasche, begleitete sie wortlos zur Tür und schloss diese erleichtert hinter ihr.

Als Barbara den U-Bahnhof am Adenauerplatz verließ, regnete es wie aus Kübeln. Unbeeindruckt setzte sie ihre Füße auf die überschwemmten Steinfliesen des Vorplatzes, überquerte, ohne auf den Verkehr zu achten, den glänzenden Asphalt des Kurfürstendamms und war bereits auf Höhe der Dahlmannstraße komplett durchnässt. Kurz bevor sie in die Damaschkestraße einbog, erinnerte sie sich daran, dass sie eigentlich noch das geänderte Kleid von Frau Günther im KaDeWe abholen wollte. Kapitulierend hob sie ihren Kopf, schloss die Augen und ließ sich vom warmen Sommerregen die Tränen aus dem Gesicht spülen.

Zwanzig Minuten später betrat Barbara triefend das KaDeWe, steuerte die Fahrstühle an und wartete dort unbeteiligt und vor sich hintropfend auf das Signal der sich öffnenden Türen. Nachdem sich sechs konsumfreudige Weißrussinnen mit ihren Einkäufen an ihr vorbeigedrängt hatten, verließ sie ihre Pfütze, begab sich in die parfümierte Kabine und fuhr in das vierte Obergeschoss.

Am Tresen des Kundendienstes wurde sie von einer stark geschminkten Dame taxiert, die genauso zwanzig wie fünfzig Jahre alt sein konnte.

»Sie wünschen?«

»Ich wollte das geänderte Kleid von Frau Günther abholen«, trug Barbara ermattet ihr Anliegen vor und durchforstete ihre durchweichte Umhängetasche nach dem Abholschein.

Bei der Erwähnung des Namens »Günther« verwandelte sich der konsternierte Gesichtsausdruck der Kundenbetreuerin schlagartig in ein unnatürliches Grinsen. Keine vier Minuten später verließ Barbara mit dem sorgsam verpackten Kleid und einem geliehenen Regenschirm das Kaufhaus.

Auf dem Heimweg stieg Barbara der Geruch eines nahegelegenen türkischen Spezialitätenimbisses in die Nase. Wie ferngesteuert folgte sie dem Duft, hielt vor dem Verkaufsfenster an und bestellte sich einen Döner mit allem: Schafskäse, Knoblauchsoße und Chili.

»Döner macht müde Frauen munter! Mesut weiß das!« Der Besitzer schenkte seiner Kundin ein warmes Lächeln, rückte sein Kochschiffchen auf seinem kahlrasierten Schädel zurecht und kümmerte sich wieder um die Gasregler am Grill.

»Ach, Sie Arme! Ich hatte schon Angst, dass sie weggespült worden sind! Aber warten Sie kurz, ich hole schnell noch einen Lumpen, auf dem Sie Ihre Schuhe abstellen können.«

Liselotte zögerte einen Moment, grübelte, welche Richtung sie dafür einzuschlagen hatte, und steuerte dann die Abstellkammer an.

»Nein, in der Küche unter der Spüle, Frau Günther«, rief Barbara ihr nach und schlüpfte aus den durchtränkten Espadrilles.

»Und, wie war es denn beim Arzt?«, erkundigte sich Liselotte neugierig, als sie zumindest mit einer Rolle Küchenpapier bewaffnet zurückkehrte.

»Es ist nichts Ernstes, hat er gesagt. Aber nehmen Sie mir lieber Ihr Kleid ab, bevor es doch noch nass wird«, wich Barbara der unangenehmen Frage aus und reichte ihr vorsichtig das in Zellophan eingepackte Kleidungsstück.

»Das wäre bei dieser Witterung wirklich nicht nötig gewesen, Fräulein Nowak!« Liselotte bedankte sich überschwänglich, nahm das Kleid entgegen und begann sorgsam, die Wassertropfen von der Schutzfolie zu tupfen. Auf einmal rutschte vom unteren Ende des Pakets ein Batzen aus Kalbfleisch, Knoblauchsoße, drei Streifen Rotkraut, einer

Viertelscheibe Tomate, einem Zwiebelring und etwas Schafskäse ab und fiel fast geräuschlos auf den Perser-Läufer.

Befremdet beugte sich Liselotte vor und betrachtete das seltsame Gebilde, das dort auf ihrem Teppich gelandet war.

»Igitt! Was ist das denn?«, rief sie angeekelt mit ausgestrecktem Zeigefinger aus.

Barbara stieg die Schamesröte ins Gesicht.

»Oh je, das tut mir wirklich leid. Es muss mir vorhin beim Heimweg aus meinem Kebab herausgerutscht sein.« Flink nahm sie Liselotte die Papierrolle aus der Hand und bückte sich, um das Malheur zu beheben.

»Kebab?«

»Ein türkischer Imbiss«, erklärte Barbara und rubbelte energisch den Soßenrest aus dem Teppich.

»Na, wenn Sie weiterhin so essen, dann gehen Sie mir noch völlig auseinander. Ich zum Beispiel trage seit 1950 Konfektionsgröße achtunddreißig.«

»Na, dann kenne ich nun zumindest Ihre größte Lebensleistung!«, antwortete Barbara kühl, richtete sich auf, drückte Liselotte das schmutzige Küchentuch und die Rolle in die Hände, drehte sich auf ihren feuchten Fersen um und ging in das Bad.

Mit zitternden Händen schob sie den Riegel vor, zog ihre am Körper klebenden Kleider aus und stellte sich unter den heißen Strahl der Dusche. Hatte sie sich gerade eben nicht genauso angehört wie Frau Günther?, fragte sie sich entsetzt.

Als sie fertig war, warf sie ihren Marienkäferbademantel über, eilte über den verwaisten Flur in ihr Zimmer, schlüpfte in ihren Pyjama und kroch unter die Bettdecke. Sie umfasste ihr ungeborenes Leben mit den aufgewärmten Händen und versuchte die Frage, wie in aller Welt sie den Spagat zwischen Studium, Schwangerschaft und Haushaltsführung schaffen sollte, aus ihrem Kopf zu vertreiben. Doch als es ihr endlich gelang, stellte sich sofort die nächste Sorge ein: Wenn Frau Günther sie morgen vor die Tür setzen sollte, und das würde sie nach diesem Vorfall bestimmt, bliebe ihr nur noch der Rückzug nach Bottrop.

Und so irrwitzig es klang, im Hause Günther hatte sie trotz ihrer zahlreichen Aufgaben im Haushalt eine Ordnung gefunden, nach der sie sich schon lange gesehnt hatte.

Kurz bevor sie einschlief, nahm sie sich fest vor, den drohenden Rausschmiss unter allen Umständen zu verhindern. Wie, wusste sie zwar noch nicht, aber am nächsten Morgen würde ihr bestimmt etwas einfallen.

Unruhig wälzte sie sich von einer Seite auf die andere und träumte von Pfeife rauchenden Frauenärzten, die in Knoblauchsoße getränkte Strafgesetzbücher an schwangere Kundenbetreuerinnen in Cord-Jacketts ausgaben.

Auch für Liselotte verlief der Abend nicht wie geplant. Eigentlich hatte sie vorgehabt, gemeinsam mit Fräulein Nowak einen Happen zu sich zu nehmen, anschließend ihr Kleid anzuprobieren und es sich dann mit einem Glas Rotwein und einem Krimi auf dem Sofa gemütlich zu machen. Stattdessen saß sie verdattert auf ihrer Bettkante. In der einen Hand hielt sie noch immer das schmutzige Küchenpapier und in der anderen die Rolle umklammert.

Was war eigentlich meine größte Lebensleistung?, fragte sie sich wieder und wieder. Bis zu diesem Zeitpunkt war sie selbstredend davon ausgegangen, dass es voll und ganz reichen würde, einfach da zu sein. Und nun so etwas!

Als sie es endlich schaffte, ihre Gedanken in eine andere Richtung zu lenken, stand Liselotte ungewollt vor dem nächsten Schreckensszenario: Was sollte sie nur tun, wenn Fräulein Nowak morgen wieder ihre Bananenkisten packen und ausziehen würde? Und das würde sie bestimmt!

Mit dem Einzug ihrer Gesellschafterin hatte Liselottes Leben endlich wieder eine Struktur bekommen, die weit über die Haushaltsführung hinausging.

Kurz bevor sie einschlief, nahm sie sich fest vor, dies unter allen Umständen zu verhindern. Wie, wusste sie zwar noch nicht, aber am nächsten Morgen würde ihr bestimmt etwas einfallen.

Unruhig wälzte sie sich von einer Seite auf die andere und träumte davon, Konfektionsgröße 44 zu besitzen.

10.

Am nächsten Morgen fuhr Liselotte um sieben Uhr aus dem Schlaf hoch und war sofort hellwach. Sie hatte eine Idee: Sie würde Fräulein Nowak mit einem Frühstück überraschen! Schwungvoll stieg sie aus ihrem Bett und huschte in die Küche, um sich sogleich ans Werk zu machen.

Fünf Minuten später hatte sie zumindest einen viel zu stark geratenen Kaffee zubereitet, den sie kleckernd über den Flur balancierte. Vor der Tür des ehemaligen Schlafzimmers ihres Mannes blieb sie stehen und überlegte, wie sie anklopfen sollte, ohne auch noch den Rest zu verschütten. Da kam ihr eine Pilatesübung in den Sinn. Liselotte führte die Kaffeetasse mit beiden Händen vor ihren Bauchnabel, schloss konzentriert die Augen, trat einen kleinen Schritt zurück, hob ihr linkes Bein in einem rechten Winkel an, stieß mit der Fußspitze zweimal leicht gegen die Tür, setzte das Bein wieder ab und verschüttete dabei trotzdem einen weiteren Teil des Kaffees auf ihr lilafarbenes Nachthemd.

Sie spitzte die Ohren, und nach einer halben Ewigkeit nahm sie ein kaum hörbares, unsicher geäußertes ›Herein‹ wahr.

Aber wie sollte sie denn jetzt nur die Tür aufbekommen? Nach längerem Grübeln stellte sie die Tasse auf den Boden, drückte die Klinke hinunter, öffnete einen Spalt, nahm die

Tasse wieder auf, drehte sich um und schob langsam mit ihrem Gesäß die Tür auf.

In der Angst, dass Frau Günther sie nun auffordern würde, bis zum Mittag die Wohnung zu verlassen, zog sich Barbara die Decke bis zur Nasenspitze hoch und starrte gebannt mit ihren verquollenen Augen auf die sich in Zeitlupe öffnende Zimmertür. Zuerst sah sie nur den seidenumhüllten Po ihrer Vermieterin, der sich mit kleinen Schritten in den Raum vorarbeitete.

Als Liselotte sich vorsichtig umdrehte und aufrichtete, hielt Barbara den Atem an. Aber anstatt wie erwartet mit einem verärgerten Gesicht konfrontiert zu werden, wurde sie von einem mütterlichen Lächeln begrüßt.

»Guten Morgen, Fräulein Nowak. Schauen Sie, ich habe Ihnen da etwas zubereitet!« Liselotte hielt wackelig die Tasse hoch.

Völlig überrumpelt betrachtete Barbara ihre Vermieterin. Mit vielem hatte sie gerechnet, aber nicht damit, dass sie an diesem Morgen zum ersten Mal in ihrem Leben einen Kaffee ans Bett serviert bekam. Gerührt nahm sie die fast leere Tasse entgegen, trank einen kleinen Schluck und verzerrte das Gesicht, so bitter war er.

Nervös beobachtete Liselotte das Geschehen, dann hielt sie es nicht mehr aus.

»Es tut mir so leid, dass ich Sie gestern so angeraunzt habe! Ich weiß auch nicht, was in mich gefahren ist. Sie bleiben doch, oder?«, entschuldigte sie sich das erste Mal in ihrem Leben für ihre Art. Sicherheitshalber setzte sich Liselotte schnell auf die Bettkante, um Barbara den Fluchtweg abzuschneiden.

Barbara pustete in den erkalteten Kaffee und wandte sich an ihre Vermieterin, ohne ihr dabei in die Augen schauen zu können.

»Ich will ja so gerne. Aber ich fürchte, das kann ich nicht!«

»Kind, es hat sich gestern doch nur um eine kleine Meinungsverschiedenheit gehandelt. Eine Lappalie. Ansonsten harmonieren wir doch wirklich gut!«

»Daran liegt es doch überhaupt nicht.« Ohne dass sie es wollte, kullerten ihr Tränen die Wangen hinunter.

Liselotte betrachtete mitleidig das Häuflein Elend, das weinend neben ihr an der Wand lehnte. Dann nahm sie all ihren Mut zusammen, schlug die Decke ein wenig zurück und schlüpfte zu Barbara ins Bett.

»Sind es vielleicht die gelegentlichen Hilfen im Haushalt, die Ihnen zu viel werden?«, fragte sie behutsam, obwohl sie sich das beim besten Willen nicht vorstellen konnte.

Als Antwort war nur ein leichtes Wimmern zu vernehmen, und Liselotte dachte weiter angestrengt nach.

»Ah, dann muss es Ihr Studium sein, das Ihnen Sorgen bereitet. Habe ich recht?« Sie schnippte mit den Fingern. »Aber das ist in der heutigen Zeit doch kein Problem mehr, Fräulein Nowak. Versuchen Sie es einfach mit einem anderen Studienfach. Wie wäre es mit etwas Kreativerem? Ich glaube, die Universität der Künste liegt gleich um die Ecke«, schlug sie begeistert vor und schaute Barbara aufmunternd an.

»Es ist etwas ganz anderes! Ich bin schwanger!«, brach es auf einmal herzzerreißend aus Barbara heraus. Schluchzend lehnte sie sich an Liselottes Schulter.

»Oh!«, entfuhr es Liselotte. Erst zögerlich und dann immer fester nahm sie Barbara in den Arm.

Den alten Gassenhauer von Zarah Leander »Davon geht

die Welt nicht unter« vor sich hinsingend, wiegte sie Barbara so lange sanft hin und her, bis sie zumindest wieder in der Lage war, regelmäßig zu atmen.

Nach einer halben Ewigkeit löste sich Barbara aus der Umarmung und suchte das Bett vergeblich nach einem noch saugfähigen Taschentuch ab.

»Warten Sie, ich hole Ihnen schnell eines.« Liselotte hob die Decke hoch und eilte hilfsbereit in die Küche. Da sie dort auf die Schnelle keines finden konnte, steuerte sie das Bad an und zerrte eine störrische Rolle Klopapier aus der Verpackung heraus. Als sie das Zimmer gerade wieder betreten wollte, sah sie, wie Barbara das Portrait ihrer Mutter vom Nachtisch nahm und zärtlich mit Mittel- und Zeigefinger über das Foto strich.

»Wie soll ich denn nur Studium und Kind unter einen Hut bekommen?«, flüsterte sie dabei. »Ich kann es doch nicht wegmachen lassen, Mama! Oder?!«

»Nein! Sie werden nichts dergleichen tun! Ansonsten werde ich Sie hier hochkant hinausschmeißen!«, unterbrach Liselotte aufbrausend den intimen Moment. Am ganzen Körper zitternd betrat sie das Zimmer und baute sich vor dem Bett auf.

Erschrocken stellte Barbara das Bild auf den Nachttisch zurück.

»Jetzt hören Sie mir genau zu! Nichts sollte sich damals zwischen mich und meinen Franz Ferdinand stellen«, fuhr Liselotte fort, »und doch bin ich im Frühjahr 1952 schwanger geworden, obwohl ich mir fest vorgenommen hatte, es niemals zu werden. Zehn lange Wochen habe ich herumgeweint wie Sie, genau hier in diesem Zimmer, und meine Fruchtbarkeit verflucht, bis unser Kind kurze Zeit später abgegangen ist. Und auf einmal habe ich sein Fehlen genauso bedauert, wie ich damals nach dem Krieg meinen Mann vermisst hatte. Oh Gott, was habe ich mich geschämt! Eine Woche später musste man mir in der Charité meine entzündete Gebärmutter entfernen. Und ab da hatte ich doofe Kuh meinen Mann endgültig für mich alleine! So etwas dürfen Sie noch nicht einmal laut denken, Fräulein Nowak! Das bringt Unglück. Haben Sie das verstanden?!«, schimpfte Liselotte, über sich selbst am meisten erzürnt, riss die Decke hoch, legte sich wieder zu Barbara ins Bett und schaute schnaufend geradeaus.

»Und wie hat Ihr Franz Ferdinand reagiert?«, fragte Barbara nach einer Weile flüsternd und musste dabei an Marc denken.

»Der hat nie etwas davon erfahren! Wie sollte ich auch dem Mann, den ich über alles in der Welt geliebt habe und der mich ebenso liebte, begreiflich machen, dass ich das gemeinsame Kind partout nicht haben wollte und es mir, als es starb, sehnsüchtig zurückwünschte? Ich habe den Preis dafür zahlen müssen, glauben Sie mir, und über alles geschwiegen. Zu groß war meine Angst, auch noch meinen Mann zu verlieren.«

Ergriffen tastete sich Barbara unter der Decke zu Liselottes Hand vor und nahm sie in die ihre. Gemeinsam hielten sich die beiden Frauen aneinander fest.

»Wie hat denn Ihr Freund die Nachricht über Ihre Schwangerschaft aufgenommen?«, durchbrach Liselotte eine ganze Weile später die Stille.

»Der weiß nichts davon«, gab Barbara kleinlaut zu.

»Rufen Sie ihn an, Sie müssen es ihm sagen! Begehen Sie nicht den gleichen Fehler wie ich.«

»Das würde ich zu gerne, aber ich kenne nur seinen Vornamen.«

»Sonst nichts?« Erstaunt drehte sich Liselotte zu ihr.

»Nein!«

»Nun gut, dann werde ich Ihnen eben tatkräftig unter die Arme greifen! Das bekommen wir schon gemeinsam hin«, verkündete Liselotte selbstsicher, richtete sich das Kissen im Nacken zurecht und musste an den Artikel über agile Leihomas aus der letzten VOGUE denken.

»Aber Sie können doch noch nicht einmal für sich selbst ein Frühstück herrichten, ohne dass die Küche hinterher ein einziges Chaos ist!«

»Überrascht Sie das? Seitdem Sie hier alles umgeräumt haben, kenne ich mich in meinen eigenen vier Wänden kaum noch aus.«

Gerührt betrachtete Barbara das schmollende Gesicht von Frau Günther. Langsam, aber stetig fasste sie wieder Mut. Warum sollten wir es nicht miteinander versuchen?, dachte sie und gab sich einen Ruck.

»Dann erkläre ich Ihnen heute, wo sich alles befindet, und bringe Ihnen in den nächsten Tagen das Nötigste bei«, schlug Barbara pragmatisch vor. »Das werden Sie sicherlich mit links hinbekommen. Sie sind doch eine willensstarke Frau!«

Liselotte atmete erleichtert aus. »Abgemacht! Aber bitte zeigen Sie mir zuerst, wo Sie die Taschentücher versteckt haben. Meine Nase ist schon ganz wund von diesem Klopapier.«

Zwei Stunden lang ging Barbara mit Liselotte die Schränke und Schubladen der Küche durch, notierte gewissenhaft deren Inhalt auf Post-it-Zetteln und befestigte sie jeweils an der oberen rechten Ecke. Dann erklärte sie ihr die korrekte Handhabung der Spülmaschine und die Systematik der Mülltrennung.

»So, die Küche hätten wir geschafft! Nun beschäftigen wir uns mit den diversen Putzmitteln und deren Anwendungsbereichen, dem Staubsauger und Wischmopp. Und danach zeige ich Ihnen, wie einfach es ist, sich ein simples, aber köstliches Mittagessen zuzubereiten«, erläuterte Barbara voller Elan das weitere Vorgehen und verließ entschlossenen Schrittes die Küche.

Seufzend stand Liselotte vom Küchentisch auf und trottete hinter ihr her.

»Mir ist schon ganz schwindelig, Fräulein Nowak. Ich brauche dringend eine Pause!«, unterbrach sie wenig später Barbaras Monolog über Waschmittelinhaltsstoffe. Erschöpft lehnte sie sich an die Duschwand.

»Aber wir sind doch gerade so gut im Thema«, versuchte Barbara ihre Schülerin zu motivieren und nahm beherzt eine Flasche Scheuermilch aus dem Regal.

»Nein, für heute ist Schluss! Schließlich bin ich keine vierzig mehr. Kommen Sie, wir gehen ein wenig an die frische Luft. Das wird mir, Ihnen und Ihrem Kind guttun.«

»Aber ich muss noch …«

»Das Einzige, was Sie jetzt müssen, ist zu lernen, wie man sich ausnahmsweise einmal entspannt, Fräulein Nowak. Und auf diesem Gebiet kenne ich mich meisterlich aus. Keine Widerrede.« Sie verließ das Bad, zog Jackett und Pumps an, hängte sich die Handtasche über die Schulter und blieb auffordernd in der geöffneten Wohnungstür stehen.

Barbara blieb nichts anderes übrig, als sich ihre orangefarbene Sommerjacke um die Hüfte zu binden und die hellblauen Stoffturnschuhe zu schnüren.

»Ihrem Kleidungsstil müssen wir uns zu gegebener Zeit auch noch zuwenden. Ich wüsste da schon etwas für Sie«, bemerkte Liselotte trocken, ließ Barbara an sich vorbeigehen und schloss die Tür hinter sich.

»Wie schön, Sie wieder einmal in Begleitung hier zu sehen!«, wurde Liselotte von Herrn Tamm im Café Kranzler herzlich begrüßt, als sie gemeinsam mit Barbara die Rotunde betrat. Er übergab sein beladenes Tablett einer Mitarbeiterin und erlaubte sich, die Damen auf die Terrasse zu begleiten.

»Wie immer, Frau Günther?«

»Nein, heute benötige ich etwas Herzhaftes, Herr Tamm. Ich hatte einen furchtbar anstrengenden Tag.« Sie fächelte sich mit der Speisekarte die schwüle Luft aus dem Gesicht.

»Wie wäre es mit einer Quiche lorraine?«

»Wenn sie ganz frisch ist, gerne! Wollen Sie auch eine, Fräulein Nowak?«

Barbara nickte, obwohl sie keine Ahnung hatte, was sich dahinter verbarg. Als der warme Speckkuchen serviert wurde, war sie einzig von der Größe der Portion ein wenig enttäuscht. Hungrig führte sie das erste Stück in den Mund, schloss die Augen und ließ genüsslich den Mürbeteig auf ihrer Zunge zergehen. Das sollte ich öfter machen, dachte sie, streckte ihr Gesicht in die Sonne und begann zu kauen.

»Wie ich sehe, lernen Sie schnell!« Liselotte lächelte zufrieden und tat es ihr gleich.

»Wir machen noch einen kleinen Umweg!« Liselotte hakte sich bei Barbara ein, nachdem sie das Café verlassen hatten, und dirigierte Barbara vor sich hinglucksend in die Bleibtreustraße.

Vor einer der dort ansässigen Boutiquen blieb sie stehen und deutete auf ein schlichtes dunkelgraues Kostüm, dessen knöchellanger Rock einen atemberaubenden, dezent in Samt eingefassten Schlitz an der Seite aufwies.

»Und, was halten Sie davon?«

»So etwas Wunderschönes habe ich noch nie gesehen!«

»Dann lassen Sie uns hineingehen und es anprobieren.« Liselotte öffnete die Tür und war im nächsten Augenblick bereits im Laden verschwunden. Schüchtern folgte ihr Barbara.

Kaum hatte sie den Eingangsbereich betreten, wurde sie von einer großen, schlanken Angestellten, deren blauschwarzer Pony mit einem Rasiermesser getrimmt worden sein musste, in Beschlag genommen. Sie wurde in eine zimmergroße Umkleidekabine bugsiert und mit einem Glas Champagner versorgt. Kurz darauf betrat eine zweite Dame selbstsicher die Szenerie. Wie ein Storch stelzte sie um Barbara herum und klatschte dann zwei Mal in die Hände.

»Perfekt, es ist wie für Sie gemacht!« Sie riss den Vorhang zur Seite und ließ ihre Assistentin mit dem Kleid herein.

»Ich habe es gewusst. Sie ist eine klassische Schönheit! Wir nehmen es!«, entschied Liselotte, eine Sekunde nachdem Barbara auf das Podest getreten war.

»Das kann ich mir unmöglich leisten!«

»Aber ich!«, erwiderte Liselotte. »Ich möchte es Ihnen zum Dank schenken, Fräulein Nowak!«

»Und wann soll ich so etwas anziehen?«, fragte Barbara zweifelnd und bestaunte dabei ihr Konterfei im Spiegel.

»Auf jeden Fall nicht zu Ihrer Entbindung. Aber wie wäre es zur mündlichen Examensprüfung?«

»Da zählen andere Inhalte.« Barbara drehte sich um ihre eigene Achse.

»Zumindest kann es über die eine oder andere Lücke hinweghelfen.« Liselotte erhob sich aus dem weißen Nappaledersessel und ging zur Kasse.

Als es bereits zu dämmern begann, kehrten die beiden Frauen vergnügt mit ihren Einkäufen in die Damaschkestraße zurück. Noch voller Energie schloss Liselotte die Tür zu ihrer Wohnung auf, ließ die Tüten auf das Parkett plumpsen und entnahm ihrer Handtasche einen Schwung frisch zugestellter Briefe, die sie auf die Kommode zu den anderen ungeöffneten legte.

»Das ist ja schon ein ganz schöner Haufen geworden, Frau Günther«, sagte Barbara gähnend. »Aber um die kümmern wir uns heute nicht mehr! Das verschieben wir auf ein anderes Mal.« Glücklich, aber ermattet zog sie die neuen Schuhe aus und massierte ihre wund gelaufenen Fersen.

»Ich werde mich heute um die Einkäufe kümmern, Fräulein Nowak. Gehen Sie ruhig zu Bett«, bot Liselotte Barbara an, hängte ihr Jackett an die Garderobe und nahm sie in den Arm. »Ich habe schon lange keinen so schönen Tag mehr gehabt, Kind!«, flüsterte sie ihr ins Ohr.

»Ich auch nicht, Frau Günther!«

»Soll ich Sie in der Früh wieder mit einer Tasse Kaffee wecken?«

»Nein, ich glaube, ich lasse die Uni morgen sausen und schlafe erst einmal richtig aus. Aber dann gehen wir die Putzmittel durch und kochen gemeinsam etwas, versprochen?«

»Versprochen!«

Nachdem Barbara sich in ihr Zimmer zurückgezogen hatte, verstaute Liselotte gewissenhaft die Besorgungen, ging in die Küche, fand auf Anhieb in der zweiten Schublade von oben den Korkenzieher, entnahm dem dritten Hängeregal von links zielsicher ein Rotweinglas und dem Vorratsschrank eine Flasche Pinot noir. Zufrieden setzte sie sich auf das Sofa, öffnete die Flasche, schenkte sich ein, legte ihre Beine hoch und blätterte die Brigitte woman durch. Als sie auf Seite 35 angelangt war, stellte sie, hellhörig geworden, ihr Glas auf den Couchtisch und las sich die Artikelüberschrift nochmals genauer durch.

»Besiegen Sie die Aufschieberitis! Diese Woche: acht bewährte Tipps, wie Sie den Papierstapeln in Büro und Haushalt ein für alle Mal ade sagen!« Liselotte musste an die ungeöffneten Umschläge auf ihrer Kommode denken.

»Da wird Fräulein Nowak morgen aber staunen!« Entschlossen stand sie auf, klemmte sich die Illustrierte unter den Arm, holte die Briefe aus dem Flur und setzte sich voller Zuversicht an den Küchentisch.

11.

Um fünf Uhr morgens wurde Barbara von einer völlig aufgelösten Liselotte aus dem Schlaf gerissen. Mühsam rappelte sie sich auf, rieb sich die Augen und knipste die Nachttischlampe an.

»Wir sind bankrott, mein Kind!«

»Bankrott?« Fragend blinzelte sie Liselotte an.

»Ja! Kommen Sie schnell mit in die Küche. Ich zeige es Ihnen«, forderte sie Barbara ungeduldig auf und eilte voraus.

»Das haben Sie korrekt zusammengetragen«, bestätigte Barbara erstaunt das vernichtende Resultat, nachdem sie die Kontoauszüge, noch offenen Rechnungen und Mahnungen sowie den Bescheid über die Hinterbliebenenrente durchgegangen war und mit Frau Günthers Gegenüberstellung des Soll und Habens verglichen hatte. Beeindruckt steckte sie den Deckel auf den Textmarker, legte die Unterlagen fein säuberlich an ihren Platz zurück und schaute in Liselottes sorgenvolles Gesicht.

»Wie haben Sie das nur in der Kürze der Zeit geschafft? Das hätte ich Ihnen gar nicht zugetraut!«, gab Barbara zu.

»Ach, das war gar nicht so schwer. Nach der Kapitulation hat mich der ehemalige Chefbuchhalter meines Vaters aufgenommen. Und da ich seiner Meinung nach im Haushalt eher im Wege stand, als nützlich war, musste ich ihm gelegentlich bei seiner Arbeit assistieren und transkribieren. Und für die Herangehensweise hatte ich eine Hilfe.« Sie deutete auf das aufgeschlagene Frauenmagazin. »Aber eigentlich hatte ich ja gehofft, dass ich mich verrechnet hätte! Und dabei wollte ich doch im Spätsommer nach Sylt!« Als Liselotte die ganze Tragweite ihrer Berechnungen klarwurde, musste sie sich setzen.

»Gibt es denn sonst noch Rücklagen?«, fragte Barbara vorsichtig nach.

»Ich weiß es nicht, Fräulein Nowak. Um all das hat sich immer mein Franz Ferdinand gekümmert.« Sie schniefte und trank einen großen Schluck Rotwein.

»Jetzt legen Sie sich erst einmal schlafen. Und wenn Sie erlauben, gehe ich in der Zeit die restlichen Unterlagen durch. Dann sehen wir weiter. Wo hat Ihr Mann die denn aufbewahrt?« Barbara legte ihr beruhigend die Hand auf den Unterarm.

»Ich glaube, in seinem Arbeitszimmer.«

»Darf ich denn da rein?«

»Sie müssen!«

Ziemlich schnell bestätigte sich, was Barbara bereits vermutet hatte: Liselottes aufwendiger Lebensstil hatte keinen Raum für weitere finanzielle Vorsorge gelassen.

Wenigstens ist die Eigentumswohnung nicht belastet, dachte Barbara, als sie zwei Stunden später den Deckel des Aktenordners zuklappte. Sie lehnte sich auf Franz Ferdinands hölzernem Bürostuhl zurück und dachte nach.

Nach zehn Minuten zog sie aus der obersten Schublade des Sekretärs ein Blatt Papier, schraubte den Füllfederhalter auf, erstellte gewissenhaft einen umfangreichen Sofortmaßnahmenkatalog, füllte diverse Überweisungsträger aus und verließ das Arbeitszimmer. In der Küche nahm sie die dritte Abholaufforderung der Berliner Polizei für den Scirocco vom Stapel, wischte vorsichtig den Straßenstaub von ihren neuen Pumps, legte sie zurück in das Seidenpapier der Schuhschachtel und steckte sie in die Papiertüte zu ihrem Kostüm. Dann machte sie sich zurecht, frühstückte kurz, nahm den Autoschlüssel von der Garderobe, die Fahrzeugpapiere aus Frau Günthers Handtasche, die Tüte in die Hand und verließ um acht Uhr die Wohnung.

Als sich um elf Uhr der Schlüssel im Schloss drehte, sprang Liselotte nervös vom Küchentisch auf und lief zur Tür.

»Und, haben Sie noch etwas finden können?«, überfiel sie Barbara, noch bevor diese im Flur stand.

»Nein, aber ich habe zumindest Ihren Wagen abgeholt, bevor es noch teurer geworden wäre, und das Kostüm und die Schuhe wieder zurückgebracht. Da, schauen Sie, wir haben einen Gutschein dafür bekommen. Den können wir sicherlich auf eBay versteigern.«

»Ih was?«, fragte Liselotte ängstlich nach.

»eBay, das ist ein virtuelles Auktionshaus im …«

»Ein Auktionshaus!? Oh Gott, ich bin also ruiniert!«, schrie sie entsetzt auf, eilte zurück in die Küche und vergrub schluchzend das Gesicht in ihren Händen.

Barbara setzte erst einmal Kaffee auf und zauberte aus der Papiertüte zwei Croissants, die sie als eine Art Abschiedsgeschenk in der Brotmanufaktur Radtke erstanden hatte. Sie schnitt sie auf, bestrich sie dünn mit Aprikosenmarmelade, servierte sie mit den dampfenden Kaffeeschalen und setzte sich Liselotte gegenüber.

»Können wir uns das denn überhaupt noch leisten?«, fragte sie Barbara zweifelnd und nahm einen kleinen Bissen, als ob sie bereits wüsste, dass dies für lange Zeit der letzte Luxus in ihrem Leben sein würde.

»Die Situation ist brenzlig, aber nicht aussichtslos. Sie haben genau den richtigen Zeitpunkt für Ihre Aufstellung erwischt, Frau Günther.« Barbara schluckte das letzte Stück ihres Hörnchens hinunter und fuhr fort: »Schauen Sie, hier. Ich habe in der letzten Nacht einen Maßnahmenkatalog erarbeitet. Und wenn wir uns von heute an exakt daran halten, wer weiß, vielleicht können Sie sogar im Herbst verreisen. Sicher nicht nach Sylt, aber für ein Wochenende am Ruppiner See könnte es reichen.« Barbara holte ein DIN-A4-Blatt aus ihrer Umhängetasche und schob es über das polierte Holz des Esstisches.

»Ruppiner See!« Liselotte schnaufte verächtlich, nahm die Aufstellung in ihre noch immer zitternden Hände und begann skeptisch zu lesen.

»Ich kann unmöglich den Scirocco verkaufen, er war der ganze Stolz meines Franz Ferdinand! Und was glauben Sie, wie viele glückliche Stunden wir in diesem zeitlosen Designklassiker miteinander verbracht haben.« Postwendend legte sie den Zettel zurück auf den Tisch und verschränkte abwehrend die Arme.

»Immerhin könnten Sie davon die Bestattungskosten Ihres Mannes begleichen«, gab Barbara zu bedenken.

Bockig zog Liselotte das Blatt wieder zu sich her. Kopfschüttelnd las sie vor: »Öffentlicher Personennahverkehr! Kündigung der Illustrierten-Abonnements!! Discountsupermarkt!!! Café Plönzke statt das Kranzler!!!! C&A!!!!!« Immer schockierter sprudelte es aus ihr heraus. »Das kann nicht Ihr Ernst sein! Da kann ich mich ja gleich in das Grab meines Mannes legen!« Echauffiert zerknüllte sie das Blatt.

»Wie gesagt, die Lage ist brenzlig, aber nicht aussichtslos. Würde es Ihnen etwas ausmachen, wenn ich Buch führe und das Haushaltsgeld einteile?«, überging Barbara den Ausbruch und reichte Liselotte versöhnlich die Hand.

»Nur, wenn ich meine Zeitschriften behalten darf! Unterschätzen Sie deren Inhalt nicht!«

»Abgemacht! Dann können wir uns jetzt überlegen, wie wir möglichst schnell wieder flüssig werden.« Barbara stand auf und ging aus der Küche.

Vor ihrem geöffneten Kleiderschrank holte Liselotte sie ein.

»Was können Sie denn entbehren?«, fragte Barbara beiläufig, während sie erstaunt die Vielzahl der Kostüme, Blusen, Schuhe, Mäntel und Gürtel betrachtete.

»Entbehren?«

»Frau Günther, es ist Monatsanfang, Ihr Konto ist hoffnungslos überzogen, und zusätzlich brauchen Sie sofort zweitausend Euro, um die dringlichsten Rechnungen zu bezahlen. Ich habe das heute Morgen recherchiert. In der Marienburger Straße gibt es ein Designer-Second-Hand-Geschäft.« Barbara griff nach einem grasgrünen Kostüm.

»Das nicht! Das hat mir Franz Ferdinand vor zwanzig Jahren zum Hochzeitstag geschenkt!« Schützend schob Liselotte sich vor das Kleidungsstück.

»Wollen Sie dann lieber Ihren Schmuck versetzen?«

Nach einer Stunde harter Verhandlungen zurrte Barbara die Schnallen des zweiten Rindslederkoffers zu, wuchtete ihn vom Bett und zerrte ihn zu dem ersten, der bereits im Hausflur stand.

Mühsam quälten sich die beiden Damen Stockwerk für Stockwerk die knarzende Holztreppe hinunter und standen schließlich keuchend auf dem Bürgersteig. Während Barbara nach kurzer Verschnaufpause nach links in Richtung Bushaltestelle ging, ließ Liselotte wie gewohnt den Koffer vor dem Hauseingang stehen, trat an die Straße, hob ihre Hand und hielt nach einem Taxi Ausschau.

»Frau Günther, hier geht es lang!«, rief Barbara ihr amüsiert zu und wartete geduldig, bis sie aufgeschlossen hatte.

»Das Schlimmste haben wir bereits hinter uns. Jetzt fahren wir mit dem Bus zum S-Bahnhof Halensee, nehmen die Ringbahn bis zur Prenzlauer Allee, steigen in die Straßenbahn um, und dann sind wir schon fast da«, versuchte Barbara Liselotte aufzumuntern. Diese hatte sich völlig außer Atem in den Schatten der Platanen am Lehniner Platz auf ihren Koffer gesetzt. Erschöpft wischte sie sich mit einem Stofftaschentuch den Schweiß von der Stirn und schloss die Augen.

Das pneumatische Zischen der Bustüren riss Liselotte aus der Überlegung, ob es nicht doch einfacher gewesen wäre, Teile ihres Schmucks zu verpfänden. Mühsam rappelte sie sich auf, umfasste den Griff ihres Koffers und schleifte ihn über den kaugummibefleckten Bürgersteig.

»Warten Sie, gnädige Frau, ich helfe Ihnen.« Der an beiden Unterarmen stark tätowierte Busfahrer zwängte sich aus seiner Fahrerkanzel heraus, schob sich an Barbara vorbei und eilte seinem Fahrgast zu Hilfe. Überrascht, da sie über die Berliner Verkehrsbetriebe ganz andere Erfahrungsberichte in der Zeitung gelesen hatte, überließ Liselotte dem jungen Mann das Gepäckstück und folgte ihm mit erhobenem Haupt.

»Wo darf es denn hingehen?«, fragte er die beiden Damen höflich, nachdem er mit einem strengen Blick zwei Pubertierende von den Behindertenplätzen der ersten Reihe vertrieben hatte.

»In die Marienburger Straße«, soufflierte Barbara Liselotte und zeigte dem Busfahrer ihre Monatskarte.

»Wenn Sie in den nächsten Tagen häufiger mit der BVG fahren möchten, rate ich Ihnen zu einer Vier-Fahrten-Karte zu acht Euro achtzig, das wird für Sie günstiger!«, empfahl der Fahrer Liselotte, nahm hinter seinem Lenkrad Platz und setzte seine Spiegelsonnenbrille wieder auf.

»Herrlich, hier wird man ja zuvorkommender behandelt als im Taxi, und weitaus günstiger ist es außerdem!«, rief Liselotte begeistert aus, reichte ihrem Chauffeur einen Zehn-Euro-Schein und nahm die Fahrkarten entgegen. Mit einer dankbaren Geste überließ sie ihm, Barbaras tadelnden Blick ignorierend, das Wechselgeld.

»Müssen wir hier wirklich schon aussteigen, Fräulein Nowak?«, fragte Liselotte etwas enttäuscht, als sie fünf Minuten später den S-Bahnhof Halensee erreichten.

Sie trottete hinter Barbara her und wurde von einem dynamischen Geschäftsmann mit Rollkoffer überholt. Neidisch blickte sie ihm nach und verfluchte den Tag, als sie sich gegen die Empfehlung der Verkäuferin für die klassische Gepäckvariante entschieden hatte. Auf dem Bahnsteig angelangt, schafften sie es gerade noch, sich durch die bereits schließenden Türen der S-Bahn zu zwängen.

Während Barbara erschöpft Platz nahm und ihren Kopf an das Fenster lehnte, erwachte in Liselotte eine Neugierde, die sie immer aufmerksamer werden ließ. Fasziniert betrachtete sie die Gesichter ihrer Mitreisenden, deren Farbpalette von tiefschwarz bis bleich und deren Mimik von bemüht teilnahmslos bis freundlich einladend reichte. Sie versuchte die Komplexität der an ihr vorbeihuschenden Graffiti zu ergründen und warf einem musizierenden Trio aus Bulgarien zwei Euro in den Filzhut.

Unwillkürlich musste sie an den Ausspruch ihres Mannes denken, dass nur derjenige Neues erleben könnte, der bereit sei, unbekannte Pfade einzuschlagen. Er hatte es zwar nie ausgesprochen, aber Liselotte war sich sicher, dass er damit sie und ihren festgelegten Aktionsradius rund um den Kurfürstendamm und Sylt gemeint hatte. Nur dass sie bis zu diesem Tag nicht verstanden hatte, was es ihr einbringen sollte, neue Wege zu beschreiten.

Froh, es endlich begriffen zu haben, weckte sie Barbara kurz vor dem S-Bahnhof Prenzlauer Allee. Während diese sich noch orientieren musste, stand Liselotte voller Enthusiasmus auf, nahm den Koffer in die Hand und stellte sich, neugierig darauf, was sie heute noch erleben würde, vor die verschlossenen Schiebetüren.

Schon aus zehn Metern Entfernung erkannte Liselotte die Kombination von Zac Posen, die im Schaufenster des Second-Hand-Ladens ausgestellt war. Begeistert näherte sie sich dem Ensemble, mit dem sie bereits vor drei Jahren geliebäugelt hatte, für das sie sich jedoch zu reif gefühlt hatte, und entdeckte im nächsten Augenblick die darunter dargebotene dunkelbraune Chloé-Handtasche.

»Das Geschäft haben Sie wirklich famos ausgewählt, Fräulein Nowak! Um ehrlich zu sein: Das hätte ich Ihnen gar nicht zugetraut!«, lobte sie Barbara, als diese sich schnaufend neben sie stellte. Mit beiden Koffern in ihren Händen betrat sie schwungvoll das Ladenlokal.

Anstatt wie gewöhnlich von einer auf Hochglanz polierten, minimalistischen Inneneinrichtung in Empfang genommen zu werden, blickte sie direkt in die glänzenden Augen eines präparierten Hirschkuhkopfes, der ihr gegenüber an der Wand hing. Um den Hals trug das Tier diverse Naturperlenketten sowie ein schwarzes, mit weißen Spitzen besetztes Band. Und um das Geweih war sorgsam eine blonde Echthaarperücke drapiert worden. Staunend sah sich Liselotte um und erblickte immer mehr wundersame Details.

Neben kleinen Vitrinen, in denen unzählige Accessoires präsentiert wurden, hingen kolorierte Frauenfotografien aus der Gründerzeit. Auf einem abgebeizten Beistelltischchen thronte eine üppig mit rotem Mohn besteckte goldene Vase. An den Kleiderständern hingen, farblich bunt durchmischt, Designklassiker aus den letzten drei Jahrzehnten, und über dem Schuhregal war neben einem aufgespannten rosafarbenen Regenschirm ein altmodischer Zeitungsständer angebracht, in dem die zehn bedeutendsten Ausgaben der französischen ELLE aufgereiht waren. Liselotte konnte es nicht fassen.

»Wie wundervoll! Ein Kostüm von Ivan Grundahl aus dem Jahr 1998, das Sie da tragen!«, wurde sie unvermittelt von einer schmächtigen Dame in Empfang genommen, die wie aus dem Nichts auf sie zugestürmt kam und ihr zuerst links, dann rechts und wieder links ein Küsschen auf die Wange hauchte.

Zumindest die Begrüßung ist die gleiche wie in meinen Boutiquen, dachte sich Liselotte und stellte die Koffer auf dem groben Dielenboden ab.

»Lassen Sie mich raten, Sie haben mir da sicherlich ein paar Schätze mitgebracht. Ich kann es kaum erwarten!« Begeistert klatschte die Inhaberin, deren dürrer, langer Körper in einem knöchellangen lila-schwarzen Chiffonkleid steckte, in die Hände. Eilig räumte sie einen Verkaufstisch leer und wartete voller Ungeduld, bis Liselotte endlich den ersten Koffer geöffnet hatte.

Als der zweite an der Reihe war, warf sie den Rest an Verhandlungstaktik, der noch in ihr steckte, über Bord und murmelt etwas über einen Lottogewinn, Stammkundenparty und Zweigniederlassung im Westteil der Stadt vor sich hin. Hellhörig geworden, stand Barbara, die sich bisher im Hintergrund gehalten hatte, von ihrem Stuhl auf.

»Wenn Sie alles nehmen, können wir Ihnen einen Komplettpreis machen«, sagte sie.

»Wie viel?!«, kam es aus den rot geschminkten Lippen wie aus der Pistole geschossen.

»Zweitausendfünfhundert Euro.«

»Aber nur, wenn Ihre Mutter mir noch das Ivan-Grundahl-Kostüm überlässt!«

»Ich werde ja unmöglich in Unterwäsche nach Hause gehen können!«, mischte sich Liselotte empört in die Verhandlung ein.

Keine Viertelstunde später verließen Barbara, die nun in der Zac-Posen-Kombination steckte, und Liselotte in ihrem grasgrünen Hochzeitstagskostüm die Second-Hand-Boutique. Wie am Morgen vereinbart übergab Liselotte Barbara wortlos den Umschlag mit den zweitausendfünfhundert Euro, während die Besitzerin, bereits den Telefonhörer am Ohr, ihnen zum Abschied frenetisch aus dem Schaufenster nachwinkte.

An der Prenzlauer Allee angelangt, sahen die beiden gerade noch, wie sich die Türen ihrer Straßenbahn schlossen. Liselotte hob ihren linken Arm und pfiff gellend durch die Zähne der Bahn hinterher. Im selben Moment legte neben ihnen ein Taxifahrer eine Vollbremsung hin, schob krachend den Rückwärtsgang ein und setzte schlingernd zurück. Die beiden Damen schauten sich fragend an und zuckten mit den Schultern.

»Schließlich haben wir heute gut verhandelt«, seufzte Barbara und öffnete Liselotte die Tür.

»Aber ab morgen wird gespart!«, mahnte Liselotte und stieg in den klimatisierten Fond des Wagens.

12.

Als Liselotte am nächsten Morgen um acht Uhr den Telefonhörer zur Hand nahm und die Nummer des VW-Händlers wählte, hatte sie bereits ihre Pilatesübungen absolviert, sich gewaschen und angezogen, ein kleines Frühstück zubereitet, Barbara Nowak geweckt sowie eine umfangreiche Wocheneinkaufs- und Tagesplanliste erstellt. Zufrieden mit sich selbst wartete sie geduldig, bis sich am anderen Ende der Leitung eine säuselnde Frauenstimme meldete.

»VW Scharofski, einen wunderschönen guten Morgen, Sie sprechen mit Yvonne Schulte, was darf ich für Sie tun?«

»Günther am Apparat, ich muss meinen Scirocco veräußern.«

»Gerne! Ich werde Sie jetzt mit einem unserer Verkaufsexperten aus der Gebrauchtwagenabteilung verbinden, der sich umgehend um Sie kümmern wird. Wenn Sie so freundlich wären, sich einen kurzen Augenblick zu gedulden. Ich danke für Ihren Anruf und wünsche Ihnen noch einen erfolgreichen Tag«, las Yvonne aus ihrem Kundenhandbuch vor.

Nachdem Liselotte mit Herrn Buron aus der Werkstatt, Frau Gründner aus dem Ersatzteillager und Herrn Maier vom Neuwagenverkauf gesprochen hatte, rief eine überforderte Yvonne Herrn Schardt über die Haussprechanlage zu sich.

Das anfängliche Desinteresse Herrn Schardts daran, mit einer älteren Dame an einem verregneten Frühsommermorgen ein Verhandlungsgespräch über einen Gebrauchtwagen führen zu müssen, schwand zusehends, als Liselotte ihm das Modell beschrieb, nach Aufforderung die kryptischen Abkürzungen aus dem Fahrzeugschein vorlas und die lächerliche Kilometerlaufleistung benannte. In der Hoffnung, bereits um diese Uhrzeit seinem hinterherhinkenden Verkaufsziel ein Stückchen näher zu kommen, versprach er seiner Kundin, sie umgehend persönlich mit einem Transporter aufzusuchen. Bevor er seinen Schreibtisch verließ, recherchierte er im Internet das höchste Suchgebot, ließ sich an der Kasse tausend Euro auszahlen und machte sich auf den Weg in die Damaschkestraße.

»Wären die zwei Kratzer auf der Motorhaube nicht und die Reifen noch brauchbar, könnte ich Ihnen sicherlich mehr für Ihren Wagen bezahlen, Frau Günther. Aber unter diesen Umständen kann ich Ihnen dafür höchstens noch tausend Euro anbieten, und das ist auch noch ein Freundschaftspreis!« Herr Schardt hatte die Inspektion des Wagens abgeschlossen und lehnte lächelnd an der Beifahrertür.

Liselotte schluckte stumm ihre Enttäuschung herunter. Sie hatte wenigstens das Doppelte erwartet.

»Lass dir mal nich von dem feinen Herrn da übers Ohr hauen, Muttchen! Ick biete dir das Doppelte. Bar auf die Kralle!«, mischte sich ein mit Goldketten behängter Mann im fleckigen Trainigsanzug ein, der gerade dabei war, kleine Kärtchen an die Fenster der Autos zu stecken.

»Machen Sie sich vom Acker, sonst hole ich die Polizei!«, fuhr Herr Schardt den Mann an und strich sich über seine himbeerfarbene Krawatte. Unbeeindruckt beförderte dieser sein Mobiltelefon aus der Jacke, wählte die 110 und überreichte das Handy seinem Konkurrenten. Perplex nahm Herr Schardt es entgegen, hielt es sich an sein Ohr und fing an, entschuldigend hineinzustammeln.

»Mohammed Boruglu«, stellte sich der Mann derweilen bei Liselotte vor. Er machte einen kleinen Diener, entnahm seiner Umhängetasche ein Bündel Geldscheine, einen zusammengefalteten Standardkaufvertrag und einen verschmierten Kugelschreiber.

»Komm, wir machen det gleich hier!« Er faltete das Dokument auseinander, legte es auf die Motorhaube, strich es mit seinen behaarten Fingern glatt und füllte es zügig aus.

Um zehn Uhr betrat Liselotte selbstbewusst das Privatkundencenter der Berliner Sparkasse am Kurfürstendamm, reihte sich in die Schlange vor dem Schalter ein und wartete voller Vorfreude darauf, das erste Mal in ihrem Leben Geld einzuzahlen, anstatt es abzuheben.

»Ich fürchte, wir können Ihnen nichts mehr geben, Frau Günther! Oder wurden Ihnen die Einwurfeinschreiben von mir nicht zugestellt?«, schnitt die stellvertretende Filialleiterin Irina Brinkmann Liselotte süffisant das Wort ab, als diese gerade ansetzte, ihr Anliegen vorzutragen.

Eine größere Freude hätte sie Liselotte nicht machen können. Amüsiert betrachtete sie einen Moment lang die ebenso nachlässig gefärbte wie geschnittene Bobfrisur ihrer Kundenbetreuerin, ließ ihren Blick an der schlechtsitzenden hellrosafarbenen Satinbluse herabgleiten, griff in ihre Handtasche und schob langsam den Umschlag mit den viertausendeinhundert Euro durch den Schlitz des Panzerglases.

Ungläubig nahm Frau Brinkmann das Couvert in Empfang, öffnete es roh mit einem goldenen Brieföffner und starrte verblüfft auf die grünen und gelben Scheine, die ihr im fahlen Neonlicht entgegenstrahlten. Als ob sie es nicht wahrhaben wollte, zählte sie den Betrag viermal nach, überprüfte jeden Schein unter der Schwarzlichtlampe auf seine Echtheit, überreichte diese sichtlich enttäuscht der Kassiererin und verließ erzürnt die Kabine.

Gutgelaunt verstaute Liselotte ihren Einzahlungsbeleg, den sie Barbara am Abend als Überraschung auf den Abendbrotteller legen wollte, in ihrer Handtasche. Beim Hinausgehen steckte sie die unterschriebenen Überweisungsträger in den dafür vorgesehenen Briefkasten, spannte im Vorraum ihren Schirm auf und verließ vor sich hinsummend die Bank. Am liebsten hätte sie jetzt die kleinen Siege des Vormittages gebührend mit einem zweiten Frühstück gefeiert. Wäre da nicht der Gedanke an die komplexeste Herausforderung des Tages, die noch vor ihr lag, gewesen: Wo in aller Welt sollte sie einen dieser Discountsupermärkte ausfindig machen?

Unsicher, welche Richtung hierfür einzuschlagen wäre, überquerte Liselotte am Adenauerplatz den Kurfürstendamm, blieb unschlüssig auf der anderen Straßenseite stehen, blickte hilfesuchend um sich und entdeckte erleichtert an der Ecke zur Lewishamstraße einen Kontaktbereichsbeamten, der gerade mit ernster Miene einen Fahrradkurier rügte.

»Entschuldigen Sie bitte die Störung, die Herren. Es wird sicherlich nicht lange dauern, aber ich suche dringend einen Discountsupermarkt in Berlin«, unterbrach sie zuversichtlich das Belehrungsgespräch.

Verärgert darüber, im Regen stehend aus seiner Tätigkeit herausgerissen worden zu sein, drehte sich der Polizist um.

»Gervinusstraße!«, kommandierte er kurz und deutete mit seinem Strafzettelblock in die Richtung.

»Und da sind Sie sich ganz sicher?! Das ist doch hier gleich um die Ecke.« Liselotte konnte es sich beim besten Willen nicht vorstellen, dass so etwas in ihrer Nachbarschaft existieren sollte.

»Da bin ich mir ganz sicher, gnädige Frau! Und nun lassen Sie mich weiter meine Arbeit tun!« Stirnrunzelnd setzte er den Kugelschreiber wieder auf seinen Block, drehte sich um, stutzte und suchte vergeblich beide Fahrtrichtungen nach dem flüchtigen Verkehrssünder ab.

Froh, nicht nach Wedding oder gar noch weiter zu müssen, ließ Liselotte den Mann im Regen stehen und machte sich auf den Weg. Schließlich entdeckte sie einen länglichen, schmucklosen Zweckbau, vor dem Menschen angestrengt versuchten, ihre vollbeladenen Einkaufswagen unter Kontrolle zu halten.

Seufzend kramte sie ihre Einkaufsliste aus der Handtasche und durchschritt widerwillig die Schiebetüren. Neben dem vor sich hinmuffelnden Leergutautomaten verharrte sie schockiert. Anstatt wie gewohnt auf eine markthallenähnliche Einkaufslandschaft mit Probierständen, liebevoll in Weidenkörben präsentierten Lebensmitteln aus aller Herren Länder und das emsige Gewusel adrett beschürzter Mitarbeiter zu blicken, wurde sie von einem Szenario in Empfang genommen, das sie an ein Krankenhaus erinnerte und schwindeln ließ.

Genauso schnell, wie man in ein solches überwiesen werden konnte, wollte Liselotte wieder aus dem Discountsupermarkt türmen – wären da nicht die sich nur von einer Seite öffnenden Schiebetüren gewesen, die sie gefangen hielten.

»Señora, kann ich Ihnen behilflich sein?« Besorgt wurde sie von einem kleinen, stolzen Mann mit Clark-Gable-Bart am Arm genommen. Er führte sie behutsam zu einer Palette mit Bio-Kleehonig, ließ sie auf den Kartons Platz nehmen und fächelte ihr mit einem Stück Pappe etwas Luft zu.

»Ramón Rodríguez ist mein Name. Ich bin der Leiter dieser Filiale«, stellte er sich Liselotte leicht lispelnd vor, wobei er bei dem Wort »Filiale« eine entschuldigende Geste machte.

»Angenehm, Günther.« Überrascht, an einem Ort wie diesem so etwas wie Stil vorzufinden, reichte Liselotte ihm die Hand, in der sie nach wie vor die Einkaufsliste hielt.

»Vale, lassen Sie mich mal sehen.« Herr Rodríguez schob sich seine Lesebrille von der Stirnglatze auf die Nase, nahm Liselotte die Aufstellung aus ihren Fingern und studierte aufmerksam Position für Position mit hochgezogenen Augenbrauen.

Mit einem wehmütigen Lächeln reichte er ihr schließlich den Zettel zurück und schüttelte den Kopf.

»Die Hälfte davon werden Sie hier nicht finden können, Frau Günther. Dafür müssten Sie sich zum Beispiel in die Feinkostabteilung das KaDeWe bemühen.«

»Das kann ich mir nicht mehr leisten«, flüsterte Liselotte ihm mit vorgehaltener Hand zu.

»Ich weiß, wovon Sie sprechen! Bis vor zwei Jahren hatte ich einen Feinkostladen in Madrid. Doch dann kam die Rezession …« Er wischte sich über die Augen. »Bueno, sehen wir einmal, was wir gemeinsam zusammenbekommen.«

Herr Roríguez wies eine Mitarbeiterin an, ihm umgehend einen Einkaufswagen zu besorgen, und reichte Liselotte einladend die Hand. Dankbar schritt sie ihrem persönlichen Assistenten hinterher, betrachtete allerdings skeptisch die puristisch dargebotenen Lebensmittel.

»Sí, hier haben wir ja einen Rioja Gran Reserva, Jahrgang 2007. Wobei sie für 3,99 Euro nicht zu viel ›Gran‹ erwarten dürfen.« Professionell präsentierte Herr Rodríguez das erste Produkt, das auf Liselottes Liste an oberster Stelle stand.

»Schmeckt er denn wenigstens ein bisschen?«, fragte sie und beschaute sich das Etikett.

»Ich habe ihn noch nie probiert«, gab er ein wenig verlegen zu.

»Aber Sie sollten Ihr Sortiment durchaus kennen. Wie wollen sie ansonsten Empfehlungen aussprechen?!«

»Sí, Sie haben recht. Entschuldigen Sie mich bitte kurz.« Herr Rodríquez verließ Liselotte und kehrte vier Minuten später mit einem Kellnermesser, einem Stapel weißer Pappbecher, einem in Plastik verpackten Weißbrot und einer Flasche stillem Wasser zu ihr zurück.

»Jetzt machen wir eine kleine Weinprobe!«, verkündete er mit stolzgeschwellter Brust, entkorkte überschwänglich die Flasche Rioja, schenkte beiden großzügig ein und trank einen Schluck.

»¡Que sorpresa, no me lo creo!« Ungläubig starrte er die Flasche an.

»Ja, famos, aber ein wenig zu schwer für die Mittagszeit, finden Sie nicht? Dürfte ich als Nächstes den Pinot noir vorschlagen?« Liselotte nahm eine Scheibe Toastbrot aus der Tüte, teilte sie in zwei Hälften und reichte ihm eine.

»Den Weißen probieren wir lieber bei Ihrem nächsten Besuch, Frau Günther.« Herr Rodríguez lallte ein wenig, steckte die Korken sanft in die acht geöffneten Flaschen zurück, reihte sie ordentlich nebeneinander auf, deponierte die Pappbecher daneben, schrieb auf einen kleinen Karton »HEUTE WEINVERKOSTUNG«, klebte ihn mit Tesafilm quer über die Preisauszeichnungen und beugte sich neugierig über Liselottes Einkaufsliste.

»Was kommt denn nun dran? Aha! Den luftgetrockneten Schinken führen wir dort drüben. Darf ich bitten?!«

Eine Stunde lang arbeiteten sie sich durch diverse Wurstwaren, das Käsesortiment, vegetarische Brotaufstriche, Fruchtjoghurts, Cornichons, gemischte Antipastiteller, Backwaren sowie die gesamte Produktpalette der spanischen Aktionswoche. Dabei fachsimpelten sie angeregt, diskutierten kontrovers ihre unterschiedlichen Ansichten bezüglich der Bewertungskriterien Frische, Geruch, Geschmack, Konsistenz sowie Aussehen, und setzten die dafür vergebenen Punkte in Relation zu den korrespondierenden Gütern aus den Feinkosttempeln der Städte Berlin und Madrid.

»Herr Rodríguez, ich glaube, ich kann nicht mehr! Hätten Sie vielleicht einen Tresterschnaps für mich?« Liselotte legte die gefüllten Weinblätter beiseite und hätte sich am liebsten wieder zurück auf die Honigpalette gesetzt.

»Sí, señora. Warten Sie, ich hole Ihnen schnell einen.« Herr Rodríguez eilte hinfort und kam kurze Zeit später auf seinen Ledersohlen wieder um die Ecke geschlittert.

»Hier, Frau Günther, ich hatte noch einen Grappa von der italienischen Aktionswoche im Lager.« Strahlend öffnete er den Schraubverschluss.

Da sämtliche Pappbecher bereits von der Kundschaft gefüllt und wieder geleert worden waren, musste Liselotte direkt aus der Flasche trinken.

»Das gibt es nicht! Das ist haargenau der, den sie im KaDeWe für 59,99 Euro verkaufen.« Sicherheitshalber schmeckte sie noch einmal nach.

»Und hier kostet er nur 7,99 Euro!«, triumphierte Herr Rodríguez, der langsam wieder Geschmack an seiner Arbeit fand.

Im Bewusstsein, ein Schnäppchen sondergleichen gemacht zu haben, drehte Liselotte die Flasche zu und legte sie, obwohl sie nicht auf ihrer Liste stand, in ihren überfüllten Einkaufswagen. Plötzlich übertönte ein schriller Warnton das gesamte Ladengeschäft.

»¡No me jodas! Dieser Leergutautomat spinnt schon wieder! Wir sehen uns gleich an der Kasse«, verabschiedete sich Herr Rodríguez gestikulierend und klipste im Gehen den überdimensionierten Schlüsselbund von seinem Gürtel ab.

Angestrengt versucht Liselotte ihren quietschenden Einkaufswagen auf Kurs zu halten und fädelte sich mühsam in die Einflugschneise vor Kasse 3 ein. Vor ihr standen bereits zwei Familien, die mit ihren noch üppiger bepackten Wagen auf ihre Abfertigung warteten.

Das konnte ja noch dauern! Liselotte, der immer noch ein wenig unwohl war, stöhnte und schloss die Augen.

»Na, was ist denn da vorne los! Brauchen Sie eine Extraeinladung, oder was!? Sie haben ja noch nicht einmal aufgelegt!« Schroff wurde Liselotte aus ihrer kleinen Siesta herausgerissen. Die burschikose Kassiererin funkelte sie über das endlose Förderband wütend an.

»Nun wird es ernst, Frau Günther! Das da vorne ist Frau Schulze. Sie ist die zweitschnellste Kassiererin der Stadt und äußerst humorlos«, raunte ihr Herr Rodríguez zu, der plötzlich mit zwei leeren Bananenkisten bewaffnet hinter ihr stand. »Sie legen auf, und ich packe ein.«

Er positionierte sich an dem kurzen, unternehmerfreundlich konstruierten Ende des Bandes hinter der Kasse.

Ungeduldig ließ Frau Schulze ihre rissigen Plastikfingernägel auf dem Schwarz des Förderbandes hin und her wandern, bis Liselotte die Hälfte des Wageninhaltes dort deponiert hatte – dann legte sie los.

Hochkonzentriert und in einer atemberaubenden Geschwindigkeit fegte sie die Produkte mit der linken Hand über den Scanner und stapelte sie ohne hinzuschauen mit ihrer Rechten zu einem wackeligen Turm, den Herr Rodríguez nur mit Mühe abtragen konnte.

»68,44! Bar oder Karte?«, schrie Frau Schulze genau in dem Moment, in dem sie das letzte Produkt durchgezogen und auf den Knopf ihrer Stoppuhr gedrückt hatte.

Mit leicht geröteten Wangen strich sie sich eine fettige Haarsträhne aus ihrem teigigen Gesicht, las zufrieden das Ergebnis ab und übertrug es in ein speckiges Notizheft.

Das ist unmöglich! Sie muss sich verrechnet haben!, dachte Liselotte verwundert. Ansonsten trug sie für eine solche Summe nur eine knapp gefüllte Papiertüte nach Hause. Immer noch außer Atem und auf den Einkaufswagen gestützt, rollte sie bis zu Frau Schulze vor und nahm den meterlangen Kassenzettel in Empfang. Staunend überprüfte sie ihn mehrmals, blickte abwechselnd auf die randvollen Bananenkisten und Herrn Rodríguez, der sich mit einem roten Stofftaschentuch den Schweiß von der Stirn wischte. Dann öffnete sie hocherfreut ihr Portemonnaie.

Nachdem Liselotte gezahlt und ihren Einkaufswagen

neben den Kisten geparkt hatte, kramte sie aus ihrer Handtasche ein kleines Etui heraus, öffnete den seitlich daran gelegenen Reißverschluss und entfaltete die darin verborgene Einkaufstasche.

»Ich werde Ihnen die Ware selbstverständlich persönlich nach Hause liefern! Ist es Ihnen um vier Uhr recht?«, wehrte Herr Rodríguez zuvorkommend ab, erfragte die Adresse und begleitete seine Kundin bis vor die Tür.

»Es war mir ein außerordentliches Vergnügen, Frau Günther! Und ich hoffe, Sie werden uns bald wieder beehren.« Er verabschiedete sich mit Handkuss, schaute ihr nach, bis sie sicher den Parkplatz überquert hatte, und betrat erhobenen Hauptes seine Filiale.

Als Barbara um Viertel vor vier aus der Universität nach Hause kam, fand sie Liselotte mit einem glücklichen Gesichtsausdruck schlafend auf der Wohnzimmercouch vor. Vorsichtig schloss sie die knarzende Tür, betrat hungrig die Küche und öffnete den Kühlschrank. Enttäuscht, ihn fast leer vorzufinden, obwohl ihr Liselotte am Morgen versprochen hatte, einkaufen zu gehen, schmierte sie sich den Rest Leberwurst auf die letzte Scheibe Brot und setzte sich kauend an den Küchentisch. Vor ihr lag ein Einzahlungsbeleg der Berliner Sparkasse. Neugierig drehte sie ihn zu sich und nahm ihn in die Hand.

»Viertausendeinhundert Euro!« Sie verschluckte sich, hustete und hätte dabei beinahe das Klingeln an der Tür überhört. Bevor es erneut schellen konnte und Liselotte noch aus ihrem Mittagsschlaf geweckt würde, eilte sie zur Gegensprechanlage und nahm den Hörer in die Hand.

»Ja bitte?«

»Hier ist Ramón Rodríguez, Filialleiter des Supermarktes in der Gervinusstraße. Bin ich hier richtig bei Frau Günther? Ich habe ihre Warenlieferung«, tönte es fröhlich zu ihr hinauf.

Das kann auch nur sie hinbekommen!, dachte Barbara voller Stolz und drückte den Türöffner.

13.

Mit ruhiger Hand zog Barbara am frühen Morgen zwei akkurate Lidstriche. Sie tuschte sich die Wimpern, trug ein dezentes Rouge auf ihre Wangen auf, das die Rundung ihres Gesichts abmilderte, griff zum kirschroten Lippenstift und tupfte die überschüssige Farbe mit einem Taschentuch ab. Zufrieden betrachtete sie sich im Badezimmerspiegel. Dann legte sie sorgsam die Schminkutensilien, die ihr Liselotte überlassen hatte, in das kleine Lederetui zurück und verließ das Bad.

»Guten Morgen, Fräulein Nowak! Sie werden ja immer geschickter! Aber ich denke, es ist jetzt wirklich an der Zeit, dass wir uns um Ihre Garderobe kümmern!«, begrüßte Liselotte wohlwollend ihre gelehrige Schülerin auf dem Flur, nahm sie an der Hand und zog sie in ihr Schlafzimmer.

Vor dem geöffneten Kleiderschrank überlegte sie kurz. Dann nickte sie, nahm flink drei ihrer Kostüme von der Stange, hielt sie nacheinander an Barbaras Körper und entschied sich für das klassisch geschnittene Dunkelgraue, das mit dezenten Nadelstreifen durchzogen war.

»Einfach bezaubernd. Sie werden sehen, es wird seine Wirkung nicht verfehlen!«

Erstaunt betrachtete Barbara ihr Konterfei, drehte sich leicht nach links und rechts und musste sich unwillkürlich selbst über die Schulter anlächeln.

»Aber nicht, dass Sie es mir anspucken, wenn Ihnen wieder übel wird!«, scherzte Liselotte und übergab Barbara die anderen beiden Kostüme.

»Das kann ich unmöglich annehmen«, wehrte Barbara, die sich noch immer an ihrem Spiegelbild erfreute, halbherzig ab.

»Machen Sie sich keine Sorgen, Fräulein Nowak. Sie werden mir die Kleidung schon nicht abtragen können.«

»Da seien Sie sich mal nicht so sicher! Schließlich bin ich erst in der zwölften Woche, und wenn ich heute in diesem Aufzug in der Uni erscheine, kann ich dort morgen unmöglich wieder in Jeans aufkreuzen. Sie sagen doch selbst immer: ›Kind, Sie können alles machen, aber unterbieten Sie niemals Ihr eigenes Niveau.‹« Liselotte imitierend erhob sie den Zeigefinger und verließ hüftenschwingend den Raum.

Während Barbara ihre neue Garderobe im Schrank verstaute und die Sachen für die Universität zusammenpackte, bereitete Liselotte summend eine Thermoskanne Schwangerschaftstee und zwei belegte Brote für ihre Untermieterin zu.

»Wir sehen uns dann um sechs Uhr.« Mit einer Umarmung verabschiedete sie sich von Barbara an der Wohnungstür und schaute ihr noch nach, bis sie um die Ecke des Treppenhauses gebogen war. Dann schloss sie die Tür, räumte die Küche auf, setzte sich auf das Sofa und schlug die aktuelle Nido auf, um sich gewissenhaft auf ihre zukünftige Rolle als Ersatzoma vorzubereiten.

Als Barbara vor die Tür in die Sonne trat, hörte sie ein schrilles Pfeifen. In der Erwartung, dass jemand seinen Hund suchte, schaute sie sich hilfsbereit auf dem Bürgersteig um.

Aber es war nirgendwo ein Tier zu entdecken. Sie hob ihren Blick und sah direkt in das anzügliche Grinsen eines Telekommunikationsmitarbeiters, der breitbeinig vor seinem Servicewagen posierte und sie unverhohlen anstarrte.

Auch ansonsten war an diesem Morgen so einiges anders als sonst. In der U-Bahn entstand ein kleines Gerangel unter Bankmitarbeitern, die sich auf ihrem Weg zur Arbeit nicht darüber einig werden konnten, wer ihr direkt gegenübersitzen durfte. Am Eingang zur Universität hielt ihr ein Student so lange schüchtern die Tür auf, bis sie die Treppen zum Gebäude erklommen hatte. Vor dem Kaffeeautomaten überließ ein junger Dozent ihr den Vortritt, und im Hörsaal stand wie auf Kommando eine ganze Reihe Kommilitonen auf, um sie zu ihrem Platz durchzulassen. Selbst Professor Reichenbach hörte bei ihrem Erscheinen kurz zu atmen auf, löste seine Hand von der Tafel, nickte ihr kollegial zu und ließ dabei seine Kreide fallen.

Unbeeindruckt streifte Barbara ihren Rock glatt, setzte sich, legte ihre Utensilien auf den Tisch und wartete ungeduldig darauf, dass der Professor endlich wieder den Faden aufnehmen würde und mit seiner Vorlesung fortfuhr.

Vier Reihen hinter ihr schnaubte Isabell vor Neid. Dann lehnte sie sich grinsend zurück und zog aus der enganliegenden Gesäßtasche ihrer Designerjeans einen zerknitterten Zettel, den sie bereits vor sieben Wochen in ihrem Briefkasten gefunden hatte. Sie las ihn sich zum zwanzigsten Mal genüsslich durch und zerriss ihn anschließend schadenfroh. Und so landeten Marcs Handynummer, Adresse und der in eindringlichen Worten verfasste Wunsch, Barbara wiedersehen zu wollen, Fetzen für Fetzen auf dem abgewetzten Linoleumfußboden des Hörsaals.

Weder in der Bibliothek noch in der Mensa fand Barbara die bisher gewohnte Ruhe. Wie lästige Fliegen wehrte sie einen Verehrer nach dem anderen ab, bis sie schließlich aufgab, ihre Sachen packte, das Gebäude verließ und sich auf eine Bank hinter der Neuen Wache setzte. Dankbar, endlich alleine zu sein, schaute sie in die funkelnden Sonnenstrahlen, die durch das schützende Blätterdach des kleinen Parks zu ihr drangen. Erst als es Zeit war, packte sie ihre Utensilien zusammen, verließ ihr kleines Paradies und machte sich auf den Weg nach Hause.

»Sie kommen genau im richtig Moment, Fräulein Nowak!«, begrüßte Liselotte Barbara aufgeregt aus der Küche heraus, als diese aus ihren Pumps schlüpfte. Auf einmal nahm Barbara den leichten Geruch nach Verbranntem wahr und näherte sich neugierig der Küche.

»Kommen Sie nur herein. Zur Feier des Tages gibt es heute Wachteln mit Rosmarinkartoffeln!« Liselotte, die am Herd stand und doch tatsächlich eine Schürze trug, winkte Barbara mit einem Bratenwender zu sich.

Hungrig betrat Barbara die Küche und entdeckte auf dem Esstisch neben den beiden liebevoll arrangierten Gedecken zwei leere Feinkosttüten – und das ausgerechnet am Monatsende!

»Sie brauchen mich nicht zu schimpfen! Ich habe gut gewirtschaftet!«, beschwichtigte Liselotte Barbara, noch bevor diese ihrem strengen Blick Worte folgen lassen konnte.

Sie trocknete sich ihre feuchten Finger ab, nahm die Pfanne vom Induktionsherd und ging zum Esstisch.

»Darf ich bitten? Und keine Angst, sie sind nur auf einer Seite angebrannt«, verkündete sie stolz.

Noch nie hatte Barbara etwas Schmackhafteres zu sich

genommen. Mit einem Baguettestück wischte sie die restliche Soße vom Teller, kaute genüsslich, schluckte den letzten Bissen hinunter und schielte dabei ein wenig enttäuscht auf die leere Pfanne.

»Ich fand es auch famos!«, lobte sich Liselotte selbst, tupfte sich den Mund mit einer weißen Stoffserviette ab, stapelte die Teller aufeinander und räumte sie in die Geschirrspülmaschine. »Und wie kam das Kostüm an?«, fragte sie neugierig über das Geklapper hinweg.

»Sie hatten recht, Frau Günther. Es hat seine Wirkung wirklich nicht verfehlt!« Schmunzelnd stand Barbara auf, nahm ein frisches Poliertuch aus der Schublade und gesellte sich zu ihr.

Als ob die beiden Frauen diese Tätigkeit bereits seit Jahren gemeinsam verrichtet hätten, waren keine fünf Minuten später Töpfe und Pfannen gewaschen, abgetrocknet und verräumt sowie der Herd, das Spülbecken und der Esstisch abgewischt. Prüfend ließ Liselotte ihren Blick durch die Küche schweifen, bis er an der Wanduhr hängenblieb.

»Ach Gott, wir haben es ja schon Viertel vor sieben. Das wird aber knapp! Ich habe heute um sieben Uhr meine erste Wohnungseigentümerversammlung im Café Plönzke. Und dazu noch eine außerordentlich anberaumte! Da wäre es äußerst peinlich, wenn ich von den geladenen Wohnungsbesitzern die Letzte wäre.« Hektisch löste sie die Schleife ihrer Schürze, hängte sie an den Haken und eilte ins Bad.

Barbara spurtete unterdessen zur Garderobe, polierte schnell Liselottes rostrote Pumps auf, nahm den Sommermantel vom Kleiderbügel, bürstete ihn ab und stellte sich wie ein Torero mit seiner Capote vor das Badezimmer. Kaum hatte Liselotte dieses verlassen, half Barbara ihr in Mantel und Schuhe, reichte ihr die Handtasche von der Kommode, steckte ihr noch schnell einen Kugelschreiber und einige Notizzettel in die Manteltasche, öffnete die Wohnungstür und verabschiedete sich mit zwei flüchtigen Wangenküssen.

»Viel Erfolg!«, rief sie ihr über das Geklacker der Absätze in den dritten Stock nach. Dann kehrte sie in die Wohnung zurück, nahm ihre Umhängetasche vom Haken, betrat ihr Zimmer und musste stutzen. Auf ihrem ansonsten leeren Schreibtisch thronte neben einem Maxi-Pack Windeln für Neugeborene eine kleine Papiertüte. Mit einem warmen Gefühl ums Herz ging sie zu ihrem Schreibtisch, griff neugierig in die Tüte und zog einen weiß-blau gestreiften Body von Petit Bateau heraus, an dem ein Post-it hing. Gerührt nahm sie den gelben Zettel in die Hand. In energischer Handschrift war »Alles beides Sonderangebote!!!« darauf vermerkt.

Zum ersten Mal konnte sich Barbara Nowak wirklich vorstellen, dass Liselotte der Rolle als Leihoma durchaus gerecht werden könnte.

14.

Eine Minute vor neunzehn Uhr umlief Liselotte notgedrungen einen blankgewienerten goldenen Mercedes S-Klasse mit Waiblinger Kennzeichen, der schräg vor dem Eingang des Café Plönzke auf dem Bordstein stand. Sie öffnete die Tür, atmete noch einmal tief durch, setzte ein charmantes Lächeln auf, schob den schweren Samtvorhang beiseite und betrat ein wenig nervös den Gastraum. Nachdem sich ihre Augen an das schummerige Licht gewöhnt hatten, entdeckte sie als einziges Lebewesen den am Tresen vor sich hinschlummernden Kellner, der leise schnarchte.

»Entschuldigen Sie!« Liselotte ließ ihre Handtasche auf das fleckige Kirschholz der Anrichte knallen.

Der Kellner zuckte zusammen, geriet kurz aus der Balance, öffnete seine Augen und blickte Liselotte vorwurfsvoll an.

»Findet hier nicht die außerordentlich anberaumte Wohnungseigentümerversammlung statt?«

Anstatt ihr zu antworten, hob er den linken Arm und deutete wortlos auf eine verschmierte Flügeltür, die zum Hinterzimmer führte, und schloss sogleich wieder seine Augen.

Brüskiert nahm Liselotte ihre Handtasche auf, lief zur Flügeltür und schob sie auf. Zwar wusste sie nicht genau, was sie erwartet hatte, dennoch war sie bei dem Anblick, der sich ihr darbot, enttäuscht. Am unteren Ende des schweren

Eichentisches saß nur ein einziger untersetzter Herr mittleren Alters. Bei ihrem Erscheinen schloss er einen der drei vor ihm liegenden Aktenordner, setzte ein Verkäuferlächeln auf, erhob sich, ordnete seinen dunkelblauen Maßanzug und kam ihr mit ausgebreiteten Armen entgegen.

»Frau Günther, nehme ich an. Mein herzliches Beileid!«, begrüßte er sie in einem Hochdeutsch, das seine schwäbische Herkunft zweifelsfrei durchscheinen ließ. Er nahm ihre Hand und deutete einen Handkuss an. Liselotte lief es kalt den Rücken herunter. Zum einem, weil sie von einem wildfremden Menschen an den Tod ihres Mannes erinnert worden war, und zum anderen, weil sie intuitiv hinter der aalglatten Fassade Verrat witterte. Und ehe sie sich's versah, nahm er sie am Arm und geleitete sie mit sanftem Druck zu dem ihr angedachten Platz.

»Bisher hatte ich ja nur mit Ihrem Mann zu tun, aber ich bin mir sicher, wir werden uns ebenso gut verstehen«, säuselte er und setzte sich ihr gegenüber. Er schenkte eine Tasse Filterkaffee aus der Thermoskanne ein, legte ein aufgeweichtes Plätzchen auf die Untertasse und schob ihr das Ensemble zu.

»Mit wem habe ich eigentlich das Vergnügen?« Endlich hatte Liselotte ihre Sprache wiedergefunden.

»Entschuldigen Sie, wie unhöflich von mir.« Ihr Gegenüber stand auf und rückte sich die silberne Krawattennadel zurecht.

»Winfried Held, Eigentümer der Held Automotive Werke in zweiter Generation aus Waiblingen. Mit Held fahren wie ein Held, lautet unsere Devise. Und ich kann Ihnen versichern, Frau Günther, mit uns ist noch nie jemand liegen geblieben!«

Liselotte runzelte die Stirn. Irgendeine nebulöse Assoziation geisterte mit der Nennung seines Namens durch ihren Kopf. Und es war keine positive.

Der Held will dein Geld, dichtete ihr Unterbewusstsein, und sie wurde schlagartig wachsam. Fragend blickte sie auf die leeren Stühle, schaute Herrn Held direkt in die Augen und hob ihre Augenbrauen.

»Wir sind komplett, Frau Günther, die restlichen sieben Mietswohnungen befinden sich in meinem Besitz.«

»Aha. Dann können wir jetzt wohl beginnen!«

»Sie haben vollkommen recht. Zeit ist bekanntlich Geld, Frau Günther. Das sehe ich genauso. Und Geld werden wir in den kommenden Monaten nicht zu knapp benötigen.«

Er schlug den dicksten der Ordner auf, entnahm ihm zwei zusammengeheftete Exposés und reichte sie lächelnd Liselotte.

»Das eine Gutachten bestätigt den Holzwurmbefall unseres Treppenhauses und beinhaltet die unumgängliche Empfehlung, dieses zu renovieren, bevor jemand zu Schaden kommt. Das andere belegt zweifellos die Undichte des Daches.« Er lehnte sich zurück und rieb sich die Hände.

»Endlich!«, dachte Herr Held befriedigt, als er Frau Günther dabei beobachtete, wie sie sich mit offenem Mund über die Textzeilen, Tabellen und Bilder der Gutachten beugte. Über die letzten vier Jahre hatte er sukzessive eine Mietswohnung der Damaschkestraße 36 nach der anderen aufgekauft. Einzig Franz Ferdinand Günther hatte seine großzügigen Angebote stoisch abgelehnt.

Anfangs hatte sich Winfried Held darüber maßlos geärgert. Er war zuerst Sohn des Chefs gewesen und dann selbst

Chef geworden und somit gewohnt, dass seine Wünsche und Anweisungen ohne Wenn und Aber umgesetzt wurden. Dann erfuhr Herr Held vom Tod seines Widersachers. Der Zeitpunkt seines Ablebens hätte nicht perfekter sein können, und er war ihm im Nachhinein geradezu dankbar für sein renitentes Verhalten. Die Immobilienpreise in Berlin waren am Explodieren, seine ausländischen Zulieferer suchten dringend eine sichere Investitionsmöglichkeit, sein Schwager hatte sich gerade mit einem Baugutachterbüro selbständig gemacht und sein Schützenvereinskamerad Karl eine Zweigniederlassung eines schwäbischen Baubetriebes in Marzahn eröffnet.

Nun stand der Luxussanierung also nur noch Frau Günther im Wege. Es war an der Zeit nachzulegen.

Herr Held öffnete den zweitdicksten Ordner, nahm die Kostenvoranschläge heraus und schob sie über den Tisch.

Überfordert nahm Liselotte sie entgegen und betrachtete die endlosen kleingedruckten Excel-Tabellen.

»Wie viel?«, stammelte sie ihm entgegen.

Held polierte seinen goldenen Burschenschafts-Siegelring am blütenweißen Oberhemd, zögerte noch einen Augenblick und ließ dann die Katze aus dem Sack.

»Für Sie dreißigtausend Euro, für mich zweihundertzehntausend. Wie Sie sehen, sitzen wir beide im selben Boot.« Er beugte sich zu Liselotte und wollte tröstend ihre Hand tätscheln. Angeekelt zog sie diese zurück.

»Ich habe keine dreißigtausend Euro!«, blaffte sie ihn erbost an.

»Wir reden hier über bauliche Maßnahmen, die keinen Aufschub zulassen, Frau Günther. Wenn wir nicht kurzfristig reagieren, machen wir uns strafbar. Für den Fall, dass Sie die Summe nicht aufbringen können, unterbreite ich Ihnen jedoch gerne ein marktübliches Angebot.« Held öffnete den dünnsten Ordner, zog einen vorbereiteten Kaufvertrag heraus und ein Prospekt der Seniorenresidenz »Waldesruh«.

»Ich habe mir erlaubt, Ihnen schon einmal eine Zweiraumwohnung mit Waldblick zu reservieren.« Siegessicher schraubte er seinen vergoldeten Dupont-Füllfederhalter auf und reichte ihn ihr.

Es war nie die Art von Liselotte gewesen, sich gehen zu lassen. Aber auch für sie gab es Grenzen. Kühl schaute sie Winfried Held in sein vom Trollinger-Lemberger aufgedunsenes Gesicht, hob die Tasse hoch, schüttete den Inhalt über die Unterlagen und schob sie ihm mit Schwung über den Tisch zurück.

Vergeblich versuchte Held, dem aufspritzenden Kaffee auszuweichen. Unbeholfen sprang er auf, zog sogleich sein weißes Seideneinstecktuch aus der Jackettasche und tupfte sich, um Contenance bemüht, die braune Flüssigkeit aus dem Gesicht und vom Oberhemd. Als er damit fertig war und aufblickte, sah er nur noch Frau Günthers Rücken, der sich gerade durch die Flügeltür schob.

»Na warte, mit dir werde ich auch noch fertig!«, schnaufte er ihr mit hochrotem Kopf nach und musste dabei an seinen undankbaren Sohn denken, der sich unverfrorenerweise am Montag in den heimischen Betriebsrat hatte wählen lassen.

Außer sich vor Wut verließ Liselotte das Café, überquerte, ohne auf den Verkehr zu achten, die Damaschkestraße, schloss die Haustür auf und stapfte, so stark sie nur konnte, die Treppe in den vierten Stock hinauf.

»Pah! Von wegen Holzwurmbefall! Es hat keine einzige Stufe nachgegeben. Und beim nächsten Regenguss stelle ich mich auf den Speicher!«, wetterte Liselotte vor sich hin, als sie ihre Wohnung betrat. Sie eilte in die Küche und schenkte sich ein Glas Grappa ein. »Mein lieber Franz Ferdinand, ich werde wie du in unseren eigenen vier Wänden sterben! Versprochen! Und wenn es das Letzte ist, was ich tun werde!« Sie prostete ihrem Mann zu und trank das Glas in einem Zug leer.

»Was reden Sie denn da vom Sterben, Frau Günther?!« Besorgt betrat Barbara die Küche.

Liselotte antwortete nicht. Stattdessen schenkte sie sich nach, winkte Barbara zu sich, setzte sich an den Küchentisch und begann empört ihren Bericht.

»Das kann dieser ungehobelte Mensch doch nicht mit uns machen!«, schloss Liselotte erbost ihre Ausführung und schaute Barbara auffordernd in die Augen.

»Dreißigtausend Euro, sagten Sie?«, stammelte Barbara schockiert.

»Das darf der doch nicht! Oder?!«, insistierte Liselotte.

»Im Wohnungseigentumsgesetz kenne ich mich zwar noch nicht so gut aus, aber es ist keine allzu komplexe Materie.« Wie ferngesteuert stand Barbara auf, lief in ihr Zimmer und kehrte mit der aktuellen Ausgabe des Bürgerlichen Gesetzbuchs zurück. Liselotte rutschte mit ihrem Stuhl neben Barbara. Konzentriert beugten sich die beiden Damen über den Gesetzestext. Zwar verstand Liselotte kein einziges Wort von dem, was sie da las, aber an Barbaras hektischem Blättern erkannte sie, dass es zusehends ernster für sie wurde.

»Nein, Frau Günther, so leid es mir tut: Der Kerl darf

das! Er muss es bei derart gravierenden Schäden sogar!« Barbara schlug frustriert das Buch zu.

»Dann schreiben wir der französischen ELLE, wie in Berlin mit Seniorinnen umgegangen wird! Die Stadt kann sich einen weiteren internationalen Imageschaden nicht leisten!«, sagte Liselotte kämpferisch. »Oder wir werden Gegengutachten in Auftrag geben!«

»Und wie wollen wir die bezahlen?«

»Dann demonstrieren wir eben vor dem KaDeWe!«

»Das kann auch nach hinten losgehen. Was wir brauchen, Frau Günther, ist Geld. Und zwar viel Geld, wenn wir hier weiter wohnen bleiben möchten.«

»Dann gehen wir eben morgen früh zur Sparkasse, die haben genug davon!«

»Und Sie meinen, dort wird man uns einen Kredit über dreißigtausend Euro gewähren? Einer Seniorin, deren Girokonto gerade erst ausgeglichen wurde, und einer schwangeren Studentin, die als einzige Sicherheit eine Lebensversicherung aufzuweisen hat, dessen Rückkaufswert sich momentan auf 2184,47 Euro beläuft?«

»Warum nicht? Demzufolge, was ich in der letzten Zeit über dieses Thema gelesen habe, sind die Kreditinstitute nicht gerade wählerisch mit der Vergabe von Darlehen.« Liselotte strahlte Barbara an, trank ihren Grappa aus und stand auf.

»Ich wecke Sie morgen um sechs Uhr, Fräulein Nowak. Wir müssen uns tipptopp zurechtmachen, damit wir Schlag halb zehn vor der Sparkasse stehen können!«

Frau Irina Brinkmann versuchte noch nicht einmal, ihr Lachen zu unterdrücken. Wäre es ein Bäckermeister gewesen, der mit seiner chronisch kranken Frau und zwei schulpflichtigen Kindern argumentiert hätte, ja. Aber bei einer alten Frau, die ihre statistische Lebenserwartung bereits um Jahre überschritten hatte, und einer Studentin, dessen Unterbauch sich unter dem Seidenrock verdächtig wölbte, nein.

Nachdem sie sich wieder beruhigt hatte, lehnte sie sich in ihrem Bürostuhl zurück, wischte sich die Tränen aus den Augen und hätte am liebsten die Mitarbeiter der Bankfiliale zu sich gerufen, um ihnen einen ebenso amüsanten Start in den Tag zu ermöglichen.

Genüsslich betrachtete sie die beiden Bittstellerinnen, die verunsichert wie zwei getadelte Grundschülerinnen vor ihr saßen und auf ihren Unterlippen kauten.

»Wenn ich Ihnen einen Rat geben darf, Frau Günther«, sie lächelte und beugte sich vor, »verkaufen Sie und ziehen Sie in eine betreute Wohneinheit.«

Dann klappte sie ihren Terminkalender zu, überreichte Barbara ihre Lebensversicherungspolice, stand auf, stellte sich neben die Tür ihres Büros und wartete darauf, dass sich die beiden Damen endlich von ihren Stühlen erhoben.

»Das ist nicht die einzige Bank in Berlin!«, schnaubte Liselotte, schob ihr Plastiktablett, bestückt mit einem Croissant und einem Cappuccino, auf den Stehtisch der Discountbäckerei und steckte ihre Bonuskarte in das Portemonnaie.

»Auch dort werden sie uns lachend rauswerfen! Wir haben einfach keine Sicherheiten zu bieten.« Barbara schüttete hoffnungslos Zucker in den Kaffee.

»Was für Sicherheiten benötigen wir denn?«

»Regelmäßige Einkünfte aus einer Festanstellung, Vermietung oder Verpachtung!«

»Dann vermieten wir eben das Arbeitszimmer von Franz Ferdinand!«, beschloss Liselotte postwendend und biss in ihr Croissant.

»Das Arbeitszimmer Ihres Mannes?«, fragte Barbara erstaunt. »Aber das geht doch nicht! Und überhaupt, ich dachte …«

»Jetzt werden Sie mir mal nicht eifersüchtig, Fräulein Nowak. Wir werden auch zu dritt gut miteinander auskommen. Und deshalb werden auch Sie es sein, die unseren neuen Bewohner aussucht.«

»Aber ich kenne in Berlin doch niemanden!«

»Wir haben uns vorher auch nicht gekannt, aber dennoch gefunden«, sagte Liselotte aufmunternd und knüllte ihre Serviette zusammen. »Sie werden morgen an der Universität Ausschau halten. Und jetzt gehen wir nach Hause und bereiten das Zimmer schon einmal vor.«

15.

Zwei Stunden zuvor, jedoch 2475 Kilometer weiter südlich, saß Dimitrios Galanis wie jeden Werktag zu dieser Zeit vor einer Tasse Filterkaffee an einem kleinen Holztisch in der Küche seiner Mietswohnung im Athener Stadtteil Zografou. Er blätterte in einer zerlesenen deutschen Ausgabe von Friedrich Schillers »Die Räuber« und machte sich dabei Notizen, als es an der Haustür Sturm klingelte. Verdutzt schaute er auf, wuchtete seinen massigen Körper vom Stuhl, ging zum CD-Spieler und drehte Schuberts »Schwanengesang« leiser.

»Herr Galanis, Herr Galanis! Machen Sie auf, ich weiß, dass Sie da sind!«

Er brummte wie ein Bär und schlurfte zur Tür, schaute durch den Türspion und war überrascht, bereits um diese Uhrzeit den Postboten vor sich zu haben. Langsam öffnete er.

»Sie werden nicht glauben, was ich heute Morgen beim Einsortieren der Briefe zwischen den Fächern meiner Tasche gefunden habe. Eigentlich habe ich nach meinem Lotterieschein gesucht, aber sehen Sie selbst!« Der betagte Mann fuchtelte mit einem Brief vor Dimitrios' Nase herum und trat in den Flur.

»Ich glaube, er ist von Ihrer Mutter!«

»Aber meine Mutter ist doch bereits seit sechzehn Jahren tot!« Dimitrios wurde noch bleicher, als er es eh schon war.

»Nun ja, Herr Galanis«, stammelte der Postbote, »dann muss er sich anscheinend bereits seit einer Weile in meiner Tasche versteckt haben.« Verlegen überreichte er den Brief an den perplexen Empfänger und schaute, dass er so schnell, wie er hergeeilt war, wieder fortkam.

Dimitrios trug das Schriftstück zum Küchentisch und setzte sich langsam auf den knarzenden Flechtstuhl. Mit seinen starkbehaarten Händen drehte er den vergilbten Umschlag mehrmals um und betrachtete wehmütig die unbeholfene Handschrift seiner geliebten Mutter. Dann öffnete er den Brief.

Seine meerblauen Augen überflogen die sieben Zeilen, lasen sie nochmals und starrten dann durch das geöffnete Küchenfenster in den begrünten Innenhof. Plötzlich musste Dimitrios laut auflachen. Endlich kannte er den Grund, warum er sich 49 Jahre lang in seiner Haut als Grieche unwohl gefühlt hatte. Er war einfach ein Mensch, der, wie andere in einem falschen Geschlecht, von Geburt an in einer falschen Nationalität gesteckt hatte.

Denn nicht Anestis Galanis, ein ebenso herrischer wie trunksüchtiger Ägäiskapitän, der an seinem vierzigsten Geburtstag vor seiner Heimatinsel Sifnos über die Reling gestürzt und ertrunken war, sondern ein Hobbyarchäologe namens Heinrich aus Berlin, der den Sommer vor fünfzig Jahren auf der Insel verbracht hatte, war sein Erzeuger gewesen. Diese von seiner Mutter am Sterbebett verfasste Beichte erklärte so einiges.

Dimitrios legte den Brief beiseite, trank einen Schluck des erkalteten Filterkaffees und dachte voller Unbehagen an die Zeit auf der Insel zurück.

Zum großen Leidwesen seines vermeintlichen Vaters

hatte er bereits als Kind absolut nicht dem entsprochen, was von einem griechischen Jungen seines Alters zu erwarten gewesen war. Er war ordentlich, strebsam, fleißig, pünktlich, verbindlich und höflich gewesen, hatte sich an die Regeln gehalten, seiner Mutter im Haushalt geholfen, nicht widersprochen, viel gelesen, ein Faible für klassische Musik entwickelt und auf die griechische Küche mit Durchfall reagiert.

Und das hatte ihn auf dem dünnbesiedelten Eiland automatisch zum Außenseiter gemacht. Es wäre eine triste und einsame Kindheit für ihn geworden, hätte er nicht als Zehnjähriger Ende September am Kiesstrand hinter dem Elternhaus die Ledertasche eines vergesslichen deutschen Altphilologen gefunden, in der sich Lessings »Nathan der Weise«, Gerhart Hauptmanns »Die Weber« und Schillers »Die Räuber« sowie ein dickes Wörterbuch »Griechisch-Deutsch, Deutsch-Griechisch« befunden hatte.

Ein halbes Jahr später wurde er von der gesamten Inselbevölkerung nur noch verächtlich »Der Deutsche« genannt. Um keinen weiteren Unmut der Einwohner und damit den Zorn seines Vaters auf sich zu ziehen, hatte der junge Dimitrios beschlossen, sich so unauffällig wie möglich zu geben. Und so hatte er sich außerhalb seines Zuhauses genauso frech und renitent wie seine Altersgenossen verhalten. Was ihm so einiges abverlangt hatte.

An dem Tag, als Dimitrios' Vater von der seichten Brandung der Ägäis an die Küste der Insel gespült worden war, hatte zumindest dieser Spuk ein glückliches Ende für ihn und seine Mutter gefunden.

Gleich am nächsten Morgen hatte sie ihn auf ein Fährschiff nach Athen gesetzt. Mit der üppigen Hinterbliebenenrente hatte sie ihm das Internat sowie sein Studium der

Rechtswissenschaften, das er mit Auszeichnung bestanden hatte, finanziert. Außerdem hatte sie ihn monatlich besucht, da sie intuitiv gewusst hatte, dass ihr Sohn auch in der Großstadt mit seinem fremdländischen Wesen nicht gerade viele Freunde finden würde. Und dann war sie einfach gestorben.

Das Piepsen seiner Digitaluhr riss Dimitrios aus seinen Gedanken und erinnerte ihn daran, dass es höchste Zeit war, sich auf den Weg zur Arbeit zu machen. Er wischte sich die Tränen aus dem frisch rasierten Gesicht, küsste den Brief und verstaute ihn sorgsam in der Innentasche seines Jacketts. Dann richtete er seinen zwei Meter großen Körper auf und ging zur Garderobe. Er band sich sorgfältig seine graue Seidenkrawatte, überprüfte zwei Mal, ob er auch tatsächlich den von ihm erstellten, inoffiziellen Reformkatalog des griechischen Steuerwesens eingesteckt hatte, und verließ, den »Walkürenritt« vor sich hersummend, die Mietswohnung. Es sollte sein großer Tag werden, und den hatte sich Dimitrios redlich verdient.

Denn statt des von seinem Doktorvater prophezeiten kometenhaften Aufstiegs an der Athener Finanzbehörde war er bereits nach kurzer Zeit zum stellvertretenden Leiter des Archivs degradiert worden. Sein ständiges Hinterfragen, sein Fleiß, seine Korrektheit, Pünktlichkeit und Unbestechlichkeit waren ihm zum Verhängnis geworden. Knapp sechzehn Jahre lang hatte Dimitrios in den fensterlosen Kellerräumen treu seinen anspruchslosen Dienst verrichtet. Bis sich eines Tages die europäischen Finanzkontrolleure der Troika in das interne Geschehen einmischten und in Dimitrios Galanis einen Bruder im Geiste gefunden hatten. Die tageslichtlose Abgeschiedenheit seiner Arbeitsstätte bot den perfekten Rahmen für mehrere konspirative Treffen, in denen für griechische Verhältnisse Revolutionäres erdacht worden war. Und das Ergebnis dieser Knochenarbeit sollte am Nachmittag von Dimitrios persönlich einem internationalen Komitee und der Presse vorgestellt werden. Aber auch die Athener Wände hatten Ohren.

»Herr Galanis, der Chef möchte sie umgehend sprechen!« Von einem Sicherheitsbeamten wurde Dimitrios auf der letzten Treppenstufe vor dem Eingang der Behörde abgefangen. Er folgte ihm bis vor die schwere Bürotür, an die er vorsichtig klopfte, bevor er sie öffnete.

»Herein, nur herein, Herr Galanis!«, rief ihm sein Chef zu. Er erhob sich strahlend aus dem Ledersessel, ging um den wuchtigen Schreibtisch herum und kam, die Arme ausgebreitet, auf ihn zu. Erst jetzt bemerkte Dimitrios den Personalratsvorsitzenden, der aufgrund seiner kleinen Statur in einem der Besuchersessel beinahe versunken war, ihn aber genauso einladend anlächelte.

»Schön, dass Sie es einrichten konnten. Auch einen Mokka?«

Zwar vertrug Dimitrios den griechischen Kaffee nicht, aber er war zu höflich, um abzulehnen. Er nahm auf dem ihm zugewiesenen Sessel Platz und fragte sich, was auf ihn zukommen würde.

Sein Chef setzte sich wieder und zündete sich die vierzehnte Zigarette des Tages an.

»Herr Galanis, wie Sie ja wissen, befindet sich unser Land in der größten Krise seit der osmanischen Besetzung. Und wie in dieser dunklen Zeit brauchen wir auch heute Unterstützung von außerhalb. Aber auch in den eigenen Reihen sind Opfer nötig, um wieder auf die Füße zu gelangen«, begann er bedeutungsvoll.

Dimitrios war überrascht, solche Worte aus dem Munde seines Vorgesetzten zu hören. Jedoch pflichtete er ihm nickend bei – denn genau das war der springende Punkt bei der ganzen Misere. Entschlossen öffnete er seine Aktentasche, holte das Exposé heraus, in dem sich die Lösung für die gröbsten finanziellen Probleme seines Landes befand, und legte es stolz auf den Tisch. Sein Chef schmunzelte, beugte sich kurz darüber, öffnete eine seiner Schubladen, fegte das Dokument wie heruntergefallene Asche dort hinein und schob sie wieder zu.

»Um präziser zu werden, Herr Galanis, spreche ich von der Verschlankung des staatlichen Verwaltungsapparates. Wir müssen der internationalen Währungsgemeinschaft signalisieren, dass es uns damit ernst ist.«

Nun übernahm der Personalrat: »Und da Sie im Hause über die eigene Abteilung hinaus als ein patriotischer Grieche bekannt sind, der sich sogar geweigert hat, sich verbeamten zu lassen, haben Sie sicherlich nichts dagegen, dass wir mit Ihnen anfangen werden. Schließlich haben Sie weder Frau noch Kinder, und bei Ihren Zeugnissen wird sich schnell etwas Neues für Sie auftun.«

Dimitrios schluckte und verfluchte sich im gleichen Augenblick dafür, dass er so doof gewesen war, keine Kopie des Maßnahmenkataloges angefertigt zu haben. Er hatte das Dokument einfach für zu klandestin gehalten.

»Ich bin kein Grieche, sondern Deutscher!«, sagte er trocken in seiner tiefen Bassstimme, erhob sich und verließ den Raum.

Anstatt die U-Bahn zu nehmen, lief Dimitrios mit gesenktem Kopf durch die abgasgeschwängerte Sommerluft Athens nach Hause. Er musste auf seinem Weg mehreren Müllhaufen ausweichen, da die Stadtwerke wieder einmal streikten, zwei Demonstrationen umgehen und steckte an jeder dritten Straßenecke bettelnden Menschen etwas Geld zu.

Daheim angelangt, öffnete er die Haustür und starrte verwundert in die betretenen Gesichter seiner Vermieter. Sie waren gerade dabei, einen ihrer acht Überseekoffer vom Gang in das Wohnzimmer zu verfrachten. Dimitrios musste nicht weiter nachfragen. Erst vor sechs Monaten hatte er alle Immobilien des Nobelstadtteils Kifisia aufgelistet, mit den erteilten Baugenehmigungen verglichen und deren Einhaltung über Google Earth überprüft. Dabei war Erstaunliches herausgekommen. Zwar hatte er nur sechzig Besitzverhältnisse genau klären können, aber sie reichten aus, um eine beträchtliche Summe an Strafgeldern einzufordern. Er hatte nicht gewusst, dass sich unter den vierzehn Papadopoulos auch die Besitzer seiner Mietswohnung befunden hatten. Nun brauchten sie diese offenbar für sich selbst.

Ohne weiter auf die peinlich berührten Eigentümer zu achten, ging er in sein ehemaliges Schlafzimmer, packte seinen Koffer, holte sein Erspartes unter der Matratze hervor, steckte seine Bücher in zwei Jutetaschen und verließ die Wohnung. An einem nahegelegenen Bankautomaten plünderte er sein Girokonto, faltete die Geldscheine sorgsam und verstaute sie in seiner Gesäßtasche. Dann winkte er ein Taxi zu sich heran und ließ sich über die mit EU-Geldern gebaute Prachtautobahn zum neuen Athener Flughafen fahren.

Der nächste Flieger nach Berlin ging zwar bereits in einer halben Stunde, aber Dimitrios wollte sich unter keinen Umständen einer griechischen Fluggesellschaft anvertrauen. Er reihte sich in die Schlange vor dem Lufthansaschalter ein, kaufte sich auf Deutsch ein One-Way-Ticket für den frühen Abendflug, ging durch die Sicherheitskontrolle und setzte sich vor das Gate.

War Dimitrios Galanis nach dem Aufstehen noch Atheist und bekennender Anhänger des Darwinismus gewesen, so wankte seine Überzeugung nach den Geschehnissen des Tages beträchtlich. Irgendetwas Höheres musste sich doch etwas dabei gedacht haben, ihn in ein solches Chaos zu stürzen, besonders in das griechische … Vor sich hingrübelnd wartete er auf den Check-in, der in zwei Stunden beginnen sollte.

Kaum hatten sie ihre Reisehöhe erreicht, leuchteten die Anschnallzeichen wieder auf, und das Flugzeug sank. Via knarzenden Bordfunk informierte der Kapitän seine Fluggäste gutgelaunt über eine spontane Änderung der Reiseroute. Man würde nur kurz rüber nach Bodrum in der Türkei fliegen. Über den Grund hüllte er sich in Schweigen.

Eine halbe Stunde später landeten sie, und kurz darauf füllte sich der Flieger mit erholungsbedürftigen Pauschaltouristenfamilien, die bereits seit zwei Tagen auf dem Flughafen kampiert hatten. Als sich das Tohuwabohu soweit gelegt hatte, knarzten die Lautsprecher erneut, und eine Stewardess forderte alle Passagiere auf, das Flugzeug zu verlassen. Die Ruhezeiten müssten eingehalten werden. Die Notcrew sei benachrichtigt, und um zwei Uhr nachts ginge es weiter.

Ein wenig enttäuscht war Dimitrios schon, als sie um sechs Uhr morgens in Berlin-Tegel und nicht auf dem neuen

Flughafen Berlin-Brandenburg landeten. Besorgt hatte er in der deutschen Presse die ›griechischen Verhältnisse‹ des Großprojektes verfolgt. Nun überwog jedoch seine Vorfreude, zukünftig unter seinesgleichen leben zu können. Er lief aufgeregt die Gangway zum Kofferband entlang, spitzelte durch die Fenster in den Berliner Morgenhimmel und konnte es kaum erwarten, die Luft seiner neuen Heimat einzusaugen.

Dimitrios hatte zehntausendeinhundert Euro in seinem Koffer, und er wusste, dass der anzeigepflichtige Höchstbetrag damit um hundert Euro überschritten wurde. Kein Problem, wenn man innerhalb der EU reiste, aber Ordnung musste sein. Folglich gab er diesen Umstand an der Zollkontrolle pflichtbewusst an.

»Aber Sie kommen doch gerade aus der Türkei!«, erwiderte der dickere der beiden Beamten argwöhnisch.

»Nein, aus Athen, mit einem unplanmäßigen Zwischenstopp in Bodrum.«

»Haben Sie dort das Flugzeug verlassen?«

»Wir mussten doch.«

»Na also doch aus der Türkei. Dann benötigen wir für das Bargeld einen Herkunftsnachweis.«

»Aber ich habe es mir doch über die Jahre unter meiner Matratze angespart«, versuchte es Dimitrios mit der Wahrheit.

Die beiden Beamten schauten in Dimitrios Gesicht, dann auf seinen griechischen Pass, wieder in sein Gesicht und mussten loslachen.

»Herr Galanis, das müssten Sie uns erst einmal belegen.« Amüsiert überreichte der Dicke ihm eine Quittung über die einbehaltene Summe und widmete sich dann mit seinem

Kollegen einem Rucksacktouristen, der auffällig lässig versuchte, ihren geschulten Blicken auszuweichen.

»Kalimera, ich bin Stefanos!«, begrüßte der griechische Taxifahrer seinen Landsmann freundlich, während sich Dimitrios geknickt mit seinem Gepäck in den Fond des Wagens setzte. »Wo soll es hingehen?«

Überrascht hob Dimitrios seine Augenbrauen. Darüber hatte er sich bisher noch keine Gedanken gemacht. Doch der Fahrer legte wissend den ersten Gang ein. »Neues Spiel, neues Glück. Ist nicht mehr viel zu holen in der alten Heimat, was? Dann fahre ich dich mal ins Stadtzentrum. Aber zahlen kannst du hoffentlich?«

Dimitrios kramte hektisch in seiner Anzughose und stellte erleichtert fest, dass sich darin noch die eintausendfünfhundert Euro befanden, die er am Vortag abgehoben hatte. Sorgsam verfrachtete er die Scheine in sein Portemonnaie, lehnte nachdenklich seinen grauschwarzen Lockenkopf an die Fensterscheibe und ließ die Stadt an sich vorbeigleiten.

»Hier hast du meine Karte, falls du Hilfe benötigen solltest. Und wenn du Sehnsucht nach der griechischen Küche bekommst: Auf der Rückseite wirbt mein Onkel für sein Restaurant.« Stefanos stellte den Motor ab, half Dimitrios mit dem Gepäck, drückte ihn mehrmals und wünschte ihm zum Abschied viel Glück. Dann stieg er in seinen Wagen und fuhr hupend davon.

In der einkehrenden Stille bemerkte Dimitrios, dass er direkt auf das noch beleuchtete Brandenburger Tor blickte. Links neben ihm nahm er das Hotel Adlon und die amerikanische Botschaft wahr und zu seiner Rechten die französische. Staunend drehte er sich um und blickte die Straße Unter den Linden hinab, auf der gerade das Leben erwachte. Es erschien ihm hier alles so neu, so solide, an seinem angestammten Platz. Am hinteren Ende der Straße sah er eine Kehrmaschine, die selbst zu dieser frühen Uhrzeit daran arbeitete, die Ordnung aufrechtzuerhalten. Sein Herz machte vor Freude einen Hüpfer.

Müde, aber beseelt folgte Dimitrios dem Straßenverlauf, bis er zum Bebelplatz gelangte. Vor ihm stand die ehemalige Königliche Bibliothek Preußens. Ehrfürchtig setzte er sich auf eine Bank und fühlte förmlich, dass sich nun alles zum Guten wenden würde.

Als um neun Uhr die Pforten geöffnet wurden, trat er ein, verstaute sein Gepäck, begab sich in den Lesesaal und ließ seine Hände über die Rücken der Bücher gleiten.

16.

Wenn wir nicht schnell einen Mitbewohner finden, der zu uns passt und genügend Geld hat, dann heißt es für mich Bottrop und für Frau Günther »Waldesruh«. Wie sollte sie das bloß anstellen, grübelte Barbara am nächsten Morgen im Vorlesungssaal. Schließlich klappte sie resigniert ihren Ordner zu und verließ Professor Reichenbachs Vorlesung, da sie ihr ohnehin nicht folgen konnte. Nachdenklich machte sie sich auf zur Bibliothek.

Als sie die Treppen zum Lesesaal hochlief, nahm sie sich vor, eine Annonce zu entwerfen und dann, wenn nötig, die schwarzen Bretter der gesamten Stadt damit zu plakatieren. Sie wählte für ihr Vorhaben einen abgeschiedenen Leseplatz aus, setzte sich und streckte ihre Füße unter dem Tisch aus. Dabei stießen ihre Beine gegen etwas Großes, Weiches, das kurz grunzte. Irritiert beugte sie sich hinunter und schaute unter den Tisch. Instinktiv zuckte Barbara zurück. Zuerst dachte sie, dort läge ein Bär, doch bei näherem Hinsehen erkannte sie den graumelierten Lockenkopf eines unrasierten Mannes, der es sich auf dem 4. und 5. and von Humboldts »Über das Studium des Altertums und des Griechischen insbesondere« bequem gemacht hatte.

Verschlafen schlug das zusammengerollte Bündel Mensch seine meerblauen Augen auf und sah ihr direkt in das Gesicht. Erschrocken schnellte es hoch, und sein Kopf stieß mit einem lauten Bums an die Tischplatte.

»Was in aller Welt machen Sie da unten?«, entfuhr es Barbara.

»Wenn ich mich zuerst kurz vorstellen darf? Mein Name ist Dimitrios Galanis, und was ich unter dem Tisch mache, beruht auf einer längeren Geschichte. Vielleicht sollte ich dazu lieber nach oben kommen. Darf ich?«

Barbara nickte.

Dimitrios rieb sich schmerzverzerrt die Stirn, kroch mühsam hervor, entfaltete seine volle Körpergröße, versuchte vergeblich seinen zerknitterten Anzug glattzustreichen, und setzte sich neben Barbara. Flüsternd fing er an, ihr die letzten vierundzwanzig Stunden seines Lebens zu erzählen, wobei Barbara besonders der Umstand berührte, dass Dimitrios nur den Vornamen seines Vaters kannte, was sie unumgänglich an ihre eigene Situation erinnerte.

»Und was haben Sie dort unter dem Tisch getrieben?«, fragte sie, nachdem er seinen Bericht beendet hatte.

Dimitrios schaute verlegen zu Boden, murmelte etwas von großer Müdigkeit, Basislager und akklimatisieren.

»Und was wollen Sie nun tun?«

Dimitrios zuckte mit den Schultern und sah sie treuherzig an. »Kennen Sie eventuell eine günstige Pension?«

Liselotte wollte gerade ihr zweites Frühstück zu sich nehmen, als sie den Schlüssel in der Wohnungstür hörte. Neugierig erhob sie sich und ging in den Flur. Dort stand Barbara, die sie unsicher anlächelte, und hinter ihr ein stattlicher Mann, der verlegen an ihr vorbeischaute. Ach wie schön, da hatte Fräulein Nowak den Kindsvater offenbar doch noch gefunden. Aber hatte sie nicht gesagt, er sei braunhaarig? Da musste sie sich wohl verhört haben.

»Nun kommt schon herein, Kinder, ich habe gerade frischen Kaffee aufgebrüht«, begrüßte sie die beiden freudestrahlend, eilte sogleich zurück in die Küche und holte schnell zwei weitere Gedecke aus dem Schrank.

Dimitrios hatte schon viel über die deutsche Gastfreundschaft gelesen, aber dies übertraf seine kühnsten Erwartungen. Dass er von einer fremden jungen Frau einfach so mit nach Hause zu ihrer Großmutter genommen und ihm dort sogar noch ein Kaffee angeboten wurde, hätte er sich nicht träumen lassen. Hätte er das gewusst, so hätte er wenigstens einen Strauß Blumen gekauft. Dimitrios stellte seinen Koffer ab und folgte Barbara gerührt.

»Wie ich mich freue, Sie nun endlich kennenzulernen, Marc. Fräulein Nowak war ja schon so in Sorge, dass Ihr gemeinsames Kind ohne Vater aufwachsen muss!« Sie goss Dimitrios aufgeregt ein und forderte ihn auf, sich nun endlich zu setzen.

»Das ist nicht Marc, Frau Günther. Das ist Herr Galanis aus Athen. Er interessiert sich für das Zimmer«, klärte Barbara belustigt den Irrtum auf.

»Aus Athen!« Begeistert stellte Liselotte die Kanne ab. Sofort kam ihr die Bilderserie der Hochzeit von Jacqueline Kennedy und Aristoteles Onassis in den Sinn, die sie 1968 in der BUNTEN verschlungen hatte.

Flink setzte sie sich an den Tisch und betrachtete Herrn Galanis genauer. Zwar konnte er eine Dusche und Rasur vertragen, aber allein die Tatsache, dass er in einem Anzug aus Super-140-Qualität steckte (Darunter ging es bei ihrem Franz Ferdinand auch nie!), sich zum Frühstücken eine Serviette auf den Schoß gelegt hatte und höflich darauf wartete, dass die Damen begannen, begeisterte sie.

»Wundervoll, dann sind wir ab heute eine internationale Wohngemeinschaft. Wie aufregend!«, schwärmte Liselotte und nahm ein Croissant aus dem Korb.

»Eigentlich bin ich auch Deutscher«, wiedersprach Dimitrios kaum hörbar. Vergeblich versuchte er, das Verhältnis der beiden Damen zueinander zu entwirren. In was war er da nun wieder hineingeraten?

»Na, das müssen Sie mir schon einmal genauer erklären. Ich dachte, Sie wären Grieche!?« Liselotte beugte sich neugierig vor.

Dimitrios strich sich über seine Bartstoppeln und erzählte erneut seine Lebensgeschichte. Er konnte sich nicht daran erinnern, jemals so viel an einem Tag geredet zu haben, und das Neue für ihn war: Man hörte ihm tatsächlich einmal zu.

Aufmerksam hing Liselotte an Herrn Galanis Lippen. Endlich ein Tatsachenbericht aus erster Hand und nicht aus der Rubrik »Lebenslinien« ihrer Magazine. Und sie verstand zu gut, was in diesem armen Mann all die Jahre vor sich gegangen sein musste. Schließlich war die beste Freundin ihrer Mutter ein Mann gewesen, der seiner eigentlichen Natur nur auf der Bühne des Friedrichstadt-Palastes oder im Privaten nachgehen konnte.

»Wie wunderbar! Da haben Sie mit Berlin genau den richtigen Ort gefunden, um ein neues Leben zu beginnen!« Liselotte klatschte in die Hände, stand auf und nahm Herrn Galanis am Arm. »Nun führe ich Sie erst einmal durch die Wohnung, zeige Ihnen Ihr Zimmer, und dann wollen Sie sich sicherlich frisch machen.«

Staunend betrachtete Dimitrios die hohen Stuckdecken der Altbauwohnung, ließ seinen Blick über die alten Holzfenster schweifen, genoss das Knarzen des Fischgrätenparketts unter seinen Budapestern und kam sich plötzlich vor wie ein Protagonist in Theodor Fontanes Roman »Frau Jenny Treibel«. Schon lange hatte er sich nicht mehr so wohl gefühlt.

»Und das, vorausgesetzt Sie entscheiden sich für uns, wäre dann Ihr Reich.« Liselotte öffnete die Tür zum ehemaligen Arbeitszimmer ihres Mannes und wusste im selben Augenblick, dass ihr Franz Ferdinand damit einverstanden war.

Dimitrios hielt sich vor Begeisterung die Hand vor den Mund. Neben einem antiken Sekretär stand eine schmale Chaiselongue, die als Bett zurechtgemacht worden war. An den Wänden hingen alte Fotografien aus der Berliner Nachkriegszeit, die ein glückliches junges Ehepaar zeigten, sowie diverse Inselimpressionen. Ein kurzer Blick auf das Bücherregal genügte, um zu erkennen, dass sich der Inhalt mit seinen literarischen Vorlieben deckte, und eine leichte Sommerbrise, die durch das geöffnete Flügelfenster hereinwehte, bauschte die weißen Gardinen zart auf.

»Wie ich sehe, gefällt es Ihnen«, stellte Liselotte befriedigt fest und ließ Herrn Galanis allein.

»Und, nimmt er es?«, wollte Barbara sofort wissen, als Liselotte wieder zu ihr zurückkehrte.

»Er findet es einfach wunderbar. Das haben Sie famos gemacht, Fräulein Nowak!« Liselotte trat beseelt an die Anrichte und goss beiden einen winzigen Schluck Amontillado ein. Dann hob sie ihr Glas.

»Ich würde mich freuen, wenn Sie ab heute Liselotte zu

mir sagen würden. Auf dich, Barbara, unsere Wohnung und dein Kind! Aber wehe, du nennst mich jemals Lotte!«

»Wenn du mich nicht Bärbel nennst. Auf dich, Liselotte!«, erwiderte Barbara gerührt den Toast.

Liselotte nippte leicht am Glas und stellte es ab.

»Aber ich hoffe, die vierhundert Euro Miete sind ihm nicht zu viel?«

»Ach, ich dachte, du hättest das Finanzielle bereits mit ihm geregelt, Barbara?«, fragte Liselotte erstaunt.

»Nein!«

»Dann machen wir das eben später.« Liselotte schielte auf ihre Armbanduhr. »Ich muss nun wirklich los zu Herrn Rodríguez, meine Besorgungen erledigen, und danach noch zum Friseur.«

Liselotte stand auf und zwinkerte Barbara zu. In dem Moment klopfte Dimitrios verlegen an den Rahmen der Küchentür.

»Verzeihen Sie die Störung, die Damen. Ich würde das Zimmer sehr gerne nehmen, habe es aber leider versäumt, mich nach der Höhe der monatlichen Miete zu erkundigen.«

»Was halten Sie von dreihundertfünfzig Euro, Herr Galanis?« Kurzerhand hatte Liselotte den Betrag reduziert, da sie einen so höflichen Mann auf keinen Fall leichtfertig verprellen wollte.

Dimitrios verrechnete schnell im Kopf sein Erspartes, das sicher beim deutschen Zoll hinterlegt war und sich garantiert am Nachmittag wieder in seinem Besitz befinden würde, mit den zu erwartenden Ausgaben. Für ein halbes Jahr sollte es reichen, befand er erleichtert. Und in der Zeit hätte er gewiss eine neue Anstellung gefunden. Freudestrahlend willigte er ein.

»Ja, dann hätten wir das auch geklärt.« Liselotte atmete beruhigt aus, ging zum Küchenschrank, holte das dritte Paar Ersatzschlüssel heraus und überreichte es feierlich Dimitrios, der dabei errötete.

»Herzlich willkommen, Herr Galanis! Aber verzeiht, ich muss nun wirklich los!« Sie verabschiedete sich und verließ die Wohnung.

»Ja, sollten wir nicht einen Mietvertrag aufsetzen und unterschreiben?«, wand sich Dimitrios irritiert an Barbara.

Sie lächelte ihn amüsiert an, stand auf und holte einen Stadtplan aus der Schublade. »Nein, Herr Galanis. Ich habe auch keinen. Schauen Sie. Hier ist eine Karte der Innenstadt. Ich markiere Ihnen noch, wo Sie ab jetzt wohnen, und dann muss ich zum Frauenarzt.« Barbara setzte ein Kreuz auf die Damaschkestraße 36 und überreichte ihrem neuen Mitbewohner das Faltblatt.

»Was halten Sie von einem gemeinsamen Abendessen um achtzehn Uhr?«, schlug Barbara vor, während sie sich die Schuhe anzog.

Dimitrios nickte mit dem Stadtplan in der Hand und wiederholte mehrmals kaum hörbar das Wort »gemeinsam«, als ob er es erst lernen müsste.

Irgendwie hatte sich Dimitrios die Anmietung eines Zimmers in Deutschland formeller vorgestellt. Er war jedoch heilfroh, dass er schneller als gedacht eine Unterkunft gefunden hatte. Er nahm den Koffer aus dem Flur und richtete sich häuslich ein. Nachdem er als Letztes die alte Portraitfotografie seiner Mutter auf das kleine Nachtkästchen gestellt hatte, schloss er den Koffer und schob ihn unter die Chaiselongue. Dann ging er ins Bad, wusch sich den Athener Staub von der Haut, rasierte sich gründlich, zog ein frisches Oberhemd an und schlüpfte in einen sauberen Anzug. Mit noch nassem Haar verließ er kurz darauf die Wohnung, stieg die Stufen hinunter und trat auf die Straße hinaus in den Sonnenschein. Er fühlte sich wie neugeboren.

Nun fehlte ihm nur noch sein Geld. Er überquerte die Straße und lief, Franz Liszts »Reiterlied« vor sich hinsummend, zum Kurfürstendamm.

Eigentlich wollte Dimitrios auf direktem Weg zum Flughafen Tegel, doch nun ließ er sich von der Masse leiten und schlenderte begeistert über die Vorzeigemeile der Stadt. Er konnte sich einfach nicht sattsehen. Die Verkehrsteilnehmer hielten sich an das Reglement, das öffentliche Leben wurde weder von einem aufgewühlten Mob noch von Generalstreiks lahmgelegt, und erst die saubere Luft! Unvermittelt stand er vor dem KaDeWe, trat neugierig ein und folgte dem Duft von frisch Aufgebackenem in die Feinkostabteilung.

Wenn schon nicht mit Blumen, so werde ich die Damen zumindest mit einem Abendessen überraschen!, beschloss er am bayrischen Stand und ließ sich Weißwürste, Brezeln, süßen Senf, Knödel und Sauerkraut sowie sechs Flaschen Weißbier einpacken. Auf seinem Weg hinaus konnte er dem Angebot »Nimm zwei, zahl eins« nicht widerstehen und kaufte sich zwei Van-Laack-Oberhemden.

Auf der Höhe der Knesebeckstraße entdeckte Dimitrios zu seiner großen Verwunderung ein Kaffeehaus, das ausschließlich von Hand aufgebrühten Kaffee anbot. Da musste er hinein. Er machte es sich mit seinen Tüten in einem der samtbezogenen Ohrensessel gemütlich, gab seine Order auf und bekam kurz darauf von einem vollbärtigen, etwas nachlässig gekleideten Kellner in einem Whiskeytumbler seine

Kaffeespezialität serviert. Genüsslich roch und schlürfte er daran.

So musste der siebte Himmel schmecken! Und selbst hier halten sie sich an das Rauchverbot!, dachte er glücklich und schloss seine Augen.

Am liebsten wäre Dimitrios den ganzen Tag dort sitzen geblieben, um durch die große Schaufensterscheibe dem unbeschwerten Treiben zuzuschauen.

Ich verhalte mich schon wie ein alter Grieche in seinem Kafenio!, rief er sich eine Stunde später zur Ordnung, stand auf und zahlte gerne den unverschämt hohen Preis.

Am Bahnhof Zoo suchte er die richtige Haltestelle und stellte sich dann in die Schlange, die auf den Schnellbus zum Flughafen wartete. Erwartungsvoll schaute er auf seine Armbanduhr. Der Bus kam auf die Minute pünktlich! Innerlich jubilierend stieg er ein.

»Herr Galanis, bitte beruhigen Sie sich doch. Wir sind hier nur das ausführende Organ. Wir haben den Sachverhalt der Zollfahndung übergeben.« Der Beamte versuchte seinen Antragsteller zu beschwichtigen, der sichtlich aufgewühlt mit seinen Einkaufstaschen und dem Formular »F 0400/ Anmeldung von Barmitteln« in der Hand vor seiner Kaffeetasse gestikulierte.

»Ich möchte mich aber nicht beruhigen, ich will mein Geld zurück«, insistierte Dimitrios und setzte sich erschöpft auf den Plastikstuhl.

»Schauen Sie, Herr Galanis. Hier in Deutschland hat alles seine Ordnung. Verstehen Sie? Füllen Sie das Formular F 0400 aus und reichen Sie schriftlich den von der Fluggesellschaft bestätigten Sachverhalt des umgeleiteten Flugs ein. Fügen Sie ferner Ihre Verdienstabrechnungen und Kontoauszüge bei, aus denen ersichtlich ist, dass Sie die Summe über die Jahre hinweg von Ihrem eigenen Konto abgehoben haben. Und Sie werden sehen, in spätestens einem Monat haben Sie Ihr Geld wieder auf Ihrem Girokonto.«

»Auf meinem griechischen?«, fragte Dimitrios entsetzt.

»Nein, natürlich nicht. Auf Ihrem deutschen.«

»Aber ich habe hier kein Konto, und meine Verdienstabrechnungen und Kontoauszüge befinden sich noch in Athen!«

»Dann wird es wohl doch ein wenig länger dauern.«

Dimitrios schaute gequält auf seine Armbanduhr, sprang abrupt auf, entschuldigte sich mehrmals bei dem Beamten, versprach wiederzukommen, eilte mit seinen Tüten und dem Formular nach draußen und winkte ein Taxi zu sich.

»Schnell, in die Damaschkestraße sechsunddreißig! Schaffen wir das überhaupt in dreißig Minuten?«, fragte er, noch bevor er richtig saß, und zog die Tür zu. Er hasste es, unpünktlich zu sein und musste doch noch, bevor die Damen eintrudelten, den Tisch decken und die Weißwurst braten. Was er mit den Knödeln und dem Kraut zu tun hatte, darüber war er sich noch nicht ganz im Klaren.

Um Punkt halb sechs hielt das Taxi mit quietschenden Reifen vor dem Mietshaus. Dimitrios warf dem Taxifahrer zwei Scheine vor, ließ sich eine Quittung ausstellen, verließ in Windeseile den Wagen und rannte in den vierten Stock hoch.

Gerade in dem Moment, als er die letzte, leicht angebrannte Weißwurst aus der Pfanne nahm und sie zu den dampfenden Beilagen auf die angewärmte Servierplatte legte, hörte er, wie Frau Nowak und Frau Günther lachend den Flur betraten. Besser hätte sein Zeitmanagement nicht sein können. Flugs band er sich die Schürze ab, hängte sie auf und öffnete eine der Bierflaschen, die er vergessen hatte, in den Kühlschrank zu stellen. Weiter kam er nicht. Und anstatt, wie eigentlich geplant, einzuschenken, die Damen mit einer höflichen Geste an den gedeckten Tisch zu bitten und den Stuhl unterzuschieben, musste er sich die überschäumende Flasche in den Mund stecken, um Schlimmeres zu verhindern.

»Ach, Herr Galanis, wie rührend. Sie haben für uns gekocht!«, begrüßte ihn Liselotte entzückt. »Aber erlauben Sie mir eine Bemerkung: In meinem Haus trinken wir auch das Bier aus Gläsern.« Sie setzte sich und legte die Stoffserviette auf den Schoß. Geduldig wartete sie, bis Herr Galanis das Bier aus dem Gesicht entfernt und Barbara sich zu ihnen gesellt hatte.

»Einen guten Appetit allerseits!«, wünschte diese und betrachtete amüsiert die gebratenen Weißwürste auf ihrem Teller. »Muss man die eigentlich nicht …« Barbara verstummte, als sie die Spitze von Liselottes Pumps an ihrem Schienbein spürte.

»Und, Herr Galanis, wie war Ihr Tag?«, überspielte Liselotte Barbaras Einwand, schnitt, ebenso wie Dimitrios, ein Stück krosse Wurst mit Pelle ab und führte die Gabel lächelnd zum Mund.

Dimitrios verschluckte sich erneut. Ertappt hüstelte er und tupfte sich den Mund mit der Serviette ab.

»Wie unhöflich von uns! Da quetschen wir Sie bereits den ganzen Tag aus, und Sie wissen eigentlich noch gar nichts von uns«, überging Liselotte Herrn Galanis Unbehagen. »Barbara, möchtest du beginnen?«

Je mehr Dimitrios aus dem Leben der beiden Damen erfuhr, umso ehrfürchtiger wurde er. Bisher hatte er von so viel Zusammenhalt und Charakterstärke nur in seinen Büchern gelesen. Nun war er sich sicher: Das war genau der richtige Ort, um ein neues Leben zu beginnen.

Mit feuchten Augen hing er an Liselottes Lippen, als sie das Thema auf die prekäre, aber nun nicht mehr hoffnungslose Wohnsituation lenkte.

»Und da Sie uns der Himmel geschickt hat, Herr Galanis, kann ich hier meine letzten Lebensjahre verbringen und Fräulein Nowak ihr Kind großziehen, ohne ihr Studium aufgeben zu müssen.« Dankbar schaute sie Dimitrios an und tätschelte seinen behaarten Handrücken.

Vergeblich versuchte Dimitrios etwas darauf zu erwidern, aber seine Kehle war wie zugeschnürt. Unwillkürlich musste er an seinen Kapitäns-Vater denken, der in ähnlichen Situationen immer die Flucht nach vorne propagiert hatte: »Dimitrios, du musst dich immer größer machen, als du eigentlich bist, um Zeit zu gewinnen! Du wirst sehen, der Rest fügt sich dann von ganz allein.«

Noch nie hatte Dimitrios freiwillig auf den Rat seines Vaters gehört. Bis jetzt. Widerwillig, aber notgedrungen, um zumindest für eine Weile den Schein zu wahren, holte er sein Portemonnaie aus der Gesäßtasche und überreichte Frau Günther zwei Monatsmieten im Voraus.

»Aber nun ruhen Sie sich aus, ich werde mich selbstverständlich um den Abwasch kümmern!«, bot er an, bevor es zu weiteren Peinlichkeiten für ihn kommen konnte. Galant verscheuchte Dimitrios die Damen aus der Küche, räumte ab und ließ Wasser in die Spüle laufen.

»Heraklit hatte recht. Alles fließt!«, murmelte er gedankenversunken und griff zum Spülmittel.

17.

Nachdem alles wieder an seinem angestammten Platz stand, wischte Dimitrios den Küchentisch ab und zog sich in sein Zimmer zurück. Am Sekretär sitzend ordnete er seine Belege und musste entsetzt feststellen, dass er an einem Tag in Berlin so viel ausgegeben hatte wie in einer Woche in Athen. Und dabei wollte er sich am nächsten Tag die Museen anschauen und am Abend in die Oper gehen. Ein blendender Blitz, gefolgt von einem ohrenbetäubenden Donner ließ Dimitrios zusammenzucken. Es war ihm, als ob Zeus höchstpersönlich seinen Unmut über sein sündiges Verhalten äußern würde. Müde strich er sich über sein Gesicht.

Nun war er noch nicht einmal vierundzwanzig Stunden in Deutschland, hatte aber bereits mit Geld um sich geschmissen, als ob er sich an Fördertöpfen bedienen könnte, hatte Menschen, die ihn unterstützten, im Unklaren über seine finanziellen Verhältnisse gelassen und beim Abspülen über griechische Philosophie sinniert! Doch damit war jetzt Schluss! Gleich morgen nach dem Frühstück würde er die Hemden zurückbringen. Und jetzt würde er sofort zu Frau Günther und Frau Nowak gehen und ihnen reinen Wein einschenken.

Dimitrios stand entschlossen auf, holte das F-0400-Formular und den Einbehaltungsbeleg aus der Innentasche seines Jacketts und ging in das Wohnzimmer. Vorsichtig klopfte er an den Türrahmen.

»Ich hoffe, ich störe Sie nicht, Frau Nowak.«

»Nein, überhaupt nicht.« Sie lächelte ihn an und stellte den Ton des Fernsehers leiser. »Das ist bloß ein französischer Arthouse-Film. Wenn in den nächsten zehn Minuten die Tür zum Schlafzimmer aufgemacht wird, ist schon wirklich viel passiert. Setzen Sie sich ruhig.« Einladend klopfte Barbara auf das Sofa.

Dimitrios nahm Platz, stöhnte kurz auf und wollte gerade schweren Herzens mit seiner Beichte beginnen, als die Flügeltür zu Liselottes Schlafzimmer aufgestoßen wurde.

Sie baute sich, nur mit ihrem bodenlangen Nachthemd bekleidet, in der Tür auf, schaute kurz aus dem Fenster und betrachtete zufrieden das monsunartige Sommergewitter.

»Jetzt werden wir ja sehen, ob die Gutachten etwas taugen!«

Dann eilte sie weiter in den Flur. Verwundert schauten sich Barbara und Dimitrios an, standen auf und folgten ihr.

»Herr Galanis, bitte seien Sie so freundlich und nehmen Sie für den Fall der Fälle zwei Plastikeimer aus der Abstellkammer mit. Und Barbara, wenn wir schon dabei sind, so hol doch bitte den Korkenzieher aus der Küche.« Liselotte schlüpfte in ihre quietschgelben Gummistiefel, nahm den Regenschirm von der Garderobe, öffnete die Tür und verschwand im Hausgang.

Schulterzuckend gingen Dimitrios und Barbara ihren Anweisungen nach. Als sie die Wohnung verließen, beugte sich Liselotte einen Stock über ihnen über das Treppengeländer. Knarzend gab es nach und wäre fast herausgebrochen.

»Huch! Das ist ja wirklich morsch!«, rief Liselotte erschrocken aus. Nachdem sie sich gefangen und ihr Gleichgewicht wiedererlangt hatte, ließ sie entsetzt das Geländer los, als ob sie sich daran verbrennen könnte. »Den Korkenzieher brauchen wir nun doch nicht mehr, Barbara. Aber schnell, wir benötigen dringend weitere Eimer! Der halbe Speicher steht bereits unter Wasser!« Liselotte spannte ihren Regenschirm auf und verschwand aus dem Blickfeld.

Ebenso rasch, wie das Gewitter aufgezogen war, hatte es sich entladen. In der schwülwarmen, dampfenden Luft des Dachbodens wischte Barbara die Pfütze auf, während Dimitrios die Eimer nach unten brachte und Liselotte sie in die Toilette leerte.

»Franz Ferdinand würde es mir nie verzeihen, wenn ich nicht handle. Die Wohnung war sein ganzer Stolz.« Liselotte tupfte sich den Schweiß von der Stirn und stellte den letzten Eimer in die Ecke.

»Nicht dass Sie denken, ich würde Ihnen nicht trauen«, sagte sie dann zu Dimitrios. »Aber wir müssen einen Mietvertrag aufsetzen und morgen einen Termin bei Frau Brinkmann machen, um den Kredit zu beantragen.« Beschämt sah sie zu Barbara hinüber, die gerade die Lumpen auswrang.

Noch vor acht Stunden hätte sich Dimitrios über eine solche Formalität gefreut. Aber nun schluckte er, setzte sich auf den Badewannenrand und stierte zu Boden.

»Ich wollte es schon vorhin mit Frau Nowak besprechen«, stammelte er, kramte die aufgeweichte Quittung aus seinem nassen Jackett und überreichte sie wortlos Liselotte. Diese betrachtete überrascht das Papier und reichte es voll neuer Hoffnung an Barbara weiter.

»Aber das ist ja großartig! Zehntausend Euro! Herr Galanis, Sie haben uns ja gar nicht gesagt, dass Sie so vermögend sind! Da wird die Brinkmann aber staunen!«

Barbara hob fragend ihren Kopf. »Wenn ich das richtig verstehe, bleibt Ihr Geld so lange beim Zoll, bis Sie seine Herkunft nachweisen können?«

»Es ist sozusagen nur geparkt«, wandte Dimitrios peinlich berührt ein.

»Und die Belege liegen noch in Athen?«

Dimitrios nickte.

Barbara schüttelte ihren Kopf. »Nein, so wird das nichts.« Sie seufzte und ließ das Blatt in ihren Schoß sinken.

»Wie wird es dann etwas?«, mischte sich Liselotte hellwach ein und lehnte sich an das Waschbecken.

»Du brauchst einen Mieter mit greifbarem Vermögen, oder einen, der ein gesichertes Angestelltenverhältnis mit Arbeitsvertrag hat.«

»Aber das stellt doch bei Herrn Galanis kein Problem dar«, antwortete Liselotte vergnügt und betrachtete Dimitrios mütterlich, der nach wie vor geknickt am Wannenrand saß. »Sie sind doch ein stattlicher Mann in den besten Jahren und haben Manieren, Herr Galanis. Eine Seltenheit. Ich bin mir sicher, Sie werden sehr schnell etwas finden können.«

»Und wenn nicht?«

»Dann fliegen Sie einfach schnell nach Athen und holen Ihre Unterlagen. Aber jetzt lasst uns in die Küche gehen. Nach all der Aufregung brauche ich einen Schluck Wein!« Liselotte löste sich vom Waschbeckenrand und verließ munter das Bad.

»Das bekommen wir schon hin«, versuchte auch Barbara Dimitrios aufzumuntern, klopfte ihm auf die Schulter und folgte Liselotte.

Ächzend stand Dimitrios auf, schüttelte zweifelnd seinen Kopf und gesellte sich zu den Damen.

»Was können Sie denn besonders gut, Herr Galanis?«, fragte Barbara, als Dimitrios sich an den Tisch setzte. Vor ihr lagen ein blütenweißes Blatt Papier und ein Stift.

Um Zeit zu gewinnen, leerte Dimitrios erst einmal sein Rotweinglas und schaute dann betreten in die ihn aufmerksam beobachtenden Gesichter. Es wollte ihm einfach nichts einfallen.

»Sie haben doch gesagt, dass Sie in der Athener Finanzbehörde stellvertretender Leiter des Archivs gewesen sind, oder?«, wollte Barbara wissen.

Dimitrios nickte und schenkte sich nach.

»Was meinen Sie, können Sie etwas von dem, was Sie dort gelernt haben, für den deutschen Arbeitsmarkt verwenden?«

»Wie soll er sich denn hier auskennen? Er ist doch erst einen Tag in Deutschland«, nahm Liselotte Dimitrios in Schutz.

»Ich helfe Ihnen gerne, Herr Galanis. Aber wenn Sie nicht in einem griechischen Restaurant kellnern oder den Taxischein machen wollen, brauche ich schon ein paar Infos von Ihnen. Ich zum Beispiel strukturiere für mein Leben gerne.«

Dimitrios Gesicht hellte sich auf. »Und ich suche, finde und stopfe Schlupflöcher für mein Leben gerne«, rief er begeistert aus und stieß dabei das Weinglas um. Was ihm überhaupt nichts ausmachte, denn er war heilfroh, endlich etwas einbringen zu können, was er wirklich gut konnte, auch wenn es ihn vor zwei Tagen den Job gekostet hatte.

Liselotte versuchte ihm zu folgen. »Aber Sie reden da nicht von Handarbeit! Oder doch?«

»Nein, ganz und gar nicht. Ich rede von Steuergesetzen und ihrer praktischen Handhabung.«

»Sie interessieren sich für das Steuerrecht?«, fragte Barbara hingerissen nach.

»Ja! Um präzise zu sein, habe ich darüber promoviert. Über das griechische natürlich.«

»Das ist ja wundervoll, Herr Galanis. Das griechische ist so komplex wie widersprüchlich, da werden Sie sich in das Deutsche schnell hineinfinden können.«

»Wie meinen Sie das jetzt, Frau Nowak?« Irritiert goss er sich und Liselotte den Rest der Flasche ein.

»Wenn Sie mit der Struktur der griechischen Gesetzgebung bereits so vertraut sind, werden Sie sich mit ein wenig Nachhilfeunterricht in der deutschen bald ebenso auskennen. Und es mangelt hier wirklich an kompetenten Fachkräften.«

»Und Sie denken …«

»Genau. Ich werde Ihnen dabei unter die Arme greifen. Haben Sie wenigstens Ihre Zeugnisse mitgebracht?«

»Selbstverständlich!« Dimitrios grinste und breitete einladend seine Arme aus. Nach seinem Geschmack eigentlich eine viel zu dramatische Geste seiner vermeintlichen Landsleute, für die er sich bisher immer geschämt hatte.

»Darauf müssen wir anstoßen! Ich hole schnell noch eine Flasche Wein. Aber ich befürchte, wir haben nur noch einen Merlot.« Beschwingt stand Liselotte auf.

18.

Dimitrios wollte unter keinen Umständen sein Glück weiter herausfordern. Und so glich für ihn in den folgenden sechs Tagen ein Tag dem anderen.

Um fünf Uhr morgens klingelte sein Wecker. Noch im Pyjama setzte er sich an den Sekretär, rekapitulierte das Gelernte vom Vortag und kontrollierte anschließend erneut, ob er die ihm von Barbara gesteckten Lernziele erreicht hatte. Dann ging er ins Bad, wusch sich, zog sich an und bereitete frisch rasiert den Damen das Frühstück. Anschließend überreichte er Barbara stolz seine Aufgaben, nahm die neuen mit einer gewissen Vorfreude entgegen und zog sich für seine Studien in sein Zimmer zurück. Erst am frühen Nachmittag aß er einen kleinen Imbiss, ging eine halbe Stunde um den Block oder erledigte Botengänge, kümmerte sich nach seiner Heimkehr unaufgefordert um die Hausarbeit, lernte bis um sechs Uhr abends weiter und schlich sich dann in die Küche, um das Abendbrot zuzubereiten.

Während des gemeinsamen Abendessens gab es für Dimitrios und Barbara nur das Thema Steuerrecht, das ausgiebig und leidenschaftlich bis um Punkt neunzehn Uhr diskutiert wurde. Dann bestand er darauf, die Küche aufzuräumen, und zog sich anschließend wieder in seine Studierstube zurück. Um Mitternacht löschte er das Licht, ging schlafen und träumte von den eklatanten Schlupflöchern des deutschen Steuersystems, die er bereits zu diesem frühen Zeitpunkt entdeckt hatte.

Am Morgen des siebten Tages wachte Dimitrios erst um sieben Uhr auf. Er reckte sich gerade genüsslich, als sein Blick auf die Uhr fiel. Bestürzt fiel er von der schmalen Chaiselongue, rappelte sich auf und stürmte in die Küche.

»Wenn ich das gewusst hätte, Herr Galanis, so hätte ich noch eine Stunde länger liegen bleiben können«, begrüßte ihn Liselotte vorwurfsvoll und goss Wasser in die Kaffeemaschine.

»Was gewusst?«, fragte Dimitrios betreten nach.

»Das Sie ausgerechnet heute verschlafen würden. Ich komme mir ja schon ganz überflüssig in der eigenen Wohnung vor. So, und nun setzen Sie sich. Heute bin ich an der Reihe.«

Liselotte servierte den frisch gepressten Orangensaft, legte Dimitrios ein Croissant auf den Teller und setzte sich mit einem Blatt Papier zu ihm.

In diesem Moment betrat Barbara mit dunklen Ringen unter den Augen die Küche und schaute verwundert Dimitrios an, der noch den Pyjama anhatte anstatt wie üblich einen Anzug. Vergeblich suchte sie den Tisch nach gelösten Fallaufgaben ab. Kritisch legte sie die Stirn in Falten.

Liselotte lächelte. »Am siebten Tag soll man ruhen! Das gilt heute auch für dich. Und nun setz dich endlich, Barbara.«

Sie zückte einen Stift und unterteilte ein bereit liegendes Blatt Papier in sieben Spalten und drei Reihen.

»Aber heute ist doch Freitag!«, wandte Barbara ein.

Ohne sie zu beachten, fuhr Liselotte fort: »In den vergangenen Tagen bin ich auf erschreckende Weise in alte Verhaltensmuster zurückgefallen! Ich habe mich dabei erwischt, wie ich durch die Mommsenstraße geschlendert bin und es nur mit äußerster Willenskraft geschafft habe, der Versuchung zu widerstehen, eine der Boutiquen zu betreten. Ferner war ich in der Feinkostabteilung des KaDeWe und habe ein Dutzend Austern zu mir genommen. Und glaubt mir, diese und das schlechte Gewissen liegen mir noch heute im Magen.« Sie beschriftete die Spalten mit den Wochentagen. »Und daran seid ihr schuld!«

Dimitrios schaute Barbara entsetzt an, doch die hob nur fragend die Augenbrauen.

Liselotte fügte nun den Reihen ihren, Barbaras und Dimitrios Namen zu, verschloss den Stift und schaute auf.

»Mit Verlaub, selbst mein Franz Ferdinand hat mich zu mehr Mithilfe im Haushalt aufgefordert. Ich weiß, ihr meint es gut. Aber das Gegenteil von gut ist eben gut gemeint. Oder möchtet ihr etwa, dass ich wieder zur Prinzessin auf der Erbse werde? Nein, und ich auch nicht! Wir haben uns schon genug angestrengt, um dies zu ändern. Findest du nicht, Barbara?«

Liselotte stand auf, holte die Kaffeekanne aus der röchelnden Maschine und goss allen entschlossen ein.

»Dies hier ist ab heute unser Haushaltsplan. Die Vorlage stammt nicht von mir, sondern ist der Vanity Fair entnommen, die seinerzeit die Grundregeln eines harmonischen kommunalen Zusammenlebens in einem Wohngemeinschaftsalmanach zusammengefasst hatte. Und ich bestehe darauf, dass er eingehalten wird!«

Neugierig beugten sich Barbara und Dimitrios über das Schriftstück.

»Und bevor ich es vergesse: Ab sofort verbitte ich mir jegliche Steuerdiskussion bei Tisch! Ich komme mir schon vor wie ein Zaungast beim ›Literarischen Quartett‹.«

Liselotte deckte ab, stellte sich an die Arbeitsplatte und drehte sich noch einmal zu ihren sprachlosen Mitbewohnern um.

»Was sitzt ihr hier noch herum? Herr Galanis, wenn Sie so freundlich wären, sich nun bitte anzukleiden. Barbara wird Sie heute ein wenig in Berlin herumführen. Schließlich ist es euer gemeinsamer freier Tag. Und wagt es nicht, vor sechzehn Uhr hier wieder aufzutauchen.«

Dann drehte sie sich um, öffnete die Spülmaschine und räumte schmunzelnd das Geschirr ein.

Betreten wie ein zänkisches Geschwisterpaar, das von seiner Mutter aus der Wohnung gejagt worden war, standen Barbara und Dimitrios eine Viertelstunde später vor dem Haus und wussten nicht so recht, was sie mit sich und dem Tag anfangen sollten. Eigentlich hatte Barbara zur Universität fahren und später an ihrer Hausarbeit weiterschreiben wollen, und Dimitrios wollte den Tag nutzen, um das Branchenbuch nach Steuerkanzleien zu durchforsten, bei denen er in der kommenden Woche vorstellig werden wollte.

»Wir haben doch kein Geld übrig für eine Sightseeingtour, geschweige denn für Museen!«, meinte Dimitrios.

»Aber unsere Monatskarten! Kommen Sie.«

Skeptisch trabte Dimitrios der voraneilenden Barbara hinterher. Auf Höhe des Adenauerplatzes lief ihm bereits der Schweiß zwischen den Schulterblättern hinunter. Wo wollte sie denn bloß mit ihm hin? Hastig zog er sein Jackett aus und folgte Barbara, aus Angst, sie im Menschengewühl zu verlieren. An der Uhlandstraße sprang zum Glück die Fußgängerampel auf Rot. Völlig außer Atem schloss er zu Barbara auf und stützte sich keuchend an der Ampelanlage ab.

»Ich weiß es sehr zu schätzen, Frau Nowak, dass Sie sich extra Zeit nehmen, um mit mir durch die Stadt zu bummeln, aber ich glaube, ich habe mir bereits zwei Blasen gelaufen!«, keuchte er und betrachtete sorgenvoll seine staubbedeckten Budapester.

»Keine Angst, es ist nicht mehr weit. Dann können Sie sich ausruhen.« Barbara zwinkerte ihm zu und wartete ungeduldig, bis die Ampel auf Grün wechselte.

Dimitrios hatte bereits viel über die Sportbegeisterung seiner deutschen Landsleute gelesen, aber er bevorzugte eigentlich die griechische Variante: dabei zuzusehen. Am Bahnhof Zoologischer Garten drosselte Barbara endlich ihr Tempo, stellte sich an eine Bushaltestelle und hielt Ausschau.

»Da ist er ja schon!«, frohlockte sie und winkte kindlich dem Busfahrer zu. Sie stieg ein und ließ Dimitrios an den Fensterplatz.

»Das ist die Linie 100, Herr Galanis. Hier kommt man an bis zu dreißig Sehenswürdigkeiten vorbei. Und es kostet uns nichts!«, erklärte sie.

Der Bus fuhr ruckelnd an.

»Da, schauen Sie. Das ist die Gedächtniskirche. Ein neoromanischer Bau, der 1943 zerbombt und als Warnung vor dem Krieg für die kommenden Generationen als Ruine erhalten wurde«, begann Barbara mit ihrer Stadtführung.

Dimitrios schaute höflich aus dem Fenster und dachte dabei an etwas ganz anderes.

Es folgten detaillierte Erläuterungen über das Elefantentor am Zoo, das Aquarium, die ehemalige Kongresshalle und den Reichstag, die an ihnen vorbeizogen. Als sie gerade am Brandenburger Tor vorüberfuhren, drehte sich Dimitrios zu Barbara um und unterbrach sie.

»Frau Nowak, entschuldigen Sie. Aber wenn wir zukünftig bei Tisch nichts Berufliches mehr besprechen dürfen, wann machen wir es dann?«

»Daran habe ich ja noch gar nicht gedacht.« Barbara verstummte und grübelte bis zum Reiterstandbild von Friedrich dem Großen darüber nach. Dann stand sie auf, nahm Dimitrios an der Hand und stieg mit ihm an der Humboldt-Universität aus.

»Aber kein Sterbenswörtchen zu Frau Günther!«, instruierte sie Dimitrios und setzte sich mit ihm auf eine der sonnenbeschienen Steinbänke.

Dimitrios holte aus dem Jackett seinen Fragenkatalog heraus, faltete ihn auf und legte ihn vor sich, während Barbara ihre Bücher aus der Tasche kramte. Gemeinsam beugten sie sich darüber.

Seltsam, ging es Barbara durch den Kopf, mit Herrn Galanis war es wie mit Marc. Sie kannte ihn kaum, und dennoch war er ihr so vertraut. Nur auf eine andere Art und Weise. Sie schmunzelte in sich hinein, hob den Kopf und betrachtete den konzentriert dreinblickenden Mann von der Seite.

Als die Sonne im Zenit stand und begann, ihnen auf den Kopf zu brennen, wechselten sie in den nahegelegenen Park. Erst ein wiederholtes Räuspern vermochte sie aus ihrer gemeinsamen Arbeit herauszureißen. Barbara hob den Kopf und sah direkt in das streng dreinblickende Gesicht von Professor Reichenbach.

»Also hier verstecken Sie sich vor meiner Vorlesung, Frau Nowak. Und gerade heute hätte ich zu gerne Ihre Meinung zu den aktuellen Ereignissen der Euro-Krise gehört!«, tadelte er sie.

Peinlich berührt schaute Barbara auf ihre Armbanduhr.

»Oh Gott! Wir haben es ja bereits sechzehn Uhr, Herr Galanis! Da wird sich Liselotte aber Sorgen machen!«, rief sie erschrocken aus.

Wie auf Knopfdruck sprangen beide gemeinsam von der Bank, packten, ohne weiter auf den Professor zu achten, ihre Sachen zusammen und rannten zur Bushaltestelle.

Als sie kurz nach siebzehn Uhr völlig außer Atem vor dem Wohnhaus in der Damaschkestraße ankamen, stand dort gutgelaunt Herr Rodríguez mit den Wocheneinkäufen vor der Tür.

»Señora Nowak, wie schön Sie zu sehen!«, begrüßte er Barbara mit einer leichten Verbeugung.

»Hallo, Herr Rodríguez. Darf ich Ihnen Herrn Galanis vorstellen? Er wohnt seit einer guten Woche bei uns.«

»Mucho gusto. Grieche?«, erwiderte Herr Rodríguez etwas skeptisch und betrachtete sich Dimitrios genau.

»Nein, Deutscher!«

»Herr Rodríguez ist so freundlich und bringt uns einmal wöchentlich die Einkäufe persönlich vorbei!«, erklärte Barbara stolz.

»Die Besorgungen können Sie mir ruhig mitgeben, ich muss ja auch mit hinauf«, sagte Dimitrios eifersüchtig, obwohl er selbst am meisten über diese plötzlich aufflammende Gefühlsregung überrascht war.

»No, no, no! Das war und ist meine Aufgabe. Da könnte

ja jeder kommen.« Herr Rodríguez zog die Tüten an sich und schlüpfte elegant durch die Eingangstür.

Darauf entstand ein kleines Wettrennen, welcher der beiden Herren zuerst im vierten Stock angelangt sein würde. Belustigt zog Barbara den Schlüssel ab und folgte gemächlich dem verhallenden Getrampel. Oben angelangt schaute sie amüsiert in die geröteten Gesichter der beiden Südländer, die ihre Manieren zumindest noch nicht gänzlich über Bord geworfen hatten und auf sie warteten. Drängelnd formierten sie sich hinter ihr und geduldeten sich, bis Barbara endlich die Wohnungstür einen Spalt öffnete. Kaum war die Tür halb aufgegangen, purzelten jedoch alle drei in den Flur hinein. Die Einkäufe fielen aus den Tüten, Dimitrios stieß im Fallen den Regenschirmständer um, und Barbara versuchte sich vergeblich an der Garderobe festzuhalten.

»Ja, was ist denn hier los? Erst kommen sie zu spät und dann auch noch mit diesem Tamtam nach Hause!«, rief Liselotte entgeistert aus, als sie den Radau aus dem Flur hörte. Sie legte ihren Krimi beiseite, stand vom Sofa auf und lief in den Flur.

Herr Rodríguez deutete mit zittrigem Zeigefinger entrüstet auf Dimitrios. »Dieser, dieser … Grieche hier wollte mich zuerst an meiner Arbeit hindern, und dann hat er mich auch noch hinterrücks gestoßen!«

»Nein, das war er! Der eifersüchtige Gockel hat mir einfach das Bein gestellt.«

Ach, wie aufregend!, dachte Liselotte geschmeichelt. Sie streiten sich um mich. Das hatte ich lange nicht mehr! Gerührt betrachtete sie die beiden ineinander verknäulten Männer auf ihrem Läufer und half dann Barbara auf.

»Wenn Sie sich entwirrt haben, seien Sie beide bitte so

freundlich und beheben diese Unordnung. Ich bereite inzwischen eine Erfrischung für uns zu.« Sie hakte sich bei Barbara unter und ging mit ihr in die Küche.

Aus der kleinen Erfrischung wurde eine relativ große. Um neunzehn Uhr waren alle beim Du und Liselotte, Dimitrios und Ramón bei der zweiten Flasche Rotwein angelangt. Um zwanzig Uhr entschuldigte sich Barbara, zog sich in ihr Zimmer zurück und versuchte an ihrer Hausarbeit weiterzuschreiben. Vergeblich – zu laut gaben die Herren Lieder aus ihrer Heimat zum Besten.

Als es dann auch noch um einundzwanzig Uhr wiederholt an der Wohnungstür klingelte, klappte Barbara entnervt ihre Bücher zu. Sie war eigentlich sicher gewesen, dass einer der Hausbewohner sich über die abendliche Ruhestörung beschweren wollte. Aber als sie öffnete, stand dort ein teigiger Mann im Dreiteiler, der sie mit seinen Schweinsaugen verblüfft anstarrte und den Strauß Rosen, den er in der Hand hielt, sinken ließ.

»Bin ich hier nicht richtig bei Günther?«, fand er nach einer Weile stockend seine Sprache wieder.

»Doch, die Party findet in der Küche statt. Wen darf ich melden?«, machte sich Barbara einen Spaß.

»Winfried Held.«

Barbara funkelte ihn feindselig an. »Der Held, der uns alle aus der Wohnung jagen will?!«

Ihr Gegenüber geriet nun völlig aus der Fassung und versuchte an Barbara vorbei in den Flur zu schauen. »Wie, alle? Zu wievielt sind Sie denn?«

»Warten Sie kurz, ich hole eben Frau Günther.« Barbara knallte die Tür vor seiner Nase zu.

Herrn Held wurde es mulmig zumute. Er hatte eigens heute Nachmittag seinen Mallorca-Urlaub abgebrochen, um die Angelegenheit zu forcieren, und war nach Berlin geflogen, um Phase II seiner feindlichen Wohnungsübernahmestrategie einzuläuten: »Die Charmeoffensive«. Doch dass er neben Frau Günther noch eine oder sogar mehrere Personen in der Wohnung vorfinden würde, damit hatte er nicht gerechnet.

Er lockerte die Krawatte und öffnete den Kragen seines Oberhemdes. Plötzlich wurde es still in der Wohnung. Dann vernahm er schwere Tritte. Herr Held schluckte. Im Nächsten Augenblick wurde die Tür aufgerissen.

Hatten sich Dimitrios und Ramón fünf Stunden zuvor nicht darauf einigen können, wer zuerst die Wohnung betreten durfte, so verhielt es sich nun umgekehrt. Als sie es endlich schafften, sich durch die Tür nach draußen zu drängen, zeugte nur noch der Strauß Rosen, der verwaist auf dem Treppenabsatz lag, von Herrn Helds Anwesenheit. Lachend hob ihn Dimitrios vom Boden auf und trug ihn gemeinsam mit Ramón wie eine Trophäe in die Wohnung hinein.

»Komm, Barbara. Gesell dich wieder zu uns«, sagte Ramón, als sie an ihr vorbeizogen. »Wir müssen doch unseren Triumph feiern!«

»Ach was soll's, heute bekomme ich eh nichts mehr gebacken«, sagte sie und reihte sich in die kleine Polonaise ein.

19.

Den ganzen Samstagvormittag hatte Barbara alle Hände voll damit zu tun, sich abwechselnd um Dimitrios und Liselotte zu kümmern. Dabei entpuppte sich ihr männlicher Patient als der weitaus wehleidigere. Als sie um ein Uhr die vierte Kanne Kamillentee aufkochte, musste sie an Ramón denken und war heilfroh, dass wenigstens er nicht mit in der Wohnung lebte.

»Oh Gott, oh Gott, wie schrecklich! Heute fühle ich mich wirklich wie zweiundachtzig. Solche Kopfschmerzen hatte ich das letzte Mal, als ich den Fusel auf der Pensionierungsfeier meines Franz Ferdinand getrunken hatte«, lamentierte Liselotte mit belegter Stimme vom Türrahmen aus, schlurfte in Zeitlupe zum Küchentisch und ließ sich auf einen der Stühle fallen. Mit beiden Händen fuhr sie durch ihr zerzaustes Haar und schloss ihre verquollenen Lider.

Als Liselotte sie wieder öffnete, bereute sie es sofort. Eigentlich wollte sie ihrem Franz Ferdinand einen entschuldigenden Blick zuwerfen, aber das Bild war von den drei leeren Weinflaschen und der Sherryflasche verstellt, die Barbara als Mahnmal fein säuberlich davor arrangiert hatte.

»Das wäre mir mit der Ware aus dem KaDeWe nicht passiert!«, giftete sie in Barbaras Richtung, die sie amüsiert von der Spüle aus betrachtete.

Das kann durchaus sein, dachte Barbara, nahm die Teebeutel aus der Kanne, versenkte sie im Biomüll, schenkte ein und servierte ihrer Patientin eine Tasse.

»Ich kann keinen Tee mehr sehen! Was ich jetzt benötige, um wieder auf die Beine zu gelangen, ist ein starker Kaffee!«, motzte Liselotte, raffte ihr Nachthemd zusammen und stand wackelig auf.

»Wir haben leider keine Filtertüten mehr.«

»Das ist überhaupt nicht schlimm, schließlich fügen die Griechen das Kaffeepulver auch nur in das kochende Wasser.«

Umständlich machte sich Liselotte ans Werk. Und als sie befand, dass nun genug Zeit für das Herabsinken des Pulvers verstrichen war, schenkte sie sich zittrig ein.

»Wenn es dir nichts ausmachen würde, Liselotte, so hätte ich auch gern einen Kaffee. Ich kann einfach keinen Tee mehr sehen«, bat Dimitrios, der gerade ebenso derangiert die Küche betrat, mit brüchiger Stimme.

»Siehst du! Der Mann hat recht!«, wandte sich Liselotte mit einem milder gestimmten Blick an Barbara, goss eine zweite Tasse ein und balancierte sie vorsichtig an den Esstisch. »So nimm doch endlich Platz, Dimitrios!«

Kraftlos setzte er sich neben Liselotte und sah an sich herunter. Erst jetzt fiel ihm auf, dass er gestern beim Zubettgehen das Pyjamaoberteil falsch zugeknöpft hatte.

Errötend führte Dimitrios die Tasse zum Mund. Seine glasigen Augen öffneten sich.

»Gut, nicht wahr? Den habe ich gemacht. Wie in deiner alten Heimat, oder?« Liselotte lächelte ihn müde an und nahm einen kräftigen Schluck. Am liebsten hätte sie nun doch einen Tee gehabt, um den Kaffeesatz aus dem Mund spülen zu können.

Keine Minute darauf entschuldigten sich die beiden, putzten nacheinander gründlich die Zähne, schlichen müde an der geöffneten Küchentür vorbei und kehrten, genauso lautlos, wie sie gekommen waren, in ihre Zimmer zurück.

Barbara musste schmunzeln, als das Quietschen der Türscharniere verstummte.

Herrlich! Endlich wieder Ruhe im Haus, dachte sie. Sie konnte sich nicht daran erinnern, wann es das letzte Mal so still in der Wohnung gewesen war. Sie stand auf, öffnete das Fenster und goss sich eine Tasse Tee ein. Dann nahm sie ein Croissant aus dem Brotkorb, biss hinein, setzte sich, legte ihre Füße auf den gegenüberstehenden Stuhl und schloss die Augen. Sie spielte gerade mit dem Gedanken, sich eines von Liselottes Magazinen aus dem Wohnzimmer zu holen, als das Baby in ihrem Bauch aufwachte und sich rührte.

»Da hast du recht, mein Schatz. Nun bist du endlich einmal an der Reihe«, flüsterte sie in sich hinein.

Barbara verließ summend die Küche, ging in ihr Zimmer und holte aus ihrem Bücherregal die »Hebammensprechstunde« und zwei weitere Schwangerschaftsratgeber heraus. Dann setzte sie sich auf ihr Bett, legte Block und Stifte neben sich bereit, streichelte ihren Bauch und schlug eines der Bücher auf.

Eine Viertelstunde später wurde sie von einem immer wiederkehrenden Hämmern aus ihrer Konzentration herausgerissen. Und das an einem Samstag! Entnervt schlug sie das Buch zu und machte sich auf, um nach der Ursache dieser Ruhestörung zu suchen und sie umgehend zu unterbinden. Nicht nur ihretwegen, sondern auch damit Liselotte und Dimitrios sich in Ruhe erholen konnten. Im Hausgang wurde sie schließlich fündig. Ein untersetzter, schwitzender Mann im Arbeitskittel war gerade dabei, einen Stock über ihr das Treppenhausgeländer mit Baulatten zu stabilisieren.

»Des driffd si gud! Helfet Sie mir gerad oimol und heben Sie mir des feschd«, forderte der Mann sie keuchend in breitem Schwäbisch auf, als sich ihre Blicke kreuzten.

»Ich werde nichts dergleichen tun. Bitte kommen Sie am Montag wieder, dann gehe ich Ihnen gerne zu Hand!«, antworte Barbara in bester Liselotte-Manier.

»Des gehd nedd. Gleich am Mondag um siabe in dr Früh sind moi Arbeidr dahanne, um des Trebbehaus z' renovira, un bis dahin muss i für d' Sicherheid moir Leide garandiere könne«, blaffte er sie an und wischte sich den Schweiß mit dem Ärmel von der Stirn.

»Wer sind Sie denn überhaupt, und wer hat Sie beauftragt?«

»Karl Jaisle, und moi Schützeveroinskamerad Winfried Held hedd mi darum gebede, bevor hier no jemad z' Schad kommd«, antwortete er kurzatmig, nahm seinen Hammer wieder auf und schlug einen Nagel in das Brett.

»Was um Himmels willen ist denn hier los?« Liselotte schaute mit bleichem Gesicht aus der Wohnungstür heraus und zog ihren Bademantel zu.

»Der kommt von Herrn Held. Die fangen an, das Treppenhaus zu sanieren!«, erwiderte Barbara.

»Und muss das ausgerechnet an einem Samstag sein?«, fragte Dimitrios, der sich in Schlafanzug und Hausschuhen zu ihnen gesellt hatte.

»I weiß nedd, wie's si bei Ihne dahanna in Berlin verhäld, abr in Würddemberg isch dr Samschdag nach wie vor oi

Werkdag.« Lachend trieb Jaisle einen weiteren Nagel in das Holz.

In Dimitrios wogte auf einmal ein Zorn auf, als ob sein Kapitäns-Vater wirklich sein Erzeuger gewesen wäre. »Was fällt Ihnen eigentlich ein …«, hob er lautstark an und schüttelte seine Faust, doch Liselotte nahm ihn am Arm und bugsierte ihn in die Wohnung hinein.

»Wir werden uns Decken holen und uns im Lietzenseepark ein ruhiges Fleckchen suchen. Soll der fleißige Herr nur hämmern!«, sagte sie beschwichtigend.

»Und sich dabei hoffentlich auf den Daumen hauen!«, ergänzte Barbara und knallte die Wohnungstür zu.

Während Liselotte und Dimitrios sich anzogen, packte Barbara ihre Bücher ein und bereitete ein Picknick vor.

Es hatte den Anschein, als ob an diesem warmen Samstagmittag so einige Menschen vor Baumaßnahmen in ihren Häusern geflohen waren. Der halbe Park lag unter einer Grilldunstglocke, Großfamilien saßen vergnügt auf dem Rasen beieinander, Kampfsportbegeisterte hielten ihre Übungen ab, es wurde mit exotischen Instrumenten musiziert, und Jogger versuchten sich einen Weg durch die flanierenden Massen zu bahnen.

Kurz bevor sie schon wieder heimkehren wollten, entdeckte Dimitrios hinter dem Senioren-Aktivplatz eine Trauerweide, die überraschenderweise noch unbesetzt zu sein schien. Er mobilisierte seine letzten Rexerven, hastete zu dem Baum, schob die Äste beiseite, beschaute sich erleichtert die leere Höhle, schlüpfte wieder hinaus und winkte hektisch seinen Begleiterinnen zu.

»Macht schnell!«, rief er, aus Angst, dass ihnen von der

anderen Seite her der Kokon streitig gemacht werden könnte.

Noch im Laufen riss Barbara die Decken aus der Tragetasche und warf sie Dimitrios zu. Rasch breitete er die Unterlage aus und war gerade damit fertig geworden, als Liselotte schwindelnd den Halbschatten unter dem Blätterdach betrat. Ermattet legte sie sich auf ihr provisorisches Lager und schlief postwendend ein. Keine Minute später schloss auch Dimitrios seine Augen und begann leicht zu schnarchen.

Liebevoll betrachtete Barbara die beiden, die in der Embryonalhaltung vor ihr lagen und ihr Leben so bereicherten. Sie lehnte sich seufzend an den Stamm der Linde, holte ihre Bücher hervor und blickte ab und an dankbar in die Krone des Baumes hoch.

»Ich habe einen Bärenhunger. Was hast du denn Leckeres für uns eingepackt, Barbara?« Dimitrios gähnte, streckte sich, richtete sich auf und wollte in den Picknickkorb schauen.

»Hände weg!« Barbara klopfte ihm tadelnd auf die Finger. »Wir wollen doch auf Liselotte warten.«

Doch diese machte auch um neunzehn Uhr noch keine Anstalten aufzuwachen. Es musste letztendlich das Magenknurren von Dimitrios gewesen sein, das sie eine Viertelstunde später aufweckte. Liselotte öffnete die Augen, starrte erst Barbara an, dann Dimitrios und letztendlich den trockenen Boden, auf dem sie lag.

»Wo bin ich?«, fragte sie benommen.

»Im Lietzenseepark unter einer Trauerweide.«

»Wie schön!« Liselotte drehte sich auf den Rücken und schaute dem Spiel der sich im Wind hin und her bewegenden Blätter zu.

»Und nun gehen wir hinunter zum Wasser und genießen unser Picknick in der Abendsonne.« Liselotte ließ sich von Dimitrios aufhelfen und klopfte die Blätter von ihrer Kleidung. Als ob sie aus der Umkleidekabine einer ihrer Boutiquen käme, schob sie die Äste ihrer kleinen Höhle beiseite und lief mit festem Schritt zum See hinab.

Es wurde ein munteres Essen. Als die Sonne unterging, fütterten sie mit den letzten Krümeln die gierigen Enten, die sie bereits seit ihrem Erscheinen hoffnungsvoll umwatschelt hatten. Dimitrios' Einwand, dass dies laut der eigens dafür aufgestellten Tafeln zu unterlassen sei, wurde ignoriert.

Auf dem Heimweg hakten sich die beiden Damen bei Dimitrios unter, machten noch den einen oder anderen Scherz über seine Obrigkeitshörigkeit und baten ihn, noch einmal eines der Hirtenlieder aus seiner Heimat zu singen, die er gestern Abend so theatralisch vorgetragen hatte. Erst zierte sich Dimitrios, doch als sie in die Damaschkestraße einbogen, war er kaum noch zu bremsen, er tanzte sogar ein wenig.

Über sich selbst lachend, eilte Dimitrios voraus, schloss auf, hielt galant die Tür auf und folgte den Damen singend in den vierten Stock. Als er oben anlangte, stoppte der Anblick des notdürftig zusammengezimmerten Treppenhausgeländers abrupt seine ausgelassene Stimmung. Es erinnerte ihn schonungslos daran, welche Hoffnung die beiden Frauen in ihn setzten.

»Das wirst du schon schaffen, Dimitrios«, versuchte Barbara ihn aufzumuntern. Sie hatte sein plötzliches Verstummen richtig gedeutet.

»Exakt! Und wenn du willst, Dimitrios, werde ich mit dir gleich jetzt das deutsche Bewerbungsgespräch üben!«, schlug Liselotte begeistert vor.

»Hattest du denn schon einmal ein Bewerbungsgespräch?«, mischte sich Barbara zweifelnd ein.

»Nein, bisher noch nicht. Aber es gab damals genügend Menschen in unserer Villa, die bei meinem Vater vorstellig wurden und die unterschiedlichsten Sachen von ihm wollten. Und ich nehme einmal an, dass sich das Wesen des Menschen in den letzten siebzig Jahren nicht allzu stark verändert hat.«

Dimitrios öffnete ihr dankbar die Tür. »Wollen wir, Liselotte?«

Barbara war viel zu müde, um ihnen weiterhin Gesellschaft zu leisten. Sie wusch sich schnell, zog sich um und legte sich in ihr Bett. Kurz bevor ihr die Augen zufielen, hörte sie, wie Liselotte ihre ersten Korrekturhinweise gab.

»Nein, nicht so förmlich, Dimitrios. Wir befinden uns im einundzwanzigsten Jahrhundert und nicht in einem Roman von Theodor Fontane.«

Mit einem Lächeln auf ihren Lippen schlief Barbara ein.

20.

Wenn man über vierzig ist, ist der schlimmste Tag nach einem Gelage bekanntlich erst der übernächste. Daher hätte Barbara eigentlich den gesamten Sonntag Zeit und Ruhe gehabt, um sich auf ihre Arbeit zu konzentrieren. Doch die anfänglich willkommene Stille, die die Wohnung den ganzen Vormittag über in Beschlag gehalten hatte wie ein unsichtbares Wesen, ließ sie sich zunehmend einsamer fühlen.

Kurz nach dreizehn Uhr hielt sie es nicht mehr aus. Sie stand von ihrem Schreibtisch auf, ging in das Wohnzimmer und klopfte zaghaft an Liselottes Zimmertür. Da sie keine Antwort erhielt, öffnete sie die Flügeltür ein Stück und steckte vorsichtig ihren Kopf hindurch. Vor Schreck hielt sie den Atem an. Liselotte lag auf ihrem Bett wie zu ihrer eigenen Beerdigung aufgebahrt. Die Satinbettdecke war umgeschlagen und reichte ihr bis zur Brust, darauf lagen regungslos ihre gefalteten Hände. Der Kopf lagerte auf zwei Kissen, das Haar war frisch frisiert, und über den Augen trug Liselotte eine bordeauxrote Schlafbrille.

»Wolltest du schauen, ob ich noch lebe?« Liselotte öffnete ihren Mund, ohne dass sich ein anderer Körperteil an ihr bewegte. Barbara zuckte zusammen. »Aber wenn du schon einmal hier bist: Würde es dir etwas ausmachen, die Vorhänge zuzuziehen? Und dann kippst du bitte den Rest Sherry in den Ausguss!«

Nachdem Barbara beides pflichtbewusst erledigt hatte, schaute sie noch kurz nach Dimitrios. Wie ein Baby lag er zusammengekauert, den Rücken zu ihr gekehrt, auf seiner Chaiselongue. Sein Brustkorb hob und senkte sich regelmäßig. Vor ihm auf dem Boden sah sie das aufgeschlagene Branchenbuch und eine sorgfältig zusammengestellte Liste aller größeren Steuerberatungsbüros Berlins. Barbara stellte leise das Wasserglas, das sie mitgebracht hatte, auf das Nachtkästchen und schloss vorsichtig die Tür. Zurück an ihrem Schreibtisch merkte sie, wie die Müdigkeit auch an ihr nagte.

Dann mache ich eben am Nachmittag weiter, dachte Barbara. Sie klappte ihre Bücher zu, legte sich auf das Bett, deckte sich zu und drehte sich zur Wand.

Bereits um sechs Uhr am folgenden Morgen wurde Barbara von einer für diese Uhrzeit ungewöhnlichen Betriebsamkeit in der Wohnung geweckt. Neugierig schlug sie ihre Bettdecke beiseite und stand auf.

»Guten Morgen! Ein Segen, dass du schon wach bist, Barbara. Weißt du zufällig, wo ich das Bügeleisen hingestellt habe?«, wurde sie aufgeregt von Liselotte auf dem Gang begrüßt.

»Das Bügeleisen?«

»Ja, ich muss Dimitrios noch schnell die Hemden aufbügeln. Das wollte ich eigentlich schon gestern erledigt haben. Aber wie du weißt, war ich unpässlich. Ach, jetzt kann ich mich wieder erinnern«, rief Liselotte freudig aus, rauschte an ihr vorbei und verschwand in der Abstellkammer.

Verwundert lief Barbara zum Bad weiter. Sie wollte gerade die Türklinke herunterdrücken, als Dimitrios' sonore Stimme zu ihr drang: »Ich wünsche Ihnen einen wunderschönen guten Tag, meine Damen und Herren. Mein Name ist Dimitrios Galanis, und ich wollte mich heute bei Ihnen bewerben. Ich hoffe, ich komme nicht ungelegen.«

»Nicht so unterwürfig, Dimitrios. Das hast du überhaupt nicht nötig«, ermahnte ihn Liselotte, die mit dem Bügeleisen bewaffnet plötzlich hinter Barbara stand und sie zur Seite schob. »Und nun sieh zu, dass du da herauskommst.«

»Es tut mir fürchterlich leid, Liselotte, aber ich glaube, es sitzt noch nicht so richtig. Außerdem habe ich mich noch nicht geduscht und bin unrasiert.«

»Aber du okkupierst das Bad bereits seit einer geschlagenen Stunde. Und zum Schluss fehlt uns noch die Zeit, dir den passenden Anzug, ein Hemd und die dazu korrespondierende Krawatte herauszusuchen.«

Barbara musste unwillkürlich loslachen.

»Bitte, nur noch eine halbe Stunde, Liselotte«, flehte es aus dem Bad heraus.

»Fünfzehn Minuten!«

Erleichtert hörte Dimitrios, wie sich die Damen von der Tür lösten und in Richtung Küche verschwanden. Er probierte es nun mit einer selbstbewussteren Miene, kniff die Augen etwas zusammen und reichte mit funkelndem Blick zum vierzigsten Mal an diesem Morgen seinem Spiegelbild die Hand.

»Gestatten Sie. Dimitrios Galanis!«

»Unser Dimitrios steckt mich so langsam mit seiner Nervosität an!«, beklagte sich Liselotte, als sie gemeinsam mit Barbara die Küche betrat. Sie ging zielstrebig zum Besenschrank, zerrte das Bügelbrett heraus, klappte es auf, stöpselte das Eisen an und wartete ungeduldig, bis es die erforderliche Temperatur erreicht hatte.

»Soll ich schnell das Frühstück für uns herrichten oder lieber Dimitrios' Schuhe aufpolieren?«, fragte Barbara, in der es nun auch zu kribbeln begann.

Eine Stunde später hätte Dimitrios am liebsten einen weiteren Kaffee zur Stärkung zu sich genommen. Jedoch wurde ihm, als er seine Tasse absetzte, von Liselotte das Geschirr vor der Nase abgeräumt und von Barbara der Stuhl unter dem Po weggezogen, und ehe er sich's versah, wurde er von beiden Damen in die Garderobe vor den Spiegel bugsiert. Während Barbara die Fusselrolle aus der Kommode holte und sich über sein Jackett hermachte, hielt ihm Liselotte, auf einem Hocker stehend, drei Krawatten aus Franz Ferdinands Fundus an das Revers.

»Nein, wir nehmen doch die dunkelgrüne!« Sie band seine rote ab und machte sich gekonnt an einen doppelten Windsorknoten.

»So, das hätten wir!« Liselotte rückte die Krawatte gerade, schob eine von Dimitrios' widerspenstigen Locken hinter sein Ohr und kniff ihn leicht in die Wange. Dann stieg sie von ihrem Schemel und stellte sich gerührt neben Barbara. Die beiden Frauen tauschten einen zufriedenen Blick aus und betrachteten strahlend den herausgeputzten Dimitrios. Liselotte zwinkerte ihm schwärmerisch zu.

»Perfekt! Wenn ich vierzig Jahre jünger wäre ... Wer weiß, was dann passieren würde.«

»Ja, nun, dann werde ich mal.« Dimitrios räusperte sich verlegen, nahm seine Unterlagen sowie die Butterbrote, die

Barbara ihm eingepackt hatte, und schickte sich an, die Wohnung zu verlassen.

»Nein, halt! So geht das nicht.« Eilig lief Liselotte in Barbaras Zimmer, öffnete den Schrank und kramte aus der hintersten Ecke die dunkelbraune Lederaktentasche, die sie ihrem Franz Ferdinand zur Pensionierung geschenkt hatte, hervor.

»Hier, sie soll dir Glück bringen.« Mit Tränen in den Augen überreichte sie Dimitrios die Tasche.

Gerührt nahm er sie entgegen, öffnete sie und verstaute sorgsam seinen Lebenslauf, die Zeugnisse und seine Brotzeit darin. Es war das erste Mal, dass er von Barbara und Liselotte mit zwei dicken Küssen auf die Wangen verabschiedet wurde.

Als Dimitrios um halb acht in die Morgensonne trat, musste er zunächst einem Handwerkertrupp ausweichen, der mit Werkzeugen bewaffnet in das Treppenhaus drängte. Dann schaute er noch einmal in den vierten Stock hoch. Aus dem geöffneten Wohnzimmerfenster winkte ihm Liselotte zu, und Barbara zeigte ihm ihre überkreuzten Zeige- und Mittelfinger. Zögerlich hob er seine linke Hand zum Abschied und hoffte inständig, dass er die Erwartungen, die die beiden in ihn setzten, baldmöglichst würde erfüllen können. Warum er aber bereits um diese Uhrzeit von den Damen losgeschickt worden war, war ihm allerdings ein Rätsel. Oder sollten in Deutschland die Büros etwa bereits um acht Uhr besetzt sein?

Aus der irrealen Angst heraus, zu spät zu kommen, obwohl er gar nicht erwartet wurde, hetzte Dimitrios über den verwaisten Kurfürstendamm zum Olivaer Platz, seiner ersten Anlaufstation. Die in schwarzen Lettern an der Eingangstür angebrachten Öffnungszeiten bestätigten, was er bereits vermutet hatte. In einer nahegelegenen Bäckerei kaufte Dimitrios sich einen dünnen Filterkaffee, setzte sich auf eine Bank und wartete geduldig, bis es neun Uhr wurde.

»Wie sagten Sie, war noch einmal Ihr Name?«, fragte ihn die bulimisch ausschauende Empfangssekretärin, deren Dutt so streng gefasst war, dass er ihren ausdruckslosen Augen einen asiatischen Anstrich gab.

Ist. Mein Name ist, verbesserte Dimitrios sie in Gedanken. »Galanis, Dimitrios Galanis«, wiederholte er langsam. Er wollte gerade den Grund seines frühen Besuches erläutern, als die Empfangssekretärin wortlos mit ihrem angekauten Bleistift auf einen Stuhl deutete, der die Form eines deformierten Tischtennisballs hatte. Während das bemitleidenswerte Geschöpf hinter dem Empfangsrondell mit der Sprechanlage kommunizierte, versuchte Dimitrios vergeblich herauszufinden, wie man auf der Sitzskulptur in einer halbwegs würdigen Form Platz nahm. Als er es endlich geschafft hatte, hustete die Dame trocken und deutete mit ihrem Stift auf eine Tür. Mühsam erhob sich Dimitrios, ging auf die Tür zu, klopfte an und trat ein.

»Guten Morgen, Herr Kanakis! Breitschneider, angenehm«, begrüßte ihn ein offensichtlich unter Bluthochdruck leidender Mann. Um mit seinem dicken Bauch hinter dem Schreibtisch aufstehen zu können, musste er mit dem Bürostuhl zurückrollen. Dimitrios wurde schlagartig klar, warum das Mädchen am Empfang nur an ihren Stiften herumknabberte.

»Hier sind Sie genau an der richtigen Stelle. Wo sollen Ihre Athener Euros denn unauffällig hinfließen? Cognac?«, brüllte das Monstrum von Mensch Dimitrios ohne Scham an. Er kam auf ihn zu und reichte ihm seine Pranke. »Nehmen Sie doch Platz!«

»Da handelt es sich wohl um ein kleines Missverständnis«, begann Dimitrios ihn schmerzverzerrt aufzuklären.

Als er Herrn Breitschneider über sein eigentliches Ansinnen informiert hatte, schaute dieser ihn zuerst überrascht aus seinen hervorquellenden Augen an. Dann begann er unvermittelt, einem diabolischen Lachen freien Lauf zu lassen, das sich schließlich in einen Hustenanfall verwandelte. Herr Breitschneiders Gesicht wurde noch roter, als es eh schon war. Immer panischer schnappte er nach Luft.

Dimitrios sprang auf, lief hinter den Schreibtisch, klopfte seinem potentiellen Arbeitgeber auf die Schulter, und als das auch nichts half, versuchte er ihm zumindest die Krawatte zu lösen. In diesem für Außenstehende zweideutig zu interpretierenden Moment öffnete die Dame vom Empfang die Tür und betrat mit einem Tablett voll Erfrischungen den Raum. Es dauerte keine Sekunde, bis das Tablett auf dem beigen Teppich aufschlug.

»Mörder!«, schrie sie mit einer für ihren zierlichen Körperbau auffällig durchdringenden Stimme.

Instinktiv schnappte sich Dimitrios seine Aktentasche und flüchtete aus dem Gebäude. Erst als er den Preußenpark erreicht hatte, hörte er mit dem Rennen auf, verlangsamte seinen Gang und versteckte sich unter einem Thujabusch. Während er dort verharrte, traf er zwei Entscheidungen. Erstens würde er ab sofort darauf insistieren, den Grund seines Besuches bereits am Empfang klar zu formulieren. Und zweitens würde er die Steuerkanzleien im Innenstadtbereich für mindestens eine Woche meiden.

Und so verließ er, um auf Nummer sicher zu gehen, erst um vierzehn Uhr den Park und fuhr mit der S-Bahn nach Königs Wusterhausen.

Das ist ja mal was!, dachte Frau Berg von der Steuerkanzlei Berg & Ehrlich. Sie starrte Dimitrios verblüfft an, nahm die signalrote Hornbrille von ihrer Hakennase und legte sie auf einen Aktenstapel.

»Und das meinen Sie im Ernst?«, fragte sie nochmals nach und musste beim Gedanken, einen griechischstämmigen Steuerberater zu beschäftigen, schmunzeln.

Dimitrios, in dessen Körper nach wie vor das Adrenalin tobte, nickte und versuchte dabei weiter den ganzen Raum im Blick zu behalten.

»Zumindest würde es zu meiner flippigen Art passen«, spann sie den Gedanken halblaut weiter und erhob sich von ihrem neongrünen Sitzball. »Na, dann zeigen Sie mir doch mal Ihre Zeugnisse, Herr Galanis.«

Dimitrios öffnete seine Aktentasche, legte einen Thujazweig, der sich dort hinein verirrt hatte, auf Frau Bergs Schreibtisch, was diese wiederum für ein griechisches Glücksritual hielt, entnahm die Zeugnisse und überreichte sie ihr ehrerbietig. Frau Berg setzte sich in ihrem knallgelben, asymmetrisch geschneiderten Filzkleid auf die Schreibtischkante und beugte sich über die Papiere.

»Seien Sie doch so lieb und reichen Sie mir mal meine Brille«, bat sie Dimitrios, ohne von den Zeugnissen aufzuschauen. Mit einer Geste, die Routine verriet, nahm sie ihre Sehhilfe entgegen und setzte sie auf.

»Aber die sind ja alle in griechischer Schrift verfasst.« Verwundert schaute sie Dimitrios ins Gesicht.

»Ja, natürlich. Schließlich wurden sie ja auch in Griechenland ausgestellt.«

»Aber so kann ich sie nicht verstehen. Haben Sie keine beglaubigten Übersetzungen mitgebracht?«

Daran hatte Dimitrios überhaupt nicht gedacht. Wie hatte ihm dieser Schnitzer nur unterlaufen können?! Wie ein begossener Pudel stand er auf, trat zu Frau Berg und schluckte, um seinen Kloß im Hals loszuwerden. Schwitzend versuchte er seinen Hals aus der Schlinge zu ziehen. »Ich kann Ihnen die Dokumente gerne übersetzen. Hier zum Beispiel halten Sie mein Abiturzeugnis in der Hand. In Betragen und Mitarbeit …«

Weiter kam er nicht. Das hyänenhafte Lachen von Frau Berg schnitt ihm das Wort ab.

»Das könnte genauso gut das Abschlusszeugnis Ihrer Kfz-Mechaniker-Lehre sein oder die Teilnahmebestätigung der Theater-AG!«, prustete sie und musste gleichzeitig wehmütig an ihren großen Auftritt als Iphigenie denken, die sie damals in der Oberstufe gespielt hatte. »Herr Galanis. Lassen Sie Ihre Zeugnisse übersetzen und beglaubigen. Dann kommen Sie noch einmal vorbei, und wir schauen weiter. Verstehen Sie mich bitte nicht falsch, aber wir sind ein seriöses Unternehmen«, belehrte sie ihn in nüchternem Ton, rutschte vom Schreibtisch herunter und nahm wieder auf ihrem Sitzball Platz.

»Wissen Sie zufällig, was für Kosten da auf mich zukommen?«

Frau Berg reckte ihren dürren Hals, schaute zur Decke und überlegte kurz. »Ich schätze mal, so zwei bis drei Euro.«

»Pro Blatt?«

»Pro Zeile, Herr Galanis!« Erneut ließ sie ihr raubtierhaftes Lachen erklingen und reichte Dimitrios seine Dokumente. »Und wenn ich Ihnen noch einen Tipp geben darf: Lassen Sie sich die Zeugnisse in Ihrem Heimatland beglaubigen. Das würde Ihrer Arbeitssuche hier in Deutschland sehr entgegenkommen. Mit der modernen Technik ist heutzutage ja so allerhand möglich. Wenn Sie mich jetzt bitte entschuldigen würden. Ich habe noch viel zu tun.«

In der S-Bahn setzte sich Dimitrios ernüchtert in den hintersten Wagen und fing an, die Zeilen abzuzählen. Er verhedderte sich drei Mal, aber als er den Bahnhof Charlottenburg erreichte, hatte er Klarheit erlangt. Er kam auf 978 Zeilen. Er multiplizierte im Kopf den zu erwartenden Kostenumfang, zog einen sicherlich auszuhandelnden Abschlag von fünfundzwanzig Prozent ab und kam dabei immer noch auf eine Summe, die ihm den Atem raubte. Am liebsten wäre er nicht nach Hause gegangen.

»Und, wie ist es gelaufen, Dimitrios?«, bestürmte ihn Barbara, als er in der Garderobe seine Schuhe abstreifte.

»Es gibt da noch einige administrative Dinge, die ich zu regeln habe. Aber immerhin wurde ich bei zwei Firmen vorgelassen.« Er traute sich nicht, Barbara dabei ins Gesicht zu sehen.

»Beim Abendessen musst du uns alles haargenau erzählen, Dimitrios. Komm, Liselotte hat extra Rouladen gekocht.«

Kaum, dass er die Küche betreten hatte, merkte Liselotte, dass bei Dimitrios im Inneren etwas zerbrochen sein musste. Sie zog die Schürze aus, bat Barbara aufzutragen und führte ihn zu Tisch.

»Gib nicht auf, Dimitrios!«, flüsterte sie ihm zu. »Nicht um unseretwillen, sondern um deinetwillen! Du wirst sehen, es wird sich alles fügen.« Sie streichelte ihm zart über die Schulter.

»Nun los, erzähl schon!«, forderte ihn Barbara neugierig auf.

»Keine Fachgespräche bei Tisch!«, erinnerte Liselotte Barbara mütterlich an die Abmachung und legte Dimitrios die größte der Rouladen auf den Teller.

21.

Noch bevor er am nächsten Morgen das Haus verlassen hatte, wusste Dimitrios, dass der Tag wohl ähnlich wie der Montag verlaufen würde. Aber dennoch ließ er sich um halb acht von Barbara das Jackett reichen, nahm Liselotte die Aktentasche aus der Hand und verabschiedete sich mit einem Wangenkuss von den Damen. Am liebsten hätte er einen Park angesteuert und sich zu einem Leidensgenossen auf eine Bank gesetzt, um dort die Stunden mit Taubenfüttern und Zeitunglesen zu verbringen. Dennoch strebte er verantwortungsbewusst die S-Bahn-Station Halensee an. Diesmal wollte er sein Glück im Norden der Stadt versuchen.

Um vierzehn Uhr hatte sich bestätigt, was er am Morgen schon vermutet hatte. Desillusioniert bestellte er an einem Kiosk einen Kaffee, setzte sich auf die Betoneinfassung eines Blumenbeetes und schaute hilfesuchend in den azurblauen Berliner Nachmittagshimmel, als ob er dort eine Lösung für seine Probleme finden könnte.

»Na, um wie viel Uhr darfst du nach Hause?«, wurde er auf einmal von einem Herrn im Anzug gefragt, der sich neben ihn setzte und seine Bierbüchse öffnete.

»Nach Hause?«

»Tu nicht so, ich kenne den Blick. Ich erzähle es meiner Familie nach den Sommerferien.«

Er nahm einen kräftigen Schluck und förderte aus seiner Aktentasche eine Boulevardzeitung zutage. Er überflog kurz den Titelaufreger des Tages, schlug dann mit seiner Hand auf die Zeitung und echauffierte sich lauthals: »Da haben wir es mal wieder. Während ich der Agentur für Arbeit für jeden Furz Rechenschaft schuldig bin, verteilen unsere Oberen locker flockig unsere Steuereuros an die europäischen Mitgliedsstaaten. Als ob das Geld bei uns auf den Bäumen wachsen würde.«

Er lockerte seine Krawatte, nahm einen weiteren Schluck und schüttelte sich.

»Wenn du mich fragst, hätten die gleich all unsere Milliarden nach Athen überweisen sollen. Da wären wir jetzt fein raus und könnten selbst unter den Rettungsfond schlüpfen. Oder?!« Erwartungsvoll sah er Dimitrios an.

»Ja, Athen! Es führt wohl kein Weg daran vorbei«, murmelte Dimitrios, stand auf, verabschiedete sich und fuhr mit dem Schnellbus zum Flughafen Tegel.

»Herr Galanis, haben Sie vielen Dank für das in uns gesetzte Vertrauen. Aber ich kann Ihnen das Flugticket nicht ausstellen. Die Gültigkeit Ihres Reisedokuments ist abgelaufen!«, flötete ihn die adrett gekleidete Schalterangestellte freundlich an und reichte ihm augenklimpernd den Pass zurück.

Verdutzt schaute Dimitrios in das stark geschminkte Gesicht, legte seine letzten dreihundert Euro beiseite, nahm ungläubig seinen Ausweis entgegen und starrte ihn an.

»Aber entschuldigen Sie bitte. Er ist doch erst seit gestern abgelaufen. Und ich komme doch morgen bereits wieder nach Hause!«

»Abgelaufen ist abgelaufen, Herr Galanis. Ob einen Tag,

eine Woche oder ein Jahr. Das macht beim besten Willen keinen Unterschied.«

»Aber ich muss dringend nach Athen. Dort liegen meine Kontoauszüge, ohne die ich nicht an mein vom deutschen Zoll einbehaltenes Geld komme. Und außerdem muss ich meine Zeugnisse …«

»Wie gesagt, abgelaufen ist abgelaufen, Herr Galanis«, unterbrach sie ihn. »Setzen Sie sich am besten mit der griechischen Botschaft in Verbindung, dort wird man Ihnen sicherlich einen Passersatz ausstellen können.«

»Wissen Sie, wie lange so etwas dauern kann? Es ist wirklich dringend! Ansonsten verlieren wir unsere Wohnung. Und was soll dann bitte schön aus Liselotte, Barbara und ihrem ungeborenen Kind werden?!«, flehte er.

»Der Nächste, bitte!«, rief sie bestimmt und schielte auffordernd an Dimitrios vorbei.

»Ihr, ihr, ihr … Deutschen mit eurer blöden Bürokratie und Korrektheit!«, schimpfte er, nahm aufgewühlt sein Geld und den Pass vom Tresen, drehte sich um und steuerte mit hochrotem Kopf den Ausgang an.

Kaum hatte er den Terminal verlassen, lief er direkt in einen dunkelhaarigen Mann, der einfach an ihm abprallte und zu Boden ging.

»Ei! Kennen wir uns nicht? Ich habe dich doch vor zwei Wochen frühmorgens in die Innenstadt gefahren. Du bist doch Dimitrios, oder? Ich bin es, Stefanos.« Der Taxifahrer reichte Dimitrios die Hand und ließ sich wieder auf die Beine helfen. »Und, wie ist es dir im Paradies bisher ergangen?«

Dimitrios zog leidend die buschigen Augenbrauen zusammen.

»Mach dir keine Sorgen, bei mir lief es am Anfang auch

nicht so wie gedacht! Eigentlich wollte ich hier als Elektroingenieur arbeiten. Nun fahre ich eben Taxi.« Er lächelte in Dimitrios' sorgenvolles Gesicht und klopfte ihm aufmunternd auf die breiten Schultern. »Hast du Lust auf ein spätes Mittagessen bei meinem Onkel?«

Dimitrios nickte.

Das Restaurant Serifos lag im Souterrain eines grauen Mietshauses an der Kaiserin-Augusta-Allee und war in der Nachbarschaft für seine üppig bestückte Grillplatte »Aphrodite« mit Pommes frites, Zaziki und Krautsalat bekannt.

Als Dimitrios die spärlich beleuchteten Treppen hinablief, stieß er sich den Kopf an der schräg abfallenden Decke. Grau-feuchter Putz blieb in seinen Locken hängen. Gebückt und mit schmerzverzerrtem Gesicht folgte er Stefanos in den Gastraum hinein. Als er sich dort aufrichtete, war es ihm, als befände er sich in einer Taverne am Hafen seiner Heimatinsel. Eine wohlige Wärme durchflutete seinen Körper. Auf dem sauberen Mosaiksteinboden standen in Reih und Glied einfache abgebeizte Holztische mit jeweils vier blaulackierten Flechtstühlen. Die Wände waren liebevoll mit einem abendlichen Hafenszenario bemalt worden, das dezent ausgeleuchtet war. Über dem Tresen hing ein altes Fischernetz, in das eine Lichterkette geflochten war und so fast perfekt die Illusion eines greifbaren Sternenhimmels vermittelte. Aus unsichtbaren Boxen schallte kaum hörbar Mikis Theodorakis' Filmmusik zu »Alexis Sorbas«.

Auf einmal wurde der Korkvorhang, der den öffentlichen Bereich von der Küche trennte, zur Seite geschoben. Heraus trat eine kleine, in Schwarz gekleidete Frau, die ebenso dick wie groß war. Ihr faltiges Gesicht begann zu strahlen.

»Stefanos! Heute schon so früh? Und du hast einen Freund aus der Heimat mitgebracht, wie schön!«, begrüßte sie ihren Neffen auf Griechisch und umarmte ihn herzlich. »Aber Stefanos, wo sind deine Manieren geblieben? Willst du uns nicht einander vorstellen?« Sie kniff ihm mütterlich in die Wange und drehte sich interessiert zu Dimitrios.

»Das ist meine liebe Tanta Daphne Basdeki. Und hier haben wir Dimitrios Galanis aus Athen.«

»Nein, ich komme von der Insel Sifnos«, verbesserte Dimitrios ihn, das erste Mal in seinem Leben seine Herkunft nicht verleugnend.

»Dann sind wir ja Inselnachbarn! Ich habe mich schon gewundert, denn für einen Athener siehst du viel zu gesund aus«, scherzte sie. »Nenn mich einfach Daphne.«

Sie führte die beiden Männer an einen der Tische. »So, und nun bekommt ihr erst einmal einen Wein und etwas zu essen.«

Allein bei dem Gedanken, etwas Griechisches zu sich nehmen zu müssen, fing Dimitrios' Bauch laut zu rumoren an.

»Keine Angst, Dimitrios. Ich bringe euch schon nichts von der Karte«, beruhigte Daphne ihn und verschwand flink hinter dem Korkvorhang.

Eine Dreiviertelstunde später tastete Dimitrios ungläubig seinen Bauch ab. Weder das Garnelen-Saganaki, die Kichererbsensuppe, das Pastitsio, noch das Galaktobóuriko hatten irgendwelche negativen Auswirkungen auf sein Wohlbefinden oder seinen Verdauungstrakt gehabt. Ganz im Gegenteil.

Freudig nahm er Daphne einen Ouzo aus Plomari ab,

hob das Glas, rief »Ja mas!«, leerte das Glas in einem Zug und schaute glücklich in die Gesichter seiner Landsleute. Daphne schenkte ihm nach.

»Wo treibt sich denn eigentlich Onkel Alexis herum?«, fragte Stefanos seine Tante.

»Frag lieber nicht. Er muss morgen die Steuererklärung vom vorletzten und vergangenen Jahr abgeben. Und seiner Laune nach zu urteilen, ist er noch nicht einmal mit dem Sortieren der Belege fertig.« Schnell bekreuzigte sich Daphne mit Daumen, Zeige- und Mittelfinger auf die Stirn, die Brust und dann die rechte und linke Schulter.

»Vielleicht kann ich ja helfen? Ich kenne mich ein wenig aus mit dem Steuerrecht«, bot Dimitrios an.

»Das ist sehr freundlich von dir, aber ich rede nicht vom griechischen, sondern vom dem deutschen Finanzamt.«

»Ich doch auch«, antwortete Dimitrios. Selbstbewusst stand er auf und öffnete sein Jackett. »Wo geht es zu deinem Mann?«

Alexis Basdekis saß schnaufend im hinteren Teil der penibel sauber gehaltenen Küche auf einem für seinen schwammigen Körper viel zu kleinen Hocker. Verzweifelt schob er seine Lesebrille von der Nase auf seine verschwitzte Stirnglatze und war kurz davor, den zwischen ihm und der Tiefkühltruhe liegenden Papierberg zurück in die Retsina-Kiste zu stopfen und sie in den Altpapiercontainer zu werfen.

»Beim Ares! Dann sollen sie mich eben zwangsveranlagen«, schimpfte er kurzatmig, rieb seine schmerzenden Augen und griff zum Weinglas.

»Alexis, der Wein hilft uns jetzt auch nicht weiter!«, ermahnte ihn seine streng dreinblickende Frau, als sie mit Dimitrios die Küche betrat. »Das hier ist Herr Galanis, er ist so freundlich und hat uns seine Hilfe angeboten.«

Unter Mühen stand Alexis auf und reichte Dimitrios die Hand. »Und Sie kennen sich wirklich mit Steuererklärungen aus?«, fragte er seinen Landsmann skeptisch.

»Theoretisch ja. Praktisch? Das wird sich zeigen, Herr Basdekis. Ich würde vorschlagen, dass wir als Erstes ein wenig Ordnung in Ihre Dokumente bringen«, schlug Dimitrios vor. Er zog sich sein Jackett aus und krempelte die Ärmel hoch.

Um achtzehn Uhr schickte Dimitrios Stefanos mit einer umfangreichen Liste in das nächstgelegene Fachgeschäft für Bürobedarf, beteuerte Herrn Basdekis, dass er absolut nichts dagegen einzuwenden hätte, wenn dieser jetzt zu seinem Backgammonturnier in das Kulturzentrum gehen würde, und ließ sich von Daphne das Telefon bringen.

»Guten Abend, Liselotte, hier spricht Dimitrios. Ihr braucht nicht mit dem Abendbrot auf mich zu warten, ich bin beruflich noch eingespannt«, entschuldigte er sich.

»Wie wunderbar! Ich habe es dir doch gesagt, es wird sich alles finden. Wann dürfen wir denn mit dir rechnen?«

Dimitrios betrachtete zweifelnd die sorgsam nach Jahr und Monat sortierten Papierberge, die vor ihm lagen. »Ich glaube, es wird spät.«

»Dann stelle ich dir dein Abendbrot in den Kühlschrank. Ich bin ja so stolz auf dich! Aber nun will ich dich nicht länger aufhalten.«

Dimitrios wurde rot und fragte, ob er noch kurz mit

Barbara sprechen könne. Schnell klärte er mit ihr einige Detailfragen, legte auf und machte sich konzentriert wieder an die Arbeit.

Um sechs Uhr morgens servierte Daphne Dimitrios den vierten griechischen Kaffee und setzte sich müde neben ihn. Genüsslich roch Dimitrios daran und nahm einen Schluck.

»Was meinst du, schaffst du es noch rechtzeitig?«, fragte Daphne ihn erschöpft.

Dimitrios hob seinen linken Zeigefinger, notierte schnell noch etwas und schob Daphne dann zufrieden zwei Formulare zu.

»Fertig! Du musst nur noch hier und hier auf der linken Seite unterschreiben. Und dein Mann, wenn er wieder ansprechbar ist, auf der rechten. Dimitrios deutete etwas entnervt auf den in einer Ecke vor sich hinschnarchenden Herrn Basdekis, der erst vor zwei Stunden den Weg nach Hause gefunden hatte.

Besorgt signierte Daphne die Erklärungen an den markierten Stellen. »Kannst du abschätzen, wie hoch die Nachzahlungen sein werden?«

»Nachzahlungen? Ich hoffe doch nicht. Nach meinen Berechnungen solltet ihr etwas herausbekommen.«

»Dreistellig?«, fragte Daphne, auf einmal hellwach, nach.

»Eher vierstellig!«

»Dimitrios, dich hat uns der Olymp geschickt!« Sie fiel Dimitrios um den Hals.

»Eher Stefanos. Und wenn ich noch etwas empfehlen dürfte: Dein Mann sollte dir das Restaurant überschreiben, das würde sich nach meiner Einschätzung nicht nur steuerlich bezahlt machen.«

Liebevoll schaute Daphne zu ihrem Mann hinüber, dessen voluminöser Bauch sich regelmäßig hob und senkte.

»Das kann ich Alexis nicht antun«, sagte sie kopfschüttelnd. »Das würde den letzten Funken Stolz, den er noch in sich trägt, auslöschen.«

»Ich verstehe nur zu gut, was du meinst. Entschuldige bitte, Daphne.« Peinlich berührt erhob sich Dimitrios, packte seine Sachen zusammen und zog sich das Jackett über.

»Was sind wir dir denn überhaupt schuldig?«, fragte Daphne dankbar.

Daran hatte Dimitrios bisher überhaupt nicht gedacht. Er hatte einfach helfen wollen, genauso wie ihm geholfen wurde.

»Wenn du mich weiterempfehlen würdest, würde mir das schon reichen«, stammelte Dimitrios verlegen und notierte seine Telefonnummer auf einen Kellnerblock.

»Das kommt überhaupt nicht in Frage! Auch ich habe meinen Stolz.« Mit straffem Schritt ging Daphne zum Tresen, holte das Kellner-Portemonnaie aus der Schublade, entnahm daraus dreihundert Euro und überreichte Dimitrios das Geld. »Keine Widerrede!«

Als Dimitrios um halb acht völlig ausgelaugt das Wohnhaus erreichte, sah er gerade noch, wie Barbara um die Ecke bog. Er überlegte kurz, ob er ihr hinterhereilen sollte, entschied sich aber dagegen und schloss die Haustür auf. Im Gang versperrte ihm Herr Held mit einem Grinsen den Weg.

Auch das noch!, dachte Dimitrios.

»Aha, Frau Günthers Beschützer kommt von seinen dubiosen Nachtaktivitäten nach Hause«, giftete er Dimitrios an. »Das wird ihr aber auch nichts nützen – das habe ich übrigens gerade auch Ihrer Freundin versucht klarzumachen! Aber wenn ich Sie schon einmal antreffe: Hier ist die erste Abschlagszahlung für die Handwerker. Zahlbar ohne Abzug binnen drei Tagen! Und sobald wir mit dem Treppenhaus fertig sind, fangen wir mit dem Dach an!«

Triumphierend überreichte Herr Held ihm einen blütenweißen Umschlag. Ohne ihn zu öffnen, verstaute Dimitrios ihn in seiner Aktentasche, schob sich an Herrn Held vorbei und stieg das Treppenhaus hoch. Er wollte nur noch eins: ins Bett.

»Ach du liebe Güte, wie siehst du denn aus? Hast du etwa die gesamte Nacht durchgearbeitet?« Besorgt nahm ihm Liselotte die Tüte und die Aktentasche ab.

»Am Mittag erstatte ich euch genau Bericht. Aber jetzt muss ich schlafen!« Er ging schnurstracks in sein Zimmer, ließ sich angekleidet auf die Chaiselongue fallen und schlief sofort ein.

Zwei Stunden später betrat Liselotte peinlich berührt mit dem Telefon in ihrer Hand das Zimmer ihres Untermieters.

»Dimitrios, Dimitrios! Wach auf!,« weckte sie ihn flüsternd.

Grunzend öffnete er seine Augen. Er sah aus, als ob er nicht wüsste, wo er sich befand.

»Es tut mir furchtbar leid, aber die Dame am Telefon ließ sich einfach nicht abwimmeln. Ich glaube, es handelt sich um einen Notfall!« Sie überreichte Dimitrios den Hörer.

»Ja, Galanis hier!« Er räusperte sich in die Muschel und richtete sich auf.

»Fortuna sei Dank! Hier spricht Adamantia Sazidou von dem griechischen Feinkostgroßhandel Sazides und Söhne.

Meine Schwägerin Daphne war so lieb, mir Ihre Nummer zu geben. Ich glaube, mein Mann hat im Trubel des Tagesgeschäftes einige Fristen versäumt. Wann können Sie bei uns sein? Nein, am besten schicke ich Ihnen meinen Jüngsten, der holt Sie ab. Sagen wir in einer Viertelstunde. Dann bräuchte ich noch Ihre Adresse!«, kam es aufgeregt aus dem Hörer herausgesprudelt.

Dimitrios setzte sich auf die Bettkannte. »Schicken Sie ihn in einer halben Stunde in die Damaschkestraße sechsunddreißig, Frau Sazidou.«

Gähnend beendete er das Gespräch, stand auf und gab Liselotte das Telefon zurück.

»Ich platze vor Neugierde. Jetzt musst du mir aber endlich verraten, was du die ganze Nacht getrieben hast und warum du bereits jetzt wieder losmusst. Und dazu noch zu einer derart aufgebrachten Frau!«

Dimitrios schaute an seinem zerknitterten Anzug herunter. »Könnte ich mich bitte zuerst ein wenig frisch machen?«

»Wenn es denn unbedingt sein muss! Dann werde ich uns in der Zwischenzeit einen Kaffee aufsetzen.«

Keine zehn Minuten später betrat Dimitrios rasiert und geduscht die Küche, nahm seine Tasse entgegen, setzte sich an den Küchentisch und begann zu erzählen.

»Habe ich das richtig verstanden, Dimitrios? Dein neues Betätigungsfeld besteht darin, deinen Landsleuten dabei zu helfen, in Deutschland Steuern zu sparen?«, vergewisserte sich Liselotte, nachdem er seinen Bericht beendet hatte.

Dimitrios nickte und biss nachdenklich in sein Croissant. Von der Seite hatte er die ganze Geschichte noch nicht betrachtet. Zufrieden nahm er einen Schluck Kaffee.

»Die Ironie des Schicksals, Liselotte.«

»Ach, wie wundervoll das Leben doch sein kann! Und wenn man es genau nimmt, Dimitrios, ist deine Tätigkeit auch eine Art von Entwicklungshilfe.«

Ein impertinentes Hupen riss sie aus ihrem Lachen heraus. Neugierig gingen sie zum Wohnzimmerfenster. Auf der Straße stand in der zweiten Reihe ein Transporter, an dessen Seite ein überquellendes Füllhorn abgebildet war, das auf einer antiken Säule lag. Darüber hing schützend ein halbrundes Dach aus Buchstaben.

»Sazides und Söhne«, las Liselotte vor.

Es hupte schon wieder.

»Das ist für mich. Und ich fürchte, dass ich es auch heute nicht zum Abendessen schaffen werde.«

Dimitrios nahm seine Aktentasche und die Tüte von der Garderobe, eilte die Treppen hinunter und verließ das Haus. Als er gerade die Beifahrertür des Lieferwagens öffnen wollte, nahm er Herrn Held und einen Bauarbeiter auf der gegenüberliegenden Straßenseite wahr. Gemeinsam standen sie leicht gebeugt vor der Motorhaube eines goldenen Mercedes, auf der ein großer Plan ausgebreitet war. Dimitrios grinste, nahm die Hand vom Türgriff und schlenderte zu den beiden Herren hinüber.

»Betrachten Sie dies als Anzahlung, Herr Held. Ende der Woche erhalten Sie den Rest.« Genüsslich legte er den Lohn der vergangenen Nacht auf den Bauplan, zückte den Quittungsblock und füllte ihn aus. »Wenn Sie mir dann noch bitte den Erhalt der Summe gegenzeichnen würden?«

Herr Held starrte ungläubig auf das Geld. Es hupte erneut.

»Zeit ist Geld, Herr Held. Bitte! Ich habe noch zu tun«, forderte ihn Dimitrios freundlich, aber bestimmt auf und reichte ihm einen Kugelschreiber.

22.

»Nein, Herr Thessaloniki, Herr Galanis ist noch nicht zu sprechen! Und außerdem haben wir Sonntag …« Barbara bemühte sich vergeblich, den hysterischen Anrufer zu unterbrechen.

Ihr gegenüber saß Liselotte am Frühstückstisch, rollte mit den Augen und stand schließlich entschlossen auf und verließ die Küche.

»Ja, was glauben Sie, wie viele Notfallanrufe wir bereits in den letzten drei Tagen entgegengenommen haben. Bitte versuchen Sie es erneut am Montag ab …« Plötzlich brach die Verbindung ab. Verwundert betrachtete Barbara den Telefonhörer.

»Und wage es nicht, vor morgen früh den Stecker wieder einzustöpseln!«, rief ihr Liselotte mahnend vom Türrahmen zu. Zufrieden setzte sie sich und nahm ein Pita-Brot aus einer der unzähligen weißen Plastiktüten in der Küche. Unschlüssig überlegte sie, ob sie es mit etwas Auberginenpaste, dem scharf angemachten Schafskäse oder doch dem Taramas bestreichen sollte. Sie entschied sich für den Schafskäse und biss in das Brot.

»Wenn sich Dimitrios seinen Lohn weiterhin in Naturalien auszahlen lässt, dann können wir bald mit Ramón einen Feinkosthandel aufmachen. Wer soll das alles nur verzehren?«, seufzte Barbara, ließ sich neben Liselotte auf einen

Stuhl plumpsen und schraubte ein Fünf-Kilo-Glas Kalamata-Oliven auf.

Im selben Augenblick wachte Dimitrios aus seinem traumlosen Schlaf auf. Erschöpft, aber zufrieden rieb er sich die Augen, setzte sich auf die Bettkante, gähnte herzhaft und verharrte dort einen Augenblick.

»Dann wollen wir einmal sehen, ob es reichen wird.«

Er stand auf und zog den Bademantel über. Voller Stolz leerte Dimitrios seine Anzugtaschen, nahm aus einer Plastiktüte auf dem Boden mehrere fettige Zehn- und Zwanzig-Euro-Scheine, öffnete seine Aktentasche und fand endlich unter den Sardinenbüchsen das zusammengerollte Bündel Geldscheine und die Rolle Ein-Euro-Münzen. Er breitete das Geld auf der Tischplatte des Sekretärs aus, sortiere es und zählte es vier Mal ab.

Erst dann traute sich Dimitrios den Umschlag mit der Abschlagsrechnung zu öffnen. Er kontrollierte mehrmals den dort aufgeführten Betrag mit seiner Addition und zog dann die bereits entrichteten dreihundert Euro davon ab. Ein Grinsen huschte ihm über sein unrasiertes Gesicht. Es blieb ja sogar noch etwas übrig. Da würden die Damen aber staunen!

Dimitrios wollte sofort loseilen, um mit geschwellter Brust den Gewinn der ersten Schlacht zu verkünden. An der Zimmertür angelangt, besann er sich jedoch.

Nein, er würde Liselotte und Barbara zum Essen ausführen! Das hatten sie sich redlich verdient. Und beim Dessert würde er wortlos die Rechnung und das Geld auf den Tisch legen!

Leise öffnete er die Tür und schlich ins Bad, um sich dem Anlass entsprechend zurechtzumachen.

»Das ist furchtbar lieb von Ihnen, Dimitrios. Aber wir haben doch noch den Hammeleintopf im Kühlschrank!«, gab Liselotte zu bedenken, als Dimitrios um zwölf Uhr geschniegelt und gestriegelt vor ihnen stand.

»Abgesehen von dem Moussaka und den eingelegten Calamari«, ergänzte Barbara.

»Ich kann einfach kein griechisches Essen mehr sehen«, erwiderte Dimitrios. »Und außerdem habe ich die vergangenen fünf Tage und Nächte in Küchen oder Lagerräumen gesessen. Ich muss dringend einmal wieder an die frische Luft und Sonne tanken.«

»Durchaus verständlich, Dimitrios. Und um ehrlich zu sein ist es eine Ewigkeit her, seit ich zum letzten Mal von einem so jungen wie aparten Mann zu einem solchen Vergnügen aufgefordert wurde.«

»Und ich noch nie! Das heißt, bisher nur zu einer Flasche Tequila«, scherzte Barbara.

»Geben Sie uns eine halbe Stunde, dann sind wir ausgehfein! Ich bin ja schon so gespannt, wohin du uns ausführen wirst.« Liselotte zwinkerte Dimitrios keck zu, nahm Barbara an der Hand und verschwand mit ihr im Bad.

Ja, wohin bloß?, fragte er sich ratlos. Er kannte ja nur griechische Restaurants. Er überlegte kurz, ging zur Garderobe und griff zum Telefon.

»Hallo, Ramón. Entschuldige, dass ich dich am Sonntag störe, aber ich brauche dringend deine Hilfe! Kennst du ein Restaurant mit Niveau, in das ich Liselotte und Barbara ausführen kann? Aber unter keinen Umständen ein griechisches!«

Zwanzig Minuten später war Dimitrios' Blatt auf der Vorder- und Rückseite vollgeschrieben. Nervös schaute er auf die Uhr. »Ich denke, das wird reichen, Ramón. Vielen Dank!«

Er verstaute den Zettel in der Innentasche des Jacketts und wartete geduldig auf das Erscheinen der Damen. Als nach einer weiteren Viertelstunde im Bad der Föhn zu hören war, zuckte Dimitrios mit den Schultern. Das würde dann wohl noch eine Weile dauern, schlussfolgerte er und ging in sein Zimmer.

Eine Stunde später wurde Dimitrios von einem zaghaften Klopfen geweckt. Er schreckte hoch, verlor auf dem Schreibtischstuhl, auf dem er anscheinend eingenickt war, das Gleichgewicht, ruderte vergeblich mit den Armen, kippte langsam, aber unaufhaltsam um und schlug unsanft auf dem Fischgrätenparkett auf. In dem Moment öffnete sich die Zimmertür. Was Dimitrios beim Eintreten der beiden Damen zu sehen bekam, verscheuchte den Schmerz, der sich gerade in seinem Rücken ausbreiten wollte. Liselotte trug ein champagnerfarbenes, dezent ausgeschnittenes und fast bodenlanges Sommerkleid und einen dazu korrespondierenden Strohhut, während Barbara in einer weißen, leicht durchsichtigen Bluse stecke, dazu einen enganliegenden, knielangen schwarzen Rock trug, der über ihrem Babybauch etwas spannte. Mit ihren hochgesteckten Haaren erinnerte sie ihn an Audrey Hepburn. Um sicherzugehen, dass es sich nicht um einen Traum handelte, kniff er mehrmals die Augen zusammen.

»Wenn du mit deiner Zwinkerei fertig bist, wäre es schön, wenn du aufstehen würdest, Dimitrios. Wir wären dann so weit.« Lächelnd reichte ihm Liselotte die Hand.

Kurz darauf verließ Dimitrios, stolz wie ein italienischer Brautvater, mit Liselotte an seinem rechten und Barbara an seinem linken Arm das Haus. Er bedeutete den Damen kurz zu warten, trat an den Straßenrand und winkte ein vorbeifahrendes Taxi zu sich. Höflich öffnete er die Fondtüren, half zuerst Liselotte und dann Barbara beim Einsteigen und nahm selbst neben dem Fahrer Platz.

»Und wohin soll die Sonntagsausfahrt gehen?«, fragte der bärtige Chauffeur, der seinen Blick nicht von Barbara lösen wollte, in den Rückspiegel hinein.

Umständlich holte Dimitrios seine Liste hervor, entfaltete sie und entschied sich kurzerhand für die erste Adresse, die ihm Ramón diktiert hatte.

»Bitte fahren Sie uns in das Restaurant Borchardt in die Französische Straße.«

»Ach, ins Borchardt! Dimitrios, wie wundervoll! Dort war ich das letzte Mal im November 1944 mit meinem Franz Ferdinand«, schwärmte Liselotte auf dem Hintersitz. Sie beugte sich vor und streichelte Dimitrios über die Schulter. »Aber ich dachte, sie hätten das Lokal bereits 1949 geschlossen.«

Nicht nur Dimitrios genoss die Blicke der Passanten, als sie aus dem Taxi ausstiegen und die wenigen Meter zum Restaurant gingen.

Als ob man sie bereits erwartet hätte, begrüßte sie ein beschürzter Kellner vor der Tür, machte einen Diener und erlaubte sich, seine Gäste an einem der Tische auf der kleinen Terrasse zu platzieren.

Kaum hatte Dimitrios den Damen den Stuhl untergeschoben, erschien ein weiterer Angestellter, überreichte ihnen die Karten, stellte sich brav neben sie, räusperte sich kurz und leierte mantraartig die Tagesempfehlungen herunter, ohne ein weiteres Mal Luft holen zu müssen. Liselotte entschied sich für den Sommersalat mit Saibling auf Rieslingschaum und Barbara für das Kalbsschnitzel. Nur Dimitrios schaute nach wie vor ungläubig in die Karte und suchte verzweifelt nach einem günstigen Gericht, das gerade noch so als Hauptgang durchgehen könnte. Sein Blick blieb an dem Chateaubriand hängen, irrte dann fassungslos nach rechts zum Preis.

»Ein Chateaubriand für ...« Weiter kam er nicht.

»Eine sehr gute Wahl, der Herr! Dann werde ich Ihnen noch ein Flasche Wasser und die Weinkarte bringen.« Der Kellner klickte mit seinem Kugelschreiber, nahm ihnen die Speisekarten aus der Hand, machte auf der Hacke kehrt und war auch schon verschwunden.

»Aber Dimitrios! Können wir uns das denn überhaupt leisten?«, scherzte Liselotte. Sie lehnte sich zurück und reckte ihren Kopf der Sonne entgegen. Barbara tat es ihr gleich.

Anstatt die wärmenden Strahlen zu genießen, kalkulierte Dimitrios die zu erwartenden Kosten. Es wurde ihm ein wenig schlecht dabei. Schwindelnd hob er den Kopf und fixierte den VW-Bus, der auf der gegenüberliegenden Straßenseite im Halteverbot stand. Nach einer Weile entzifferte er das Graffiti, das den Bus zierte: »Hang Loose«. Locker bleiben? Er musste unwillkürlich auflachen.

»Meine Damen, mein Herr! Ein Gruß aus der Küche, etwas Brot, Salbei- und Bärlauchbutter!«, verkündete der Kellner.

»Aber das haben wir nicht bestellt!«, erwiderte Dimitrios empört.

»Keine Sorge, der Herr. Wir sind hier nicht im Süden.

Das gibt es bei uns gratis.« Flink verteilte er seine Last auf den kleinen Tisch.

Was soll's, hang loose, dachte Dimitrios, griff zum Buttermesser und überlegte, ob er zum Nachtisch die Bayrisch Creme oder lieber das Sorbet nehmen sollte.

Nachdem der Kellner die leeren Teller abgetragen, eine Flasche Pouilly Fumé entkorkt und eingeschenkt hatte, hob Liselotte das Weinglas und prostete Dimitrios zu.

»Aber jetzt erklär uns doch einmal, womit wir das alles hier verdient haben.«

»Das würde ich auch gern wissen. Hat es vielleicht etwas mit deiner illegalen Tätigkeit zu tun?«, warf Barbara vergnügt ein.

»Illegale Tätigkeit?«, rief Dimitrios entsetzt aus.

»Nicht, dass es mich stört«, sagte Barbara entschuldigend, »aber du bist hier nicht polizeilich gemeldet, hast keine Steueridentifikationsnummer und bist nicht dazu berechtigt, in Deutschland als Steuerberater zu arbeiten. Ergo ist das, was du hier tust, völlig illegal. Prost!« Sie hob ihr Mineralwasserglas.

Dimitrios wurde aschfahl.

»Aber mach dir keine Sorgen«, schob Barbara beruhigend nach. »Deine Landsleute halten garantiert dicht, und auf uns kannst du dich auch verlassen. Ist es denn das Risiko wert?«

Liselotte rutschte aufgeregt auf ihrem Sitzkissen hin und her und versuchte vergeblich, in Dimitrios' versteinerter Miene eine Antwort auf Barbaras Frage abzulesen. Sie freute sich diebisch, nun auch noch Teil einer illegalen, konspirativen Gruppierung zu sein. Es erschien ihr, als ob eine Stunde vergangen sei, als er endlich seinen Mund öffnete und zu reden begann.

»Um ehrlich zu sein, habe ich mich in meinem ganzen Leben noch nie so lebendig gefühlt, auch wenn ich weiß, dass es im Prinzip falsch ist, was ich tue. Aber wie sagt man so schön: Der Zweck heiligt die Mittel. Und ja, es lohnt sich auch finanziell. Zumindest können wir damit die erste Abschlagszahlung für das Treppenhaus begleichen.«

Er strahlte die beiden Damen an, griff in die Innentasche seines Jacketts, holte das Bündel Geldscheine hervor und legte es in die Mitte des Tisches. Nicht nur der Kellner, der ihnen gerade die Hauptspeisen servierte, sondern auch die russischen Gäste am Nachbartisch, die einen angeborenen Riecher für Geld hatten, betrachteten neugierig die Szene.

»Mein Held!«, rief Liselotte schwärmerisch aus.

Dimitrios platzte fast vor Stolz.

Barbara hingegen geriet ins Grübeln: »Das ist ja großartig! Aber wird es denn auch für das gesamte Treppenhaus reichen? Und was ist mit dem Dach? Das ist sicherlich noch viel teurer. Und dann ist da noch der Kredit! Den können wir auch getrost vergessen.« Doch sogleich hätte sie sich für ihre Gedanken ohrfeigen können. Anstatt einmal, nur ein einziges Mal in ihrem Leben einen solch wunderbaren Tag in vollen Zügen zu genießen, fing sie schon wieder mit ihrer beknackten Bedenkenkrämerei an! Ärgerlich starrte sie auf den vollgeschmierten VW-Bus auf der anderen Straßenseite, dessen Hintertüren sich gerade langsam öffneten.

Zuerst fielen einige leere Bierdosen heraus, dann ein Skateboard, gefolgt von einem schimpfenden jungen Mann in ausgewaschenen Shorts. Er bückte sich, klaubte den Unrat von der Straße auf und warf ihn in den Wagen zurück. Er schlug die Türen zu, streckte sich, strich sein zerzaustes, von der Sonne gebleichtes Haar aus dem Gesicht, zog sein

T-Shirt herunter, auf dem eine rote Handgranate prangte, und schlenderte dann gemächlich in Richtung Friedrichstraße. Barbara fiel das Wasserglas aus der Hand.

»Das ist er! Das ist Marc!«, schrie sie aufgeregt.

»Wer ist wo?«, fragten Liselotte und Dimitrios verständnislos.

»Der Vater meines Kindes!« Barbara sprang auf, um Marc nicht aus den Augen zu verlieren.

»Der Vater deines Kindes? Wo?« Eifersucht und Ärger stiegen in Dimitrios auf.

»Da hinten, dort läuft er!«

»Ja, was trödeln wir noch rum? Nichts wie hinterher!«, schimpfte Liselotte und ließ sich aus dem Stuhl helfen.

Als sie zwanzig Meter gerannt waren, fiel Dimitrios plötzlich ein, dass er in der Hektik das Geld auf dem Tisch hatte liegen lassen. Er zögerte keinen Moment. Es gab Wichtigeres im Leben.

»Wir müssen auf die andere Straßenseite, sonst verlieren wir ihn!«, rief Barbara atemlos. Sie wollte gerade auf die Fahrbahn spurten, als sie von Dimitrios zurückgezogen wurde. Ein Abschleppwagen mit Warnlicht rumpelte dicht an ihrem Kopf vorbei. Mit klopfendem Herzen taumelte sie zurück. Währenddessen schritt Liselotte todesmutig mit weit ausgebreiteten Armen auf die Straße und stoppte den Verkehr. Wie eine Gänsemutter gab sie acht, dass ihre Schützlinge sicher die Straße überquerten, und folgte ihnen dann.

Barbara sah gerade noch, wie Marcs wippender Kopf um die Ecke verschwand.

»Oh Gott, wir verlieren ihn!« Ihr schossen die Tränen in die Augen.

»Nein, das werden wir nicht«, rief ihr Dimitrios zu und

rannte voraus. Bereits an der Ecke zur Friedrichstraße holten ihn die Damen wieder ein. Dimitrios stand schwer keuchend, die Hände auf die Oberschenkel gestützt, am Straßenrand.

»Ist er dir entwischt?«

»Warum bist du ihm denn nicht weiter gefolgt?«

»Keine Sorge, er ist soeben in diese Kaffeekapsel-Boutique dort gegangen.« Dimitrios deutete völlig außer Atem auf die andere Straßenseite.

»Na, dann los, den schnappen wir uns!«, gab sich Liselotte kämpferisch.

Als sie sich gemeinsam durch die Glastür drängelten, wurde Marc gerade von zwei Kaffee-Hostessen umgarnt, als ob er George Clooney wäre. Die eine reichte ihm verführerisch lächelnd eine dampfende Probetasse, während die andere ihm unverhohlen auf den Po schaute. Liselotte drängte die empört aufschreienden Damen zur Seite und baute sich drohend mit ihrem Strohhut in der Hand vor ihm auf.

»Haben wir dich endlich, du Früchtchen!«

Dimitrios trat schützend hinter Liselotte und funkelte Marc scharf an.

»So eine Unverfrorenheit! Einfach ein Mädchen zu schwängern, sich dann aus dem Staub zu machen und sich hier in aller Seelenruhe von diesen ... Damen Kaffee reichen zu lassen, als ob, als ob es ...«

»Ein Liebestrank wäre!«, beendete Liselotte den Satz und hielt Marc am Oberarm fest.

Sprachlos betrachtete Marc die adrett gekleidete ältere Dame, die ihm am Gehen hindern wollte, und den zwei Meter großen Südländer, der bedrohlich hinter ihr stand und offenbar kurz vorm Explodieren war. Er verstand kein Wort von alldem, was sie ihm da an den Kopf schmissen. Eigentlich wollte er, wie jeden Morgen, seit er aus seiner WG herausgeflogen war und im Bus wohnte, nach dem Aufstehen in aller Ruhe seinen Gratiskaffee trinken und dann schauen, was der Tag für ihn auf Lager hatte. Nicht, dass er mit etwas Besonderem gerechnet hätte. Seitdem er im Berghain Barbara begegnet war, eine Nacht mit ihr hatte verbringen dürfen und dann ihre Spur auf unverständliche Weise in der Stadt verloren hatte, war eh nichts mehr wie vorher. Und nun auch noch das.

Jetzt nur nichts Falsches sagen, dachte er alarmiert und überlegte krampfhaft, wie er schnellstmöglich unversehrt aus dem Laden gelangen könnte. Er sah sich vorsichtig um. Hinter dem großen, gelockten Mann trat plötzlich eine junge Frau hervor, die er zu kennen meinte. Sie schaute ihn auf eine Weise an, dass es ihm heiß und kalt den Rücken herunterlief.

»Marc!«, sagte sie schüchtern. Dann blickte sie beschämt zu Boden.

Marc konnte sich nicht daran erinnern, woher sie sich kennen sollten. Sie wusste es anscheinend. Aber das war ihm egal. Total egal sogar. Sie war einfach bezaubernd, auf eine natürliche Weise unglaublich hübsch, schüchtern und zugleich herausfordernd und elegant. Er traute sich, an ihr herunterzuschauen und entdeckte unter ihrem enganliegenden Rock einen kleinen Babybauch. Aber da er sie nicht kannte, hatte er auch nicht mit ihr schlafen können. Leider!, dachte er und musste schmunzeln.

»Du erkennst mich nicht mehr, oder?« Barbara öffnete ihr hochgestecktes Haar, schüttelte es und band es zu einem Pferdeschwanz zusammen. Dann holte sie ein kleines Päckchen Feuchttücher aus der Handtasche, wischte sich das Make-up und den roten Lippenstift ab, lächelte zaghaft und sagte: »Tequila Bums.«

Bei Marc machte es endlich klick.

»Weißt du überhaupt, wo ich dich schon überall gesucht habe? Ich war sogar in Charlottenburg!«, jubelte er, drückte der sichtlich enttäuschten Kaffee-Hostess die Tasse in die Hand, hob Barbara hoch, küsste sie und wirbelte sie herum.

»Vorsichtig! Sie ist schwanger!«, ermahnte ihn Dimitrios, der seine väterliche Eifersucht immer noch nicht unter Kontrolle hatte.

Gerührt betrachtete Liselotte das Paar und musste an den Tag denken, als plötzlich ihr Franz Ferdinand aus der russischen Kriegsgefangenschaft heimgekehrt war und vor ihrer Tür gestanden hatte, und sie ihn zuerst auch nicht wiedererkannte. Sie setzte sich auf einen der Barhocker.

»Sagen Sie, führen Sie auch Branntwein? Ein Likör würde zur Not auch gehen«, wandte sie sich an eine Verkäuferin, die verneinend den Kopf schüttelte. Erst jetzt bemerkte Liselotte, wie hungrig sie eigentlich war. Marc küsste Barbara ein letztes Mal, schaute ihr tief in die Augen und setzte sie wieder ab.

»Und das Kind ist echt von mir?«, fragte er sie begeistert.

»Ja!«

»Sicher?«

»Sicher!!«

»Wow!«

Marc ging auf die Knie und legte sein Ohr vorsichtig auf den Babybauch. Er lauschte eine Weile dem Glucksen und Gluckern, das im Inneren von Barbaras Körper herrschte.

»Papa ist jetzt da!«, flüsterte er dann seinem Kind zu, stand auf und ging auf Liselotte zu.

»Ich bin Marc. Und du musst Barbaras Mutter sein.«

»Reden Sie keinen Blödsinn«, antwortete Liselotte, die sich außerordentlich geschmeichelt fühlte. »Lassen Sie uns lieber wieder zurückgehen. Ich habe meinen Fisch noch nicht einmal angerührt.« Sie rutschte vom Stuhl herunter, hakte sich bei Dimitrios unter und zwinkerte Barbara zu. »Wir laufen schon einmal vor.«

»Das darf doch nicht wahr sein, Liselotte. Die haben unseren Tisch bereits abgedeckt und neu vergeben!« Dimitrios deutete entsetzt auf das Ehepaar, das auf ihren Plätzen saß und damit beschäftigt war, sich anzuschweigen.

»Und mein Geld sehe ich auch nirgends mehr!« In Dimitrios stieg die Panik hoch. »Maître, Maître!«, rief er und lief in das Restaurant hinein. Keine fünf Minuten später kam er geknickt wieder heraus.

»Ein Missverständnis! Sie hatten gedacht, wir hätten einen Termin verschwitzt und wären deshalb so schnell aufgebrochen.«

»Und das Geld?«

»Es hat wohl gerade für die Rechnung und das Trinkgeld gereicht.« Er zuckte mit den Schultern. Sein Magen knurrte.

»Vielen lieben Dank für die Einladung, Dimitrios. Und auch wenn wir vielleicht nicht satt geworden sind, so haben wir doch zumindest Barbaras Verehrer gefunden. Außerdem steht im Kühlschrank ja noch der Hammeleintopf«, tröstete sie ihn und entdeckte dann das Liebesglück, das engumschlungen zu ihnen herangeschlendert kam. Marc musste über etwas lachen, das Barbara ihm in sein Ohr geflüstert hatte. Plötzlich hielt er inne und starrte an Liselotte vorbei auf die andere Straßenseite.

»Das gibt es doch nicht! Mein Bus! Die haben doch glatt mein Zuhause abgeschleppt! Wie soll ich mir denn das leisten?«, hörte sie ihn schreien.

»Na, nach Geld sah er eh nicht aus. Dann nehmen wir ihn halt mit zu uns!«, murmelte Liselotte zu Dimitrios und hakte sich wieder bei ihm ein.

23.

»Seit sechsunddreißig Stunden verschanzen sie sich nun schon in ihrem Zimmer. Es grenzt an ein Wunder, dass sie zumindest herauskommen, wenn sie auf die Toilette müssen. Und auch das machen sie noch gemeinsam! Dabei habe ich noch einige Fragen mit Barbara zu klären«, beschwerte sich Dimitrios am Dienstagmorgen. Er setzte sich zu Liselotte an den Küchentisch, legte sein engbeschriebenes DIN-A4-Blatt neben sich und betrachtete es sorgenvoll.

»Die haben sich bestimmt nicht nur viel zu erzählen. Ach, die Liebe, Dimitrios!« Liselotte geriet ins Träumen. »Aber was erzähle ich dir da. Du kennst das ja aus eigener Erfahrung.«

Dimitrios errötete.

Liselotte beugte sich neugierig vor. »Nein, Dimitrios. Jetzt sag nicht, dass du …«

Er war Marc dankbar dafür, dass er in diesem Moment, nur mit Boxershorts bekleidet, die Küche betrat, zur Begrüßung das Peace-Zeichen zeigte, den Kühlschrank öffnete und den Orangensaft direkt aus der Tüte trank. Dimitrios schaute auf seine Uhr und stand auf.

»Es ist höchste Zeit für mich«, sagte er erleichtert. »Ich kann Herrn Thessaloniki nicht mehr länger warten lassen. Sonst erleidet er noch einen Infarkt.«

»Easy, Dimi, das versteh ich. Ich muss auch wieder zu

Barbara!« Marc klopfte ihm auf die Schultern und war genauso schnell verschwunden, wie er gekommen war.

»Dimi!«, wiederholte Liselotte lachend, als Dimitrios außer Hörweite war. Sie schlug die aktuelle Ausgabe der Cosmopolitan auf und las sich aufmerksam den Artikel »Wenn ältere Frauen jüngere Männer lieben …« durch.

»Du hast im Kaffeeladen gesagt, dass du sogar in Charlottenburg nach mir gesucht hättest. Stimmt das?«, fragte Barbara neugierig nach, als Marc wieder bei ihr im Bett war. Sie legte sich mit ihrem nackten Oberkörper halb auf ihn und fuhr ihm mit dem Zeigefinger zärtlich über seine Brust.

»Ja, aber das war erst am Ende meiner aussichtslosen Suche nach dir. Ich habe einen echten Marathon hinter mir. Zuerst bin ich zurück zu eurer Wohnung. Aber deine Mitbewohnerinnen haben mir nicht aufgemacht, obwohl ich sie hinter der Tür gackern gehört habe. Dann habe ich eine Woche lang jeden Tag einen Zettel mit meiner Adresse und Telefonnummer in alle Briefkästen des Hauses gesteckt. Außerdem habe ich ihn zur Sicherheit an alle Ampeln deines Viertels gehängt. Aber du hast dich nie gemeldet!«

Barbara lachte erbost auf. »Nein, zu der Zeit habe ich Gott sei Dank schon bei Liselotte gewohnt. Na warte, Isabell, wenn ich dich in meine Finger kriege! Aber warum das alles, Marc?«

»Warum? Du stellst Fragen. Ich war total verknallt in dich. Schon an der Bar hatte ich bemerkt, dass du etwas Besonderes bist. Nicht so aufgesetzt wie all die anderen, die mich eher früher als später gelangweilt haben. Du wirktest so schüchtern, aber gleichzeitig ehrlich und natürlich, wie du da am Tresen gestanden hast. Und als du dann auch noch den Tequila gemixt und heruntergestürzt hast, war es um mich geschehen.« Er küsste sie.

»Du meinst, du hast dich letztendlich in mich verliebt, weil ich ein starkes alkoholisches Mixgetränk zubereitet und getrunken habe?«

»Ja. Und gleich auch noch sieben davon!«

»Und so etwas lässt Männerherzen höher schlagen?«

»Unbedingt.«

»Und wie schaut es jetzt aus? Ich meine, ich bin schwanger. Das mit dem Trinken wird wohl für eine Weile ausfallen.«

»Ich weiß, dass du es kannst. Das reicht mir.«

»Und wie ging es dann weiter?«

»Dann bin ich drei Wochen lang Tag für Tag mit offenen Augen die Stadt abgefahren, habe die Abende im Berghain verbracht, aus Sehnsucht mein gesamtes Erspartes vertrunken, bis ich die Miete nicht mehr zahlen konnte, und bin zum Schluss aus meiner WG geflogen.«

»Und auf was genau hattest du gespart?«, fragte Barbara gerührt nach, die sich an seinen blauen Augen nicht sattsehen konnte.

»Auf ein neues Surfboard, ein paar Monate am Strand, Drinks und …« Marc geriet ins Stocken.

»Mädchen?!«

»Ja, eigentlich auch, um Girls auszuführen«, gab er ehrlich zu.

»Na super. Da habe ich mir ja einen angelacht!«, stöhnte Barbara auf und rollte von ihm herunter.

»Glaub mir, seit ich dich kennengelernt habe, ist alles anders. Ich sollte eigentlich schon längst am Atlantik sein. Aber manchmal kann man sich die Dinge eben nicht aussuchen«, meinte Marc nachdenklich.

»Wie meinst du das jetzt?«

»Sich zu verlieben, oder wessen Kind man ist.« Er lächelte und streichelte Barbaras Babybauch. »Ich zum Beispiel habe drei potentielle Väter. Der eine ist ein Neuseeländer, der sein Kurzzeitgedächtnis verloren hat, der andere ein gesuchter Haschisch-Schmuggler aus England und der dritte so eine Art Guru von wer weiß woher, der mit seiner Masche bei jeder dritten Touristin auf Selbstfindungstrip landen konnte, also auch bei meiner Mutter.«

Barbara kuschelte sich wieder näher an Marc heran. »Und hast du sie einmal kennengelernt, deine möglichen Väter?«

Marc schüttelte den Kopf. »Als ich geboren wurde, befanden wir uns bereits in einer Kommune unterhalb von San Diego an der mexikanischen Grenze. Aber immerhin hat Mama es dort ganze zwei Jahre ausgehalten. Dann ging es mit ihren ständig wechselnden Lovern quer durch Europa, Asien, Mittel-, Süd- und letztendlich wieder nach Nordamerika. Bis sie mich schließlich in Begleitung von Stiefvater Nummer elf an meinem achtzehnten Geburtstag zum Flughafen von El Paso fuhr und mich mit eintausend Dollar in den Flieger nach Berlin setzte.«

»Das ist ja der blanke Wahnsinn! Warum denn das?«, empörte sich Barbara.

»Mama war der Meinung, dass ich nun alt genug sei, um selbst die Verantwortung für mein Leben zu übernehmen.«

»Pa! Und, hast du?«

»Wie soll man etwas so Komplexes tun können, wenn es einem nie beigebracht wurde?«, rechtfertigte sich Marc. »Aber ich denke, du könntest mir dabei ein wenig unter die Arme greifen.«

Er grinste Barbara an, legte seinen Kopf in ihren Schoß, schloss die Augen und fühlte ihre Wärme. »Und wie schauen deine familiären Verhältnisse so aus?«

»Ich bin das vierte Kind und die einzige Tochter eines verwitweten polnischstämmigen Bergarbeiters, der jeden Sonntag die Messe besucht, dem seine Familie über alles geht und der mit Argusaugen darauf achtet, mit welchen Typen sein Augapfel sich so umgibt.«

»Dann hat Mama mit ihren Tarotkarten also doch recht behalten, was meine Zukunft betrifft!«

»Mit was hat sie recht behalten?«

»Dass ich nach einigen Wirren mein schwarzes, weibliches, weiches und ruhendes Yin finden werde und mit ihm die perfekte daoistische Verbindung eingehen werde. Und das bist du! Gegensätzlicher können wir nicht sein! Verstehst du, die Lehre vom Yin und Yang!«

»Und weiter?«, fragte Barbara kritisch.

Marc zuckte mit den Schultern. »Keine Ahnung, da müsstest du schon mit meiner Mutter sprechen.«

»Und hat sie auch etwas über unsere finanzielle Zukunft geweissagt?«, frotzelte Barbara.

»Eigentlich sollte ich seit heute in Hossegor an der französischen Atlantikküste sein, um bleichen Engländerinnen das Surfen beizubringen. Aber vielleicht nehmen sie mich wieder an der Akademie der Künste als Aktmodell«, überlegte Marc laut.

Barbara stieß ihm unsanft den Ellenbogen in die Rippen.

»Au! Okay, es wird sich schon irgendwie etwas anderes finden lassen!

»Irgendwie, Marc?! Wir werden Eltern, ich habe ein Studium abzuschließen, und wenn Dimitrios, Liselotte und ich nicht schnellstmöglich dreißigtausend Euro auftreiben, verliere ich auch noch mein Zimmer und kann zurück zu meinem Vater nach Bottrop. Oder sollen wir unser Kind in deinem Bus großziehen?!«

»Du studierst?!«, fragte Marc überrascht.

»Ja, Jura. Und ich bin gut darin.«

»Cool!« Marc beugte sich vor und strich ihr eine Haarsträhne hinter das Ohr. »Aber du wirst sehen, Barbara, die Dinge regeln sich meist von selbst. Wir haben uns doch auch wiedergefunden! Schau, du gehst weiter studieren, und ich werde mich um den Rest kümmern. Vertrau mir einfach«, flüsterte er ihr zu und küsste ihre Schläfe.

Barbara bekam Gänsehaut.

»Und was hat es mit diesen dreißigtausend Euro auf sich?«

»Das erzähle ich dir morgen. Meinst du nicht, wir haben jetzt genug gequatscht?«, wisperte sie und suchte mit geschlossenen Augen Marcs Mund.

Ein dezentes Klopfen ließ sie innehalten.

»Entschuldigt, dass ich störe, ihr Lieben, aber ich gehe zu Ramón«, flötete Liselotte durch die Tür hindurch. »Benötigt ihr irgendetwas Stärkendes?«

»Wenn du zufällig an einem Kiosk vorbeikommst, kannst du mir die neue Surf and Kite mitbringen«, rief ihr Marc zu.

»Sörfend Keit? Was soll das sein, Marc?«

»Surf and Kite. Das ist eine Zeitschrift für Surfer.«

»Ach, eine Zeitschrift!« Liselotte lächelte verständnisvoll und notierte sich den Namen. »Ich komme aber erst gegen Abend zurück. Macht Ihnen das etwas aus, Marc?«

»Überhaupt nicht, Lotte.«

»Lotte?! Seit meiner Schulzeit hat es nie wieder jemand gewagt, mich so zu nennen!« Liselotte versuchte, entrüstet zu klingen – vergeblich. »Nun gut. Marc, Sie dürfen das.«

Sie zog ihren Blazer an, schlüpfte in die Pumps, nahm die Handtasche von der Kommode und verließ summend die Wohnung.

24.

»Warum muss ich denn unbedingt jeden Morgen mit dir aufstehen?«, fragte Marc verschlafen, als Barbara ihm barsch das Kissen vom Kopf zog, unter dem er sich versteckt hatte.

»Hast du es vergessen, Marc? Ich bin dein dunkles Yin! Ein wenig Struktur im Tagesablauf hat noch nie geschadet, nur für den Fall, dass das mit dem ›Barbara, die Dinge regeln sich meist von selbst‹ nicht hinhauen sollte. Und nun raus aus den Federn, du Faulpelz. Dimitrios hat schon Frühstück für uns gemacht.«

»Noch zehn Minuten.«

»Fünf!«

Auf dem Gang traf Marc auf Liselotte, die genauso müde aus ihren Augen schaute wie er.

»Morgen, Lotte. Die beiden sind ja nicht zu stoppen! Und das in dieser Häufigkeit und zu dieser unchristlichen Uhrzeit.«

»Ja, ich musste mich auch erst daran gewöhnen, Marc.« Liselotte gähnte und schnürte sich den Bademantel zu.

Gemeinsam betraten sie die Küche. Marc schaute erstaunt zum Frühstückstisch, an dem Barbara und Dimitrios bereits vor einem Haufen Formulare saßen und miteinander diskutierten. Sie hatten weder von ihrem Kaffee noch von den Brötchen etwas angerührt.

»Irgendwie macht ihr mir ein wenig Angst. Vor allem du

als Grieche, Dimi.« Marc lachte sie an, setzte sich und goss sich ein Glas Saft ein. Irritiert hob Dimitrios seinen Kopf, der sich langsam, aber sicher verfärbte.

»Ich bin kein … ich bin …« Dimitrios geriet ins Stocken. Seit er seine Tage und einen Großteil der Nächte unter Griechen verbrachte, war er in eine Identitätskrise geraten.

»Marc, könntest du dir bitte ein T-Shirt überziehen? Wir sind hier nicht am Strand«, überspielte er schließlich seine Orientierungslosigkeit und verstaute die Unterlagen in seiner Aktentasche. Dann wandte er sich an Barbara. »Können wir?«

»Ihr habt ja noch nicht einmal etwas zu euch genommen. Das kommt überhaupt nicht in Frage. Meine Wohnung verlässt niemand, ohne etwas im Bauch zu haben. Los, ihr setzt euch wieder«, dirigierte Liselotte die beiden zurück an den Frühstückstisch.

Murrend nahmen sie Platz und verspeisten, so schnell es ging, ein halbes belegtes Brötchen. Noch kauend standen sie wieder auf.

»Dürfen wir jetzt?«, fragte Dimitrios mit vollem Mund.

Liselotte rollte mit den Augen. »Von mir aus!«

»Marc, was meinst du, wirst du es heute endlich schaffen, dich um deinen Bus zu kümmern? Wir haben Freitag, und du solltest dir endlich mal frische Klamotten anziehen«, forderte ihn Barbara zum Abschied schroff auf, ohne dass sie sich erklären konnte, woher plötzlich ihre Gereiztheit kam.

»Easy. Mach ich. Ehrenwort, Barbara. Und hey, ihr beiden seht echt schick aus!« Gutgelaunt stand Marc auf und küsste ihren Ärger fort.

»Mich würde es brennend interessieren, woher dein

Freund diese Gelassenheit hat«, sagte Dimitrios etwas neidisch an der Garderobe zu Barbara.

»Ich glaube, es hat was mit dem Daoismus zu tun«, antwortete Barbara und öffnete die Tür.

»Und was machen wir beiden Hübschen mit dem sonnigen Tag?« Marc grinste Liselotte an. »Ich kenne da eine super Strandbar an der Spree, mit Liegestühlen und irren Cocktails.« Er lehnte sich zurück und biss in ein Croissant.

Tadelnd sah Liselotte Marc an. »Das hört sich äußerst verlockend an. Jedoch sind wir, wenn ich mich nicht irre, mit dem Bad und der Küche dran. Und bei dem Arbeitsaufkommen von Barbara und Dimitrios wären sie uns heute Abend sicherlich dankbar, wenn wir bei ihrer Heimkehr auch ihren Part bereits übernommen hätten. Oder was meinen Sie?«

»Okay, aber dann ziehen wir los!«

»Ich möchte mich da nicht einmischen, Marc. Aber gehen Sie immer so leichtfertig mit Ihren Versprechen um?«

»Hä?«

»Der Bus.«

»Mensch, den hätte ich beinahe schon wieder vergessen. Danke. Aber gegen ein wenig Sound beim Putzen hast du hoffentlich nichts einzuwenden, oder?«, fragte er verschmitzt.

»Sound?«

»Komm mit!«

Er ging ins Wohnzimmer und hockte sich vor die Stereoanlage. »Wahnsinn, du hast ja eine High-End-Stereoanlage«, rief er ehrfürchtig aus.

»Habe ich das?«

Vorsichtig betätigte Marc den Schalter, wartete, bis der

Röhrenverstärker seine Betriebsbereitschaft erreicht hatte, und schaltete dann den Receiver zu. Er stellte die Frequenz seines Lieblingssenders ein und drehte den Lautstärkeregler hoch.

»Ich wusste es!«, schrie er über ein Reggae-Stück von Dr. Alimentado hinweg. »Auch die feiern das geile Wetter.« Beschwingt nahm er Liselotte in den Arm und fing mit ihr zu tanzen an.

»Nicht so wild, Marc, schließlich bin ich keine sechzig mehr!« Liselotte zierte sich ein wenig, ließ sich dann jedoch von ihm führen. Nach dem zweiten Titel löste sie sich atemlos von Marc.

»Das genügt. Erst die Arbeit, dann das Vergnügen.« Sie fächelte sich Luft zu, nahm ihn an der Hand und führte ihn zur Besenkammer. »Hier ist der Staubsauger. Wie er zu bedienen ist, muss ich Ihnen hoffentlich nicht erklären. Ich fange derweilen mit dem Bad an.«

Als Marc gerade den Stecker in die Steckdose drückte, klingelte es an der Tür. Er stieg über den Staubsauger und öffnete.

»Ja bitte, möchtest du zu Lotte?«, fragte er munter den untersetzten Herrn, der mit einem Umschlag in der Hand vor ihm stand.

Herrn Helds Vertreterlächeln gefror, als er an Marc heruntersah. Die ersten Takte des nächsten Songs wehten aus dem Wohnzimmer zu ihnen.

»Jetzt hält sie sich auch noch Putzlustknaben!«, schnaubte er, drückte Marc das Papier an die nackte Brust und machte auf seinen Lacklederschuhen kehrt. »Und wenn bis Montag nicht bezahlt wird, ziehe ich andere Register!«, schrie er aus dem dritten Stock.

Liselotte schaute, mit ihren gelben Putzhandschuhen bewaffnet, aus dem Bad heraus. »Wer war das?«

»Ach, niemand. Irgend so ein Kerl. Vielleicht ein heimlicher Verehrer von dir«, scherzte Marc, klemmte den Umschlag in den Gummizug seiner Boxershorts und schaltete den Sauger an.

»Wirklich, sonst haben sie ihn immer in der Belziger Straße abgestellt!« Marc entschuldigte sich zum zehnten Mal bei Liselotte, als sie endlich in der Cecilienstraße in Berlin-Biesdorf angelangt waren. Der Schweiß lief ihnen in Bächen herunter.

»Und wie wollen Sie Ihren VW-Bus ohne Geld auslösen?«, fragte Liselotte zweifelnd. Sie stellte sich in den Schatten der Bäume, die die Auffahrt zur PKW-Sicherungsstelle flankierten.

»Darüber hab ich mir noch keine Gedanken gemacht«, gab Marc offen zu. Er grübelte eine Weile und schnippte dann mit den Fingern. »Am besten ist, du bleibst immer hübsch hinter mir und überlässt mir das Reden.« Er grinste sie an. »Und mach einen auf gebrechlich, ja?!«

Liselotte nickte. Es versprach lustig zu werden.

Gemeinsam betraten sie die Empfangshalle.

»Ach, ich glaube, mir wird schwindelig!«, rief sie bebend aus, kaum dass sie in Hörweite der Anwesenden gelangt waren.

Besorgt drehte sich Marc zu ihr um und sah erleichtert das verschmitzte Funkeln in ihren Augen.

Liselotte legte ihre Hand an die Stirn und strauchelte. Sofort lösten sich zwei Polizisten, die gerade mit einer Angestellten flirteten, vom Tresen und eilten ihr zu Hilfe. Während der eine sie zu einem Stuhl führte, holte der andere eine Wasserflasche und gab ihr, als sie saß, behutsam zu trinken. Marc stellte sich zu ihnen und setzte eine besorgte Miene auf.

»Na, Oma, geht es wieder?«, fragte er Liselotte fürsorglich.

»Also Sie sind mir ja ein feiner Enkel. Ihre Großmutter am heißesten Tag des Jahres hierherzuführen! Oder wollen Sie sie loswerden?«, schalt ihn der dickere der beiden.

Besser hätte es nicht laufen können.

»Da liegt ja gerade das Problem, Herr Wachtmeister. Könnte ich Sie mal kurz sprechen?«

Mürrisch trat der Polizist zu ihm. Marc beugte sich vor und flüsterte ihm mit vorgehaltener Hand etwas ins Ohr. Der Beamte kratzte sich unter seiner Dienstmütze, schielte betroffen zu Liselotte hinüber, legte seine verschwitzte Stirn in Falten und schaute Marc dann ernst in das Gesicht.

»Na, wenn das so ist. Wir sind ja schließlich keine Unmenschen!« Er klopfte Marc mitfühlend auf die Schulter, nahm Haltung an, ging zum Tresen und gab seine Dienstanweisung auf.

Keine zehn Minuten später fuhr Marc mit Liselotte auf dem Beifahrersitz hupend vom Hof. Sie konnten es sich gerade noch verkneifen, den betroffen dreinblickenden Beamten zum Abschied zuzuwinken.

Kaum waren sie um die Ecke gebogen, streckte Liselotte ihre Füße aus dem Fenster. »Nun sagen Sie schon, was haben Sie ihnen erzählt?«

Marc setzte den Blinker, schaute hinter sich, bog ab und grinste Liselotte an.

»Dass ich pleite bin, du Krebs im Endstadium hast, deine

Lebenserwartung weniger als fünf Tage beträgt und du noch nie im Leben das Meer gesehen hast!«

Liselotte blieb das Lachen im Halse stecken.

»Ich hoffe, mir bleiben noch ein paar Jahre mit euch.« Sie streichelte kurz über Marcs Knie und schaute dankbar aus dem Fenster.

Marc schaltete hoch. »Die Strandbar an der Spree, die haben wir uns jetzt aber so was von verdient! Oder was meinst du, Lotte?«

»Ja, da hast du recht. Das haben wir, mein Junge.«

Sie kamen gerade noch rechtzeitig nach Hause, um schnell den Sand von ihren Füßen zu waschen, neue Kleider anzuziehen und das Abendessen vorzubereiten.

»Ihr habt ja einen Sonnenbrand! Wart ihr etwa am Meer?«, begrüßte sie Barbara zerknirscht, als sie zur Küchentür hereinkam. Sie schien schlechter Stimmung zu sein.

»Was ist los?« Marc nahm sie besorgt in die Arme. »Haben dich deine Kommilitonen geärgert?«

»Nein, ich habe eine Zwei für die Hausarbeit bekommen. Meine erste!«, knurrte sie.

»Wow! Toll. Aber das ist doch kein Grund, traurig zu sein!«, wunderte sich Mark. »Ich hatte noch nie eine Zwei. Außer in Sport, da war ich immer spitze.«

»Bei mir ist das genau andersherum. Dieser blöde Reichenbach!« Barbara knallte ihre Umhängetasche in die Ecke und setzte sich schmollend an den Tisch.

»Kalispera!«, grüßte Dimitrios knapp und betrat mit gesenktem Kopf den Raum. Er stellte seine unzähligen weißen Plastiktüten zu Barbaras Tasche und setzte sich neben sie. »Ich weiß, die Treppenhausrechnung! Aber schließlich habe ich persönlich Herrn Thessalonikis Steuererklärung gemacht, und da war wirklich nichts zu holen. Ganz im Gegenteil. Ich hoffe, dass sich das nicht schlecht auf meinen Ruf auswirkt.«

Er stand auf, kramte aus einer der Tüten eine Flasche Ouzo hervor und schraubte sie auf. Marc fasste sich an die Stirn.

»Apropos Rechnung. Heute war so ein komischer Kerl vor der Tür, der mir einen Umschlag gegeben hat. Außerdem hat er was von Bezahlen gesagt und anderen Registern, die er ab Montag ziehen wird.« Er griff zum Kuvert, das er auf das Sideboard gelegt hatte.

»Der Held!«, schrien Liselotte, Barbara und Dimitrios zeitgleich auf. Sie rissen Marc den Brief aus den Händen, öffneten ihn und betrachteten schweigend die ausgewiesene Summe.

»Jetzt sind wir geliefert!«, stöhnte Dimitrios auf und nahm einen Schluck aus der Flasche.

»Also doch Bottrop«, seufzte Barbara.

»Nichts da!«, unterbrach Liselotte herrisch die Trauergesellschaft. »Ich werde verkaufen und für uns etwas Entsprechendes anmieten! Dann werde ich eben dort sterben. Das macht keinen Unterschied, solange ich euch um mich habe.« Sie nahm Dimitrios den Ouzo aus der Hand, trank einen großen Schluck und setzte sich.

»Dem Held das Feld überlassen?«, fragte Barbara ärgerlich.

»Was sollen wir denn sonst tun, mein Kind?«

»Was redet ihr denn hier von Sterben, Verkaufen und Anmieten?«, fragte Marc entsetzt.

»Ich habe dir doch neulich von den dreißigtausend Euro

erzählt, die wir dringend benötigen.« Barbara erklärte Marc die ganze Sache.

»Aber du kannst doch unmöglich deine Wohnung an so einen Halsabschneider verkaufen, Lotte! Das ist doch dein Zuhause. Und weißt du überhaupt, dass der Bezirk Wilmersdorf-Charlottenburg das aufstrebende In-Viertel in Berlin ist? Nee, lass dich da mal nicht übers Ohr hauen. Wir schaffen das schon irgendwie, das wird sich alles fügen.«

Doch Dimitrios platzte der Kragen. »Beim Charon, Marc. Hast du vielleicht das nötige Kleingeld in der Innenverkleidung deines rostigen Busses versteckt? Übrigens steht er da unten schon wieder im Halteverbot.«

»Nein, natürlich nicht, Dimi. Aber warum ist das so schwer, einen Kredit für seine eigene Wohnung zu bekommen?«, erwiderte Marc unbekümmert.

»Wie naiv bist du eigentlich? Ich bin ein Grieche, der illegale Geschäfte in Berlin betreibt, Liselotte ist über achtzig Jahre alt und deine Freundin Studentin und schwanger. Noch Fragen?!«

Marc öffnete und schloss seinen Mund mehrmals hintereinander. »Wow, Dimi! Was sind denn das für illegale Geschäfte? Das hätte ich dir gar nicht zugetraut.«

»Ich entwickle legale Steuersparmodelle für meine Landsleute, ohne im Besitz der dafür nötigen Zulassung zu sein«, gab er stolz zu.

»Cool! So einen wie dich hätte der Hoeneß auch gebraucht. Aber ich, ich kann es doch einmal versuchen, so einen Kredit zu beantragen«, schlug er begeistert vor.

»Dann kennst du aber die Brinkmann von der Sparkasse nicht. Die ist ein kompromissloser Knochen!«, entgegnete Barbara.

»Die Brinkmann? Eure Banktussi ist eine Frau?«, fragte Marc mit zugekniffenen Augen. Er beugte sich konspirativ vor. »Keine Sorge, mir wird schon etwas einfallen. Das wäre doch die Erste, die ich nicht knacken würde.« Er lächelte jagdbereit und lehnte sich mit verschränkten Armen zurück.

Barbaras Gesicht verfärbte sich. »Raus mit dir!«

Als Marc auf den noch heißen Teer der Straße trat, öffnete sich im vierten Stock das Wohnzimmerfenster. Barbaras hochroter Kopf erschien.

»Und wage es nicht, vor Montag wieder an dieser Tür zu klingeln! Hast du ein Glück, dass du heute deinen Bus abgeholt hast!«, schrie sie und schmiss ihm sein Necessaire hinunter.

25.

Hätte Marc nicht sein Herz an Barbara und das Kind, das in ihr heranwuchs, verloren gehabt, so hätte er sich, wie immer wenn er sich ungerecht behandelt fühlte, hinter das Steuer seines Busses geschwungen, einen Joint gedreht, den Schlüssel in das Zündschloss gesteckt, den Motor gestartet und wäre so lange in Richtung Süden gefahren, bis der Tank leer gewesen wäre. Genau so, wie es ihm seine Mutter vorgelebt hatte.

Den Joint drehte er sich trotzdem. Bockig zündete er ihn an und nahm einen tiefen Zug.

Nach einer Weile wischte er sich über das Gesicht und dachte nach, mit welcher List er an einen Kredit kommen könnte, um das Unausweichliche doch noch abzuwenden. Denn eins war ihm in den letzten Tagen klargeworden: So eine wie Barbara würde er nie wieder finden. Außerdem sollte ein Kind mit seinem Vater aufwachsen, und eine dermaßen durchgeknallte Wohngemeinschaft gab es kein zweites Mal auf der Welt. Aber es wollte ihm partout nichts einfallen.

Als am Samstagmorgen um acht Uhr energisch an das Seitenfenster seines Busses geklopft wurde, öffnete Marc seine verquollenen Augen, hob mühsam den Kopf vom Tisch und schob die Gardine beiseite. Er hatte eigentlich gehofft, dass es Barbara sein würde. Stattdessen schaute er in das kreisrunde, verärgerte Gesicht einer Politesse, die mit ihrem Kugelschreiber demonstrativ einen Strafzettel ausfüllte. Hastig stand er auf und öffnete die Tür.

»Guten Morgen, der Herr!«, begrüßte ihn die Dame schroff. »Wenn Sie bereits wieder in der Lage dazu sind, so parken Sie umgehend Ihre Rostlaube um. Ansonsten wird es noch teurer!« Genüsslich klemmte sie den Zettel unter den Scheibenwischer.

Marc strich sich das Haar zurück, schlüpfte in seine Badelatschen, setzte ein spitzbübisches Gesicht auf und verließ den Bus.

»Keine Chance!«, wehrte sie ab. »Ich kenne euch zur Genüge. Ihr bevölkert mit euren Badehosen, Flip-Flops und diesem ›Mir gehört die Welt‹-Grinsen ja fast schon die ganze Stadt. Und wenn ihr dann nach zehn Minuten Endlosgequatsche endlich in den Wagen steigt und wegfahrt, was hinterlasst ihr dann? Eine Ölpfütze, leere Bierdosen und anderen Müll. Und dabei tut ihr immer so naturverbunden. Wisst ihr überhaupt, wie krebserregend und umweltschädlich die Materialien eurer Surfboards sind?!«

Wow! Eine echte Kampfpolitesse!, dachte Marc bewundernd. Aber irgendetwas fing plötzlich an in seinem Hinterkopf zu rattern und drängte sich langsam in den Vordergrund. Plötzlich war es da.

»Das ist es!«, jubelte Marc. »Sie haben mir das Leben gerettet!« Er umarmte die dicke Politesse, küsste sie auf die Stirn und lief los.

Errötet schaute sie ihm nach, bis er außer Sichtweite war. Dann griff sie unter den Scheibenwischer, zog den Strafzettel hervor und zerknüllte ihn.

»Hey, Mann! Ich dachte, du bist schon längst auf der Welle«, begrüßte ihn verwundert sein Kumpel Stevie, als Marc atemlos den Copyshop in der Wilmersdorfer Straße betrat.

»Stevie! Kannst du mich hier über's Wochenende einschließen?«, fragte er atemlos.

»Muss das sein? Oh Mann, der Chef hat gesagt, noch ein Ding und dann schmeißt er mich raus. Und Marla hat gestern zu mir genau das Gleiche gesagt. Ich soll endlich mal Verantwortung für sie und unsere kleine Noema übernehmen.«

»Dann sitzen wir ja beide im gleichen Boot.« Marc grinste und erklärte, was er vorhatte.

»Wie geil ist das denn?! Okay, aber kein Sterbenswörtchen zu niemandem, keine Spontanpartys, und am Montag werfe ich dich um sechs Uhr wieder raus. Alles klar?!« Nach einer Pause fügte er hinzu: »Aber willst du ernsthaft ökologische Surfboards bauen oder nur die Kohle vom Kredit absnatchen?«

»Ich brauch nur das Geld. Aber nicht, wofür du denkst.«

»Cool! So, und nun ziehen wir uns erst einmal einen durch.«

»Nein, Stevie. Erst die Arbeit, dann das Vergnügen!«

»Alter, wie bist du denn drauf?« Er schüttelte verständnislos den Kopf und führte Marc in das Büro seines Chefs.

Um fünf Uhr am Abend schaute Marc das erste Mal von seiner Arbeit auf und stellte erschrocken fest, wie spät es schon war. Er griff zum Telefon.

»Lotte, hier ist Marc.«

»Na endlich, wo steckst du denn? Ich habe mir schon solche Sorgen gemacht. Selbst Dimitrios ist losgegangen und sucht nach dir.«

»Und Barbara?«

Liselottes Stimme wurde leiser. »Sie hat zwar gesagt, dass sie für dich auf gar keinen Fall zu sprechen sei. Aber sie war bereits viermal bei mir und hat sich beiläufig nach deinem Verbleib erkundigt. Also, wo steckst du?«

»In einem Copyshop.«

»In einem Copyshop?«

»Ja, ich muss arbeiten, eine Überraschung für euch. Wartet nicht mit dem Abendbrot auf mich.«

»Oh Gott, hat dich etwa Dimitrios angesteckt? Aber bitte tu mir den Gefallen und lass dich nicht auch noch in Naturalien auszahlen, ja? Wann können wir denn mit dir rechnen?«

»Am Montagmorgen bin ich wieder da.«

»Und wie soll ich das bitte schön Barbara erklären?«

»Sag ihr, sie soll mir einfach vertrauen. Und jetzt habe ich keine Zeit mehr.«

Marc legte auf.

Es war eine Punktlandung. Montagfrüh, um fünf vor sechs, hatte Marc alles beieinander. Er sortierte gerade seine Unterlagen und überprüfte nochmals den Businessplan auf Vollständigkeit, als Stevie das Büro betrat.

»Wie ich sehe, warst du fleißig, Alter. Dann können wir ja endlich loslegen«, begrüßte er ihn und lehnte sein Rennrad gegen die Wand.

»Mit was?«, fragte Marc konzentriert.

Stevie zauberte einen Joint hinterm Ohr hervor. »Damit!«

»Um diese Uhrzeit?«

»Klar, Mann, du hast es doch selbst gesagt – erst die Arbeit, dann das Vergnügen.«

»Na ja, kann nicht schaden. Los, zünd ihn schon einmal an.«

Nachdem sie das Büro anschließend mit Raumspray vernebelt hatten, stand Marc auf und drückte seinen Freund zum Abschied. »Du hast echt was gut bei mir, Stevie!«

»Kein Problem, Mann. Aber was ziehst du eigentlich zu deinem Banktermin an?«

»Wie, anziehen?«

»Ich mein ja nur. So mit dem Handgranaten-T-Shirt … ich weiß nicht.«

Darüber hatte sich Marc bisher keine Gedanken gemacht. Aber er wusste, wer ihm da eventuell unter die Arme greifen konnte.

»Ich muss los. Kann ich mir dein Rad leihen?«

Stevie machte eine gönnerhafte Handbewegung und rollte sich auf dem Sofa ein.

»Dimi, Dimitriiiooos! Aufwachen! Ich bin es, Marc«, säuselte Marc in das behaarte Ohr seines Mitbewohners. Grunzend hob Dimitrios seinen Kopf und öffnete eines seiner Lider.

»Ich brauche einen Anzug von dir!«

Erstaunt öffnete er das andere und richtete sich im Bett auf.

»Aber ich bin doch mindestens anderthalb Köpfe größer als du, Marc.«

»Vielleicht können wir ja das, was zu lang ist, einfach abschneiden.«

»Abschneiden?!«

»Oder zumindest umkrempeln.«

»Gut. Wir können es ja versuchen. Aber sag mal, wozu

brauchst du einen Anzug, und was hast du eigentlich das ganze Wochenende über getrieben?«

»Später, Dimi, später. Ich muss unbedingt um neun Uhr dreißig in der Bank sein.«

»Bank? Willst du etwa eine Bank überfallen?«

»Da hätten wir dann schon zwei Kriminelle in der Wohngemeinschaft«, grinste Marc. »Los, Dimi, raus aus den Federn!«

Als Marc kurze Zeit später in Dimitrios' schwarzem Nadelstreifenanzug hinter der Schranktür hervortrat, erschallte Dimitrios' durchdringendes Lachen in der gesamten Wohnung und weckte Liselotte.

Sie öffnete ihre Augen. War das nicht Dimitrios?! So vergnügt hatte sie ihn noch nie lachen hören. Neugierig schlüpfte sie aus dem Bett, lief zu Dimitrios' Zimmer und öffnete die Tür.

»Darf man erfahren, was dich bereits am frühen Morgen so erhei...« Weiter kam sie nicht. Nachdem sie sich beruhigt und die Lachtränen aus den Augen gewischt hatte, ging sie auf den verunsicherten Anzugträger zu. Sie nahm Marc an den Händen.

»Entschuldige bitte, Marc, aber du erinnerst mich in deinem Aufzug an meinen in jeglicher Hinsicht unförmigen, pubertierenden Tanzschulpartner. Oh Gott, habe ich mir damals leidgetan.«

»Ich finde, er sitzt ganz lässig. Ist es wirklich so schlimm?«

»Durchaus. Ich weiß zwar nicht, was du vorhast, aber wenn du heute Eindruck schinden möchtest, dann würde ich dir empfehlen, dich erst einmal zu duschen und zu rasieren.«

»Rasieren?«

»Ja. Dimitrios kann dir dabei helfen.«

Marc ließ das Jackett an sich herabgleiten und zog die Anzughose aus. »Wenn es denn sein muss.« Er hob seine Schultern.

»Was hat er denn eigentlich vor?«, flüsterte Liselotte Dimitrios neugierig zu, als Marc das Zimmer verlassen hatte.

»Er sagte, dass er zu einer Bank geht. Was will er nur dort?«

»Mir hat er am Telefon gesagt, dass er an einer Überraschung für uns arbeiten würde. Ich hoffe, er überfällt sie nicht.« In Gedanken formulierte Liselotte bereits die Schlagzeile des nächsten Tages: »Gentleman-Räuber überfällt ohne Anwendung von Gewalt Berliner Bankfiliale«.

»Dazu muss er aber gutgekleidet sein«, fuhr sie fort. »Mal sehen, ob ihm Franz Ferdinands Anzüge besser passen.« Sie ließ Dimitrios fragend in seinem Zimmer zurück, eilte zu Barbaras Tür und klopfte an.

»Entschuldige bitte, ich wollte dich nicht wecken. Aber ich müsste kurz an den Schrank. Ich brauche nur schnell ein paar Anzüge für Marc.«

»Ist er wieder heimgekommen?«

»Ja!«

»Wo ist er?«

»Unter der Dusche.«

Barbara sprang freudestrahlend aus dem Bett.

»Wenn ich dir einen Rat aus eigener Erfahrung geben darf, Barbara?«

Barbara hielt inne.

»Auch wenn es dir schwerfällt. Lass ihn ruhig noch bis zum Mittag zappeln! Komm, hilf mir.« Schwungvoll öffnete Liselotte die Schranktüren. »Dann wollen wir mal sehen.«

Eine Stunde später hätte selbst Marcs Mutter ihren Sohn nicht mehr wiedererkannt. Mit zurückgekämmtem Haar, in einem blütenweißen Oberhemd und einer dunkelblauen Anzughose steckend strich er sich über seine glatten Wangen und betrachtete sich aufmerksam im Badezimmerspiegel.

Barbara trat mit einer silbernen Seidenkrawatte zu ihm. Am liebsten hätte sie ihn geküsst.

»Hier, Marc.« Sie bemühte sich um einen strengen Tonfall.

Lächelnd nahm er sie ihr ab, gluckste und band sie sich wie ein Ninja-Kämpfer um die Stirn.

»Macht man das so?«, fragte er.

Barbara unterdrückte mühsam ein Lachen. Marc merkte es und wollte sie an sich heranziehen.

»Nein, noch nicht! Und sag jetzt endlich: Was hast du das ganze Wochenende über getrieben, und vor allem, was hast du vor?«

Eigentlich hatte sich Marc beim Rasieren vorgenommen, Barbara in seinen Plan einzuweihen, aber jetzt beschloss er, auch sie noch ein wenig zappeln zu lassen.

»So viel verrate ich: Ich gehe zur Sparkasse und kümmere mich um die Brinkmann. Wo ist die Filiale eigentlich?«

»Aber du wirst nicht mit ihr schlafen, Marc! Hast du mich verstanden!!«, schrie ihm Barbara um Viertel nach neun hinterher.

Marc drehte sich um.

»Und wenn es doch sein muss?!«, rief er lachend hoch in den vierten Stock, schickte Barbara einen Luftkuss, drehte sich wieder um und schlenderte in seinem lässigen Strandgang die Damaschkestraße herunter. Es sah aus, als ob er die Budapester, die ihm Dimitrios geliehen hatte, abschütteln wollte.

»Ich hätte nie gedacht, dass ihm die Anzüge von Franz Ferdinand passen würden! Und dann noch diese ungebrochene Zuversicht, genau so war mein Mann! Er ist ein Juwel, Barbara«, schwärmte Liselotte neben ihr und winkte Marcs Rücken zu.

»Und habt ihr es bemerkt?« Auch Dimitrios lehnte sich nun aus dem Fenster und kreuzte seine Finger. »Marc war den ganzen Morgen kein bisschen aufgeregt. Wie um alles in der Welt kann man so tiefenentspannt sein? Wenn ich mir nur eine kleine Scheibe davon abschneiden könnte! Und dabei bin doch ich der Südländer im Haus. Ich hoffe bloß, er bringt meine Aktentasche wieder zurück.«

Gleich darauf verschwand er wieder in seinem Zimmer. Er war viel zu aufgeregt, um in Gesellschaft sein zu können.

Es gab exakt festgelegte Richtlinien für die Kreditvergabe an Start-up-Unternehmen, an die sich auch das leitende Personal einer Bank zu halten hatte. Doch als Marc unangemeldet das Büro von Irina Brinkmann betrat, kurz sein Anliegen vortrug und seinen Businessplan herausholte, war es um sie geschehen. Solche Männer kannte Frau Brinkmann bisher nur aus der Werbung oder von den Bildern der Partnervermittlungsportale des Internets. Bilder, wie gesagt. Denn in der Realität entpuppten sich ihre schmucken Verabredungen regelmäßig als hässliche Entlein. Andersherum wäre es ihr lieber gewesen. Und nun so etwas.

Sie ließ Marc reden, hörte aber nicht zu und hoffte zugleich, dass er nie damit aufhören würde. Ein wenig dezente Musik wäre jetzt schön, dachte sie und zog ihn langsam mit ihren Blicken aus.

»Und, was halten Sie davon?«, beendete Marc schließlich seinen Monolog.

»Bitte?« Frau Brinkmann schreckte aus ihrem Tagtraum hoch.

»Was Sie von meiner Geschäftsidee halten. Wenn Sie wollen, kann ich Ihnen regelmäßig über mein Vorankommen Bericht erstatten. Sagen wir: alle vierzehn Tage bei einem gemeinsamen Mittagessen?«

»Wie viel, sagten Sie, benötigen Sie?«

»Fünfzigtausend«, erhöhte Marc spontan die Summe.

Frau Brinkmann drückte, ohne ihren Blick dabei von Marc abzuwenden, ein paar Tasten auf ihrem Computer, nahm die Formulare aus dem Drucker, unterschrieb und schob die Blätter zu ihm rüber. Dabei streichelte sie kurz über Marcs Handrücken, als er diese zum Gegenzeichnen aufnahm.

Bereits um Viertel vor zehn stand er wieder vor der Bank.

»Ich weiß nicht, was die alle haben. Einen Kredit zu beantragen geht ja schneller als Wäschewaschen«, wunderte er sich, schaute in den wolkenlosen Morgenhimmel und spazierte vergnügt nach Hause.

Marc kicherte in sich hinein, als er die Wohnungstür öffnete.

»Ich bin wieder da!«, rief er mit Grabesstimme.

»Oh Gott. Er hört sich gar nicht gut an«, hörte er Liselotte in der Küche zu Barbara sagen.

»Wo seid ihr denn?«, fragte Marc deprimiert.

»So kenn ich ihn gar nicht! Marc, wir sind alle in der Küche!«, rief Barbara ihm zu.

Mit gesenktem Kopf betrat er die Küche, legte den Vertrag umgedreht auf den Tisch und ließ sich neben Barbara auf den Stuhl fallen. Dimitrios knetete nervös die Hände, Liselotte hätte sich am liebsten in Luft aufgelöst, und Barbara stierte ausdruckslos auf die Blätter. Nach einem langen Moment der Stille wagte sie, die Papiere vom Tisch zu nehmen.

»Kreditbewilligungsvertrag für die Herstellung ökologisch und nachhaltig hergestellter Surfbretter«, las sie laut vor. Irritiert schaute sie Marc an. »... effektiven Zinssatz von 2,9 Prozent«, fuhr sie fort. Ihre Augen weiteten sich und rasten über die Zeilen.

»Aber Marc!«, schrie sie auf, als sie es endlich begriffen hatte. »Das ist ja, das ist ja ...«

»Was, Barbara? Was?!«, riefen Liselotte und Dimitrios aufgeregt durcheinander.

Barbara ließ die Blätter auf den Tisch sinken.

»Das Geld. Marc hat es geschafft! Wir haben das Geld!«

Auf Marcs Gesicht stellte sich ein Grinsen ein, das von einem Ohr zum anderen reichte. Noch nie zuvor in seinem Leben hatte er sich so dazugehörig gefühlt.

»Aber die Vertragssumme beläuft sich ja auf fünfzigtausend Euro, und wir benötigen doch nur dreißigtausend«, bemerkte Dimitrios erstaunt und schaute vom Vertrag hoch.

»Was!? Und ich habe mir eh schon die ganze Zeit den Kopf darüber zermartert, wie wir den Kredit überhaupt zurückzahlen sollen! Und nun diese Summe!« Auf Barbaras Stirn bildete sich eine tiefe Sorgenfalte.

»Easy. Wir geben dem Held die dreißigtausend, mit zehntausend zahlen wir die Raten für das erste Jahr, und bis dahin sollte Dimi es wohl geschafft haben, seine Geschäfte zu legalisieren und einen Job zu finden. Dann sehen wir weiter.«

»Famos! Und was machen wir mit den restlichen zehntausend?«, fragte Liselotte vergnügt.

»Ich dachte mir, wir wollen ja vielleicht auch noch ein wenig Spaß haben. Nach all dem Stress!«

»Endlich wieder Sylt!«, seufzte Liselotte. Sie gab Marc einen Kuss und ging schon mal in die Abstellkammer, um die Koffer herauszuholen.

26.

»Wo bleibst du denn? Wir hatten schon Angst, dass wir ohne dich losfahren müssten!«, rief Liselotte anderthalb Wochen später Dimitrios aufgewühlt zu, als dieser kaum die Tür von Stefanos Taxi geöffnet hatte.

Dimitrios stieg aus, winkte beschwichtigend, holte sein Gepäck aus dem Kofferraum, verabschiedete sich schnell von Stefanos und eilte ihr über den Vorplatz des Berliner Hauptbahnhofes entgegen.

»Wie wundervoll du heute wieder aussiehst, Liselotte. So maritim! Ein Ensemble aus dieser Saison?«, begrüßte er sie, stellte seinen Koffer ab und drückte sie. Dimitrios war froh, wieder zu Hause zu sein.

Liselotte errötete und nestelte an ihrem neuen Sommerhut herum.

»Ach, Dimitrios, du hast ja keine Ahnung, wie schwer es war, Barbara davon zu überzeugen. Doch es hat sich einfach nichts Passendes in meinem Schrank mehr finden lassen. Aber sag mal, hatte dein Flieger Verspätung, oder hast du wieder einen Umweg über die Türkei gemacht?«

Dimitrios musste lachen. »Nein, diesmal bin ich vorsichtshalber mit Olympic geflogen. Allerdings hat es beim deutschen Zoll etwas länger gedauert.« Er griff in die Innentasche seines Jacketts. Der Umschlag mit dem Geld war noch an Ort und Stelle.

»Nun aber los!«

Dimitrios schaute sich suchend um. »Fehlen da nicht noch zwei?«, fragte er irritiert.

»Wieso zwei?«, schmunzelte Liselotte. »Vier. Ramón und seine Frau kommen doch auch mit, oder wusstest du etwa noch nichts davon? Und weißt du, was das Verrückte daran ist? Barbara hat es ausgerechnet: Je größer das Haus, je mehr Personen darinnen logieren, umso günstiger wird es für jeden Einzelnen. Wir wohnen direkt in den Dünen! Ist das nicht herrlich? Wenn ich nun aber bitten dürfte?! Sie erwarten uns bereits mit dem Gepäck auf dem Bahnsteig.«

»Ramón!« Dimitrios Lächeln wurde noch breiter. Er griff nach Liselottes Hand, und gemeinsam betraten sie den Bahnhof.

»Da ist sie ja! Sehen Sie, dahinten kommt sie mit ihrem Pfleger!«

Skeptisch blickte der Zugbegleiter in die Richtung, in die Marc deutete. »Meinen Sie etwa die ältere Dame in Marineblau, die lachend Hand in Hand mit dem baumlangen Südländer auf uns zugerannt kommt?«

»Genau die!«

»Für eine Krebskranke im Endstadium, die noch nie in ihrem Leben das Meer gesehen hat, ist Ihre Großmutter ja eine äußerst agile und aparte Erscheinung!«, rügte er Marc und schaute strafend auf seine Uhr. »Zehn Minuten halten Sie uns bereits auf!«

Dann streckte er trotzdem seine Hand aus und half zuerst Dimitrios und dann Liselotte in den Wagon.

»Ach, wie aufmerksam von Ihnen, Herr Schaffner!«, bedankte sich Liselotte atemlos. »Wie ich mich darauf freue, meinen Liebsten endlich meine Insel zeigen zu können. Aber sollten wir nicht schon längst unterwegs sein? Ich hoffe, wir werden in Hamburg-Altona noch den Anschlusszug erreichen. Am besten, Sie informieren umgehend Ihre Kollegen vor Ort über unsere Verspätung.«

Munter hakte sie sich bei Dimitrios ein, und gemeinsam ließen sie sich von Marc zu den reservierten Plätzen führen.

»Da seid ihr ja endlich!«, rief ihnen Barbara aufgeregt zu, als sie das Großraumabteil betraten. Sie stellte schnell die Kristallgläser auf das Leinentischtuch, das Ramóns Frau Penelope kurz zuvor über den Tisch gelegt hatte, rannte auf Dimitrios zu u nd umarmte ihn.

»Und, hat alles geklappt?«, wollte sie umgehend wissen.

»Wie am Schnürchen, Barbara. Die Zeugnisse sind übersetzt und beglaubigt, der neue Pass steckt in meinem Portemonnaie und das Geld in meiner Innentasche!« Er strahlte sie an.

»Dann kann es ja in vierzehn Tagen losgehen.« Erleichtert atmete Barbara aus.

»Losgehen?«

»Ja, ich habe dich vorsorglich an der Abendschule für den Steuerberaterkurs angemeldet. Oder dachtest du etwa, dass ich als angehende Juristin und Mutter mit einem Kriminellen zusammenwohnen würde?«

»Kommt endlich. Wir haben Hunger, und mit vollem Bauch plaudert es sich besser!«, unterbrach sie Ramón fröhlich, winkte sie zu sich und entkorkte dann eine Flasche Mantel Verdejo.

Dimitrios traute seinen Augen nicht. Auf dem Tisch stand ein komplettes kaltes Buffet mit Pata-Negra-Schinken, eingelegten Bohnen, Menchego-Käse, Champignons in Knoblauchsoße, Calamares in eigener Tinte, Chorizo und Brot. Hungrig gesellte er sich mit Barbara zu den anderen.

»Dimitrios, das ist meine Frau Penelope!« Stolz reichte Ramón ihm ein gefülltes Glas.

Dimitrios nahm den Wein entgegen, stellte ihn ab, stand ungelenk auf, machte einen Diener und gab der schlanken, kleinen Frau seine behaarte Hand.

»Angenehm, Dimitrios Galanis.«

»Er ist ja wirklich ein Deutscher, dein Grieche, Ramón!«, lachte Penelope, kletterte auf ihren Sitz und umarmte Dimitrios über den Tisch hinweg.

»Auf Sylt!« Liselotte hob ihr Glas. Sie wollte nun endlich essen.

»Auf Sylt!«, erwiderte der Rest der Reisegruppe überschwänglich.

Satt und ein wenig angeheitert wischte Dimitrios anderthalb Stunden später seinen Mund an der Stoffserviette ab und lehnte sich zufrieden zurück.

»Aber nun verratet es mir endlich«, sagte er neugierig. »Wie hat Herr Held die Nachricht aufgenommen?«

»Es war einfach herrlich, Dimitrios. Was für eine Genugtuung!«, prustete Liselotte los.

»Ein Jammer, dass du nicht da warst!«, kicherte Barbara.

»Ich sag nur: Tomaten. Aber irgendwie tat er mir auch ein wenig leid«, grinste Marc.

»Venga, mach schon. Zeig Dimitrios das Video!«, forderte Ramón Marc zwinkernd auf.

Marc zog sein Smartphone aus der Tasche, wischte kurz darüber und reichte es Dimitrios.

»Ich will es auch noch einmal sehen!«, gluckste Penelope voller Vorfreude und stand auf.

»Ich auch!«, riefen die anderen. Gemeinsam drängten sie sich um Dimitrios.

»Jetzt drück endlich auf Start, Dimi«, drängelte Marc.

Auch als sie das Video zum neunten Mal anschauten, war das Gelächter, das den Großraumwagen erfüllte, genauso laut wie beim ersten Mal. Dimitrios sah Herrn Helds herangezoomten roten Kopf nur noch verschwommen, so tränten ihm die Augen.

»Das ist doch die größte Unverschämtheit, die ich in meinen dreißig Dienstjahren erlebt habe!«, unterbrach sie plötzlich der Zugbegleiter ungehalten.

Verwundert hoben sie die Köpfe vom Bildschirm und sahen ihn fragend an.

»Zuerst lasse ich mich aufgrund Ihrer Lügengeschichten dazu hinreißen, die Abfahrt um zehn Minuten zu verzögern, dann gibt sich der Zugführer alle Mühe, die Verspätung wieder aufzuholen, was er auch geschafft hat. Und dann kommen wir pünktlich in Altona an, und Sie besitzen die Frechheit und bleiben in aller Seelenruhe bei Ihrem, Ihrem … Picknick sitzen.« Er wedelte entrüstet mit den Händen.

»Sind wir denn schon da?«, wunderte sich Liselotte und schaute aus dem Fenster. »Tatsächlich! Wir stehen ja. Warum sagen Sie uns das erst jetzt? Egal. Marc, du eilst voraus und belügst wieder den Schaffner. Wir räumen hier alles zusammen. Und Sie«, wandte sie sich an den Zugbegleiter, »kümmern sich schon einmal um unseren Gepäcktransfer.«

Kaum hatten sie die letzten Häuser der Hansestadt passiert, schlummerten Penelope und Ramón eng aneinandergeschmiegt ein. Marc hatte bereits die »Hebammensprechstunde« aus seiner grünen Stofftasche geholt und las konzentriert, um sich auf seine zukünftige Rolle als Hausmann vorzubereiten, während Dimitrios und Barbara angeregt über die Lehrinhalte des Abendkurses diskutierten.

Liebevoll betrachtete Liselotte jeden Einzelnen ihrer kleinen Reisegruppe. Dass ich das noch erleben darf, Franz Ferdinand!, dachte sie dankbar.

Als sie Itzehoe passiert hatten, stand Liselotte langsam auf. »Dann wollen wir mal«, seufzte sie, ging in das Zugrestaurant, setzte sich an einen der Tische und bestellte zwei Gläser Champagner. Genau so, wie sie es immer mit ihrem Franz Ferdinand getan hatte.

»Erwarten Sie noch jemanden? Ansonsten stelle ich Ihnen das zweite Glas so lange kalt«, sagte der Kellner zuvorkommend.

»Nein. Wenn Sie bitte so freundlich wären, es einfach mir gegenüber zu platzieren«, instruierte Liselotte ihn, ohne dabei ihren Blick von der vorbeihuschenden Landschaft zu wenden. Sie tastete nach ihrem Glas, nahm einen Schluck und dachte an das einzige Versprechen, das sie ihrem Mann je hatte geben müssen: das Leben weiterhin zu genießen, falls er unwahrscheinlicherweise doch vor ihr sterben sollte.

Plötzlich bremste der Zug stark ab, und fast im selben Moment hatte Liselotte einen elegant gekleideten Herrn auf dem Schoß sitzen. Empört schaute sie in sein lächelndes Gesicht. Irgendwie kam es ihr bekannt vor.

»Ich würde lügen, wenn mir dieses Missgeschick leidtun würde, Frau Günther.« Höflich hob der Herr seinen Panamahut.

»Herr Tamm!? Was in aller Welt machen Sie denn hier? Sollten Sie nicht im Kranzler sein?«

»Ach, wissen Sie, Frau Günther …« Er seufzte wehmütig und setzte sich zu ihr. »Seit Ihrem Ausbleiben habe ich mich niemandem mehr verpflichtet gefühlt. Aber sagen Sie, fahren Sie auch nach Sylt?«